तीन अतीत

(तीन लघु उपन्यास)

तीन अतीत

(प्रतिदान, सुरेखा-पर्व, अनातीत)

वीरेन्द्र जैन

वाणी
प्रकाशन

प्रकाशन के उत्कृष्टतम 63 वर्ष

सजिल्द पहला संस्करण : 2010
सजिल्द दूसरा संस्करण : 2026

vaniprakashan.com

वाणी प्रकाशन

4695, 21-ए, दरियागंज, नयी दिल्ली-110 002

फ़ोन : + 91 11 23273167, 23275710

शाखाएँ

अशोक राजपथ, पटना-800 004, बिहार

कॉफ़ी हाउस कैम्पस, महात्मा गांधी मार्ग, प्रयागराज-211 001, उत्तर प्रदेश

महात्मा गांधी अन्तरराष्ट्रीय हिन्दी विश्वविद्यालय, वर्धा-442 001, महाराष्ट्र

sales@vaniprakashan.in
vaniprakashan@gmail.com

Teen Ateet
by Virendra Jain

ISBN : 978-93-5000-215-5
Novel

मूल्य : ₹ 375

जी.एस. ऑफ़सेट, दिल्ली-110 095 में मुद्रित

वाणी प्रकाशन का लोगो मक़बूल फ़िदा हुसैन की कूची से

अतीत 'तीन अतीत' का

1976-97 में मैं महान कथाकार जैनेन्द कुमार का गणेश हुआ करता था। वह बोलते थे, मैं उनके बोले हुए को कागज पर उकेरता था। इससे कई साल पहले मैं प्रसिद्ध दार्शनिक प्रज्ञाचक्षु डॉ. इंद्रचंद्र शास्त्री का भी गणेश रह चुका था। पढ़ने-पढ़ाने और अपने मन का कागज पर उतारने का चाव निरे बचपन से था ही। यह इन दो महान विभूतियों की संगति का प्रताप ही समझिए कि मुझे कुछ कायदे से लिखने की ललक लगी और मैंने छुटपुट कहानियां लिखने की जगह उपन्यास लिखने की कोशिश की।

इस कोशिश के परिणामस्वरूप सबसे पहले पांडुलिपि के रूप में तैयार हुआ 'अनातीत' उपन्यास। इस उपन्यास को राजकमल प्रकाशन ने विचारार्थ स्वीकार किया। इससे पहले कि राजकमल से वह उपन्यास प्रकाशित होगा या नहीं होगा, यह तय हो, मैंने दूसरा उपन्यास 'सुरेखा-पर्व' 1978 में लिख कर पूरा कर लिया। यह लेखन क्रम में दूसरा उपन्यास ऋषभचरण जैन एवं संतति नाम के प्रकाशन से दिसंबर, 1978 में ही प्रकाशित भी हो गया। इस तरह सुरेखा पर्व को मेरे प्रकाशित उपन्यासों के क्रम में पहला उपन्यास होने का अवसर मिला। इसका प्रकाशन होना था कि राजकमल ने मेरे उपन्यास अनातीत की पांडुलिपि मुझे थमा दी। उस दौरान और भी बहुत कुछ अप्रिय हुआ जो बाद में मेरे एक और उपन्यास शब्द-बध में औपन्यासिक शिल्प में समाहित हुआ जिन दिनों मैं सरिता-मुक्ता में उप संपादक हुआ करता था तब मेरे मित्र और पूर्व सहयोगी सगीर किरमानी ने मधुप्रिया पत्रिका के संपादक हो जाने पर मुझसे कोई उपन्यास धारावाहिक प्रकाशन के लिए मांगा। चूंकि दिल्ली प्रेस की पत्रिकाओं में नौकरी के दौरान कहीं और लिखने पर मनाही थी, सो मधुप्रिया के लिए लिखा गया तीसरा उपन्यास 'प्रतिदान' पत्रिका में छद्म नाम से 1982 में धारावाहिक प्रकाशित हुआ।

यह तो था इन तीनों उपन्यासों का अतीत या इतिहास। ये उपन्यास इस जिल्द में आने से पहले भी पुस्तक रूप में प्रकाशित हो चुके हैं। फिर भी इन्हें एक और जिल्द में लाने की वजह महज यह है कि इधर मैंने जितने भी उपन्यास लिखे हैं, उनमें से 'पंचनामा' ही ऐसा है जो भारतीय ज्ञानपीठ से प्रकाशित है। इसके अलावा

मेरे तमाम उपन्यास **सबसे बड़ा सिपहिया, शब्द-बध, डूब, पार, दे ताली** (जिसमें कबीर की कविता भी समाहित है), **गैल और गन** (जिसमें तलाश भी समाहित है) वाणी प्रकाशन से ही प्रकाशित हैं। इन तीनों उपन्यासों के **तीन अतीत** शीर्षक इस जिल्द में समाहित हो चुकने पर अब तक के सभी उपन्यास पाठकों को एक ही जगह से सुलभ हो सकेंगे। पाठकों के आदेश पर **पंचनामा** भी यहीं से सुलभ करा दिया जाएगा, यह आश्वासन वाणी की ओर से दिया गया है।

इसी के साथ मेरी अब तक लिखी और प्रकाशित सभी कहानिया **'भार्या'** शीर्षक से और सभी व्यंग्य **'बहस बीच में'** शीर्षक से, तमाम फुटकर गद्य **'अभिवादन और खेद सहित'** शीर्षक से वाणी से पृथक-पृथक जिल्दों में प्रकाशित किए गए हैं।

3 अप्रैल, 2004

वीरेन्द्र जैन

क्रम

प्रतिदान

पिताजी पिछले चार वर्ष से नरेन से विवाह कर लेने का आग्रह करते आ रहे थे। वह इस दौरान कई कन्याएँ भी देख चुके थे और जब भी कहीं बात ज्यादा बढ़ती वह नए सिर से नरेन को प्रोत्साहित करते थे, पर नरेन हर बार टाल जाता था। उसका एक ही उत्तर होता, "समय आने पर यह भी हो जाएगा।"

नरेन विवाह तो करना चाहता था, पर उससे पहले चाहता था अच्छी-सी नौकरी।

वर्ष के शुरू में ही उसे एक कम्पनी मैं पाँच वर्ष के अनुबन्ध पर मनपसन्द नौकरी मिल गई थी। यानी अगले पाँच वर्ष तक तो कम-से-कम कोई बड़ा परिवर्तन जीवन में नहीं ही होना था, सो नरेन विवाह करने की बात पर सहमत हो गया।

नरेन की ओर से 'हाँ' मिलते ही पिताजी युद्ध-स्तर पर कन्या खोजने में जुट गए। पिछले सम्बन्धों पर विचार किया गया। कई नाते-रिश्तेदारों को सूचना भेजी गई और आए दिन जन्म-कुंडलियों का मिलान होने लगा।

पर कहीं जन्म-कुंडली मिल जाती तो धन-कुंडली का मिलान सही नहीं बैठ पाता और कहीं धन में मेल बैठता तो जन्म में लम्बा-चौड़ा हेर-फेर मिलता। 'मिलान' का यह सिलसिला कई महीने चला। इस बीच यह तक सुनने में आया, 'जमींदार साहब को चाहिए कि अपने नरेन को घंटाघर पर खड़ा करके बोली लगाएँ। जो ज्यादा में बोली तोड़ ले उसी की कन्या से उसकी शादी कर दें।'

पर इन तानों-फब्तियों के बावजूद न नरेन के नाते-रिश्तेदारों ने हतोत्साह होकर खोजबीन का सिलसिला बंद किया, न कन्याओं के पिताओं ने उम्मीद छोड़ी।

अलख सुबह का समय था। अभी नरेन चाय बनाकर गिलास में उड़ेल ही रहा था कि बरामदे में से किसी की आवाज सुनाई दी, "नरेन है?"

नरेन को पहचानते देर न लगी। यह उसके बड़े भैया आलोक का स्वर था। बाहर निकलकर देखा तो भैया के साथ जीजाजी और एक अपरिचित सज्जन गलियारे में खड़े दिखाई दिए।

चाय पीने के बाद वे तीनों स्नान व दैनिक क्रियाओं आदि से निवृत्त होने के लिए उठकर स्नानघर की ओर चल दिए। भैया व नवागंतुक अपरिचित सज्जन जब

कुछ आगे निकल गए तो जीजाजी ने नरेन को बताया, ''हमारे साथ जो सज्जन हैं वह तुम्हें देखने आए हैं, अपनी छोटी बहन से तुम्हारा रिश्ता तय करने के इरादे से। तुम्हारे भैया ने, जीजी वगैरह ने लड़की देख ली है। सबको पसन्द भी है। अब अगर यह यानी अविनाश तुम्हें पसन्द कर लें तो तुम्हें आज ही हमारे साथ चलना होगा।''

अपनी बात पूरी करते ही वह अपने बैग से लंबोतरा-सा एक फोटो निकालकर नरेन को दिखते हुए बोले, ''फोटो जरा गलत एंगल से लिया गया है। वैसे यह इतनी लम्बी नहीं है जितना फोटो से अंदाज लगता है।''

फोटो में कोई रुचि न लेकर नरेन जीजाजी की तरफ ही देखता रहा। जीजाजी बोले, ''क्यों, लड़की पसन्द है न?''

नरेन ने कोई उत्तर नहीं दिया। उसके मौन का जीजाजी ने जाने क्या आशय लगाया। बिना कोई और सवाल-जवाब किए वह कमरे से बाहर चल दिए। चंद मिनट बाद लौटकर बोले, ''नरेन, तो तय हो गया है कि तुम्हें हमारे साथ आज ही चलना होगा।'' तभी बड़े भैया और अविनाश भी वहाँ आ पहुँचे। भैया के चेहरे पर मुस्कराहट झलक रही थी।

नरेन ने उनसे पूछा, ''मेरी क्या जरूरत है वहाँ?''

''तुम एक बार लड़की देख लो, ताकि तुम्हारी राय भी सबको मालूम हो जाए।'' भैया ने कहा।

''जब आप सबने देख-परख लिया है तो मेरे लिए इतना ही बहुत है। आखिर आप सबने मेरे लिए किसी गलत लड़की का चुनाव तो नहीं ही किया होगा।''

''फिर भी आप चले चलते। आजकल जो चलन है उसे भी तो निभाना ही होगा न?'' इस बार अविनाश जी ने अपनी राय दी।

''नहीं, कम-से-कम केवल लड़की देखने तो मैं न जाऊँगा। हाँ, अगर कोई और रस्म भी पूरी हो सकती हो मेरे पहुँचने से, तो मैं चला चलता हूँ।''

''ठीक है, ऐसा ही होगा।'' नरेन की शर्त सुनकर अविनाश जी ने अपनी ओर से सहमति प्रकट की।

''यही ठीक रहेगा। तो अब तुम दफ्तर जाओ। हम लोग भी जरा शहर घूमकर आते हैं। लौटते समय वापसी के टिकट भी लेते आएँगे। तुम कम-से-कम दो दिन की छुट्टी जरूर लेते आना।'' भैया ने नरेन को अपना कार्यक्रम बताते हुए सलाह दी।

''अगर आप बुरा न मानें बड़े भैया, तो मैं अविनाश जी से एकान्त में कुछ बातें करना चाहता हूँ।'' नरेन ने कहा, पर भैया ने इजाजत नहीं दी। वह बोले, ''अभी कोई भी, किसी तरह की भी बातचीत नहीं करनी है। जो भी कहना, पूछना हो, घर चलकर कह-सुन लेना। अभी भी यह तुम्हारे लिए बिल्कुल अजनबी हैं, ऐसा ही

मानकर चलो।''

तयशुदा कार्यक्रम के अनुसार ही वह दिन बीता। शाम को ट्रेन से वे तीनों नरेन को साथ लेकर अपने घर की ओर रवाना हुए।

वहाँ पहुँचते ही लड़की दिखाई जाने की रस्म निभाई जाने लगी, पर नरेन ने एक बार भी प्रभा को देखना जरूरी न समझा। भैया और अविनाश ने नरेन को सहमत मानकर तय किया कि अगले दिन अविनाश नरेन के गाँव जाकर सगाई की रस्म पूरी कर जाएँ।

यह कार्यक्रम तय हो चुकने पर नरेन ने अविनाश और उनके पिताजी से कुछ बातें करने की इच्छा प्रकट की। इसे स्वीकारने में किसी को भी अब कोई आपत्ति न थी।

प्रभा के ही घर में नरेन, जीजाजी, भैया, अविनाश, प्रभा के पिताजी, मामाजी और फूफा व अविनाश के तीन-चार मित्र बैठक में आ बैठे। नरेन ने प्रभा के पिताजी की ओर मुखातिब होकर पूछा, ''मैं समझता हूँ, मुझसे पहले भी कई और लड़के प्रभा को देखने आए होंगे?''

''हाँ, कई आए।''

''मैं समझता हूँ, उन्हें लड़की पसन्द भी आई होगी?''

''ज्यादातर को।''

''फिर भी आप अब तक यह विश्वास नहीं बैठा पाए अपने मन में कि आपकी लड़की में ऐसा कोई खोट नहीं है, जिससे वह किसी को नापसन्द भी हो सके। तब भी आप उसे हर लड़के के सामने पकवान सजी थाली की तरह परोसते गए। हर रिश्ता नाकाम रहा और इस तरह हर बार अपनी ही लड़की को एक आघात देते गए कि शायद उसमें कुछ कमी है, कि वह आप पर एक ऐसा बोझ है जिसे आप जी-जान एक करके भी उतार नहीं पा रहे हैं। और मैं समझता हूँ, सभी जगह बात आगे इसलिए नहीं बढ़ी क्योंकि दान-दहेज की माँग आपकी हैसियत से बहुत ज्यादा रही।''

''हाँ, यह भी सच है।''

''अगर इस बार भी ऐसा ही हो, तो? तब मेरी पसन्द का क्या अर्थ रह जाएगा? आपकी लड़की की खूबियाँ किस काम आ सकेंगी? यह सारा नाटक सिवाए कटुता के और क्या दे जाएगा? कब तक आप अपनी लड़की को यूँ ही तमाशा बनाते रहेंगे?''

''यह तो हर लड़की के माँ-बाप की विवशता है। वह अपने दिल पर पत्थर रखकर अपने जिगर के टुकड़े को तमाशा बनाने को लाचार हो जाता है। अगर आपकी ओर से भी ऐसा ही हुआ तो न जाने कब तक आगे भी यही सिलसिला चलेगा।'' प्रभा के पिताजी बोले।

''नहीं, अब यह सिलसिला नहीं चलेगा। मुझे नहीं मालूम आप लोगों ने भैया

से क्या बातें कीं। अब मैं आपको बता दूँ और भैया को भी कि अगर आप कुल एक रुपए का तिलक करके मेरा विवाह करने को और भैया कराने को तैयार हों तो मुझे यह रिश्ता मंजूर है वरना नहीं। मेरी सलाह पर आप इत्मीनान से विचार कर लें और अगर सहमत हों तो कल ही हमारे गाँव आकर सगाई की रस्म पूरी करें वरना नहीं।"

पिताजी ने भैया से सब बातें सुनकर नरेन पर अपनी नाखुशी जाहिर कर दी। एक बार तो वह इस रिश्ते को स्वीकार न करने पर उतारू हो गए, पर भैया ने इज्जत का वास्ता देकर उनका यह फैसला टलवा दिया। तब पिताजी ने नरेन को समझाया।

"बेटा, तुम्हें यह सब कहने की क्या जरूरत थी? यह तो युगों से होता आया है। हर पिता बेटी के भार से उऋण होते समय दान देता ही है।"

पिताजी की ये व्याख्या सुनकर नरेन बोला, "नहीं, पिताजी, अब वह समय नहीं रहा। पहले के पिता भले ही बेटी के भार से उऋण होते रहे होंगे, पर अब ऐसा नहीं है। अब बेटी विवाह के बाद भी पिता की सम्पत्ति में हिस्सेदार है, और फिर सबसे बड़ी बात दान-दहेज हमारे समाज के नाम के साथ जुड़ा सबसे घृणित कलंक है। इसे मिटाना ही होगा। इसे मिटाने के लिए किसी-न-किसी ओर से पहल करनी ही होगी। लड़की वाले तो नहीं कर सकते, पर हम तो कर सकते हैं।"

"पर बेटा, जो समर्थ है, उससे लेने में क्या हर्ज है?"

"हम किस आधार पर यह मान लें कि दूसरा समर्थ है? विवाह-सम्बन्ध तय होने से पहले हम दूसरे पक्ष के बारे में जानते ही कितना हैं?"

"पर बेटा, वह अपनी इच्छा से, जो उनसे बन पड़ रहा था, वही तो देने को राजी हो रहे थे, और फिर कल को हमें भी प्रगल्भा का विवाह करना है। हमें भी देना ही होगा।"

"हो सकता है, हमें भी न देना पड़े। जैसे इन्हें नहीं देना पड़ रहा। और अगर देना भी पड़ा तो अपने देने के लिए हम लोग दूसरों का घर कब तक उजाड़ते रहेंगे? नहीं पिताजी, मुझसे यह न हो सकेगा।"

यकायक पिताजी बौखला गए। उन्हें लगा, उनके मन की साध पूरी नहीं हो पाएगी। नरेन के विवाह में मिलनेवाली दहेज की रकम को लेकर उन्होंने कई मंसूबे बाँधे थे। मनीष ने इसी वर्ष ग्यारहवीं कक्षा का इम्तहान दिया था। उसका अब पढ़ाई में मन नहीं लगता था। पिताजी को आशा थी कि नरेन के विवाह में काफी मोटी रकम दहेज में मिलेगी। उसमें से कुछ रकम खर्च कर मनीष को कोई छोटी-मोटी दुकान डलवा देंगे। नरेन के पास रहकर शीतेष आगे पढ़ सकेगा। प्रगल्भा का विवाह धूमधाम से हो जाएगा।

जमींदारी समाप्त होने के बाद घर की हालत काफी खस्ता हो चली थी, पर यह किसी पर अब तक जाहिर नहीं हुआ था। पिताजी को लगा, यदि प्रगल्भा का विवाह धूमधाम से न कर सके तो यह भेद जगजाहिर हो जाएगा।

नरेन के चचेरे मझले भैया कहने से न चूके, "अरे नरेन, तू तो पागल है। मैं तो समझा, बड़े भैया यहाँ लाख से ऊपर में मामला तय करेंगे, वरना अस्सी हजार की पार्टी तो मैं बगल में दबाए फिर रहा था। लगता है, भैया से बात सँभली नहीं। पर उनका भी क्या दोष, तुझ पर ही आदर्श का भूत जो सवार है।"

छोटे भैया के विचार भी कुछ ऐसे ही थे। उन्हें लगता था, चाचा जी ने नरेन को इतना पढ़ा-लिखाकर अपना ही नुकसान किया।

मनीष तो और भी अधिक बौखला गया था। उसे पिताजी ने आश्वासन जो दे रखा था कि इण्टर पास करते ही दुकान डलवा देंगे। हाँ, शीतेष जरूर खुश था, अपने बड़े भैया के विचार जानकर फूला न समा रहा था।

नरेन को अपना इरादा बदलते न देख सगाई की रस्म पूरी होने के तुरन्त बाद पिताजी ने स्पष्ट कह दिया, "नरेन, विवाह का खर्च उठाने की सामर्थ्य मुझमें नहीं है।"

तब अपने आदर्श की रक्षा करने के लिए नरेन ने अपने विवाह के लिए रुपयों का प्रबन्ध भी स्वयं करने की ठान ली। सगाई के अगले दिन ही वह नौकरी पर लौट आया। दस दिन बाद विवाह होना तय हुआ था। इसलिए तीसरे ही दिन रुपयों की व्यवस्था कर और पन्द्रह दिन का अवकाश लेकर वह वापस गाँव आ गया।

निश्चित दिन बारात जा पहुँची। नरेन ने जो कहा था, उस पर पूरी तरह अमल भी किया। हालाँकि नरेन के परिवारजनों को अन्त-अन्त तक यह उम्मीद बँधी रही कि शायद नरेन कुछ माँग करे, अब कुछ कहे, पर ऐसा न हो सका। ढेरों अवसर आए जब वधू पक्ष की ओर से पूछा गया, "क्या चाहेंगे आप?"

हर बार नरेन का एक ही उत्तर होता, "कन्या तो दे रहे हैं न?"

"हाँ।"

"बस, पर्याप्त है वही।"

प्रभा के नाते-रिश्तेदार तो नरेन का व्यवहार देखकर आश्चर्यचकित रह गए। वे अपनी दिली इच्छा से बहुत कुछ स्नेहवश देना चाहते रहे, पर नरेन ने ऐसा न करने दिया।

विवाह की रस्में देखने भीड़ उमड़ पड़ी थी। नगर के एक प्रतिष्ठित सेठ की कन्या का विवाह और वर की जिद कि वह कुछ नहीं लेगा, एक आश्चर्यजनक और अविश्वसनीय घटना थी सभी के लिए। इसीलिए उस शहर का जनसमुदाय टूटा-सा पड़ रहा था नरेन को देखने के लिए।

अविनाश जी ने तो एक अवसर पर नरेन के पैर ही पकड़ लिए। बोले, "बहनोई

जी, आपकी शराफत के हम कायल हैं। पर एक बार तो ऐसा अवसर दीजिए ही, जब हमें लगे कि हम आपकी इच्छा पूरी कर सके हैं।''

नरेन बोला, ''ऐसा कीजिए, आपने प्रभा को जो गहने, जेवर पहनाए हैं कृपा करके जब वह ससुराल से आए वे गहने उतार लीजिएगा और यदि यह अभी ही कर सकें तो आपकी मेहरबानी होगी।''

नरेन की सलाह सुनकर वह ही नहीं, वहाँ मौजूद सभी लोग अवाक् रह गए। तभी हठात् प्रभा ने घूँघट उठाकर एक बार अपने पति को पहली बार देखा नजर भरकर। एक ओर नरेन की बातों से उसका जी जुड़ा रहा था, तो दूसरी ओर अपने सिद्धान्तों के प्रति इतनी कठोरता के साथ चिपटा व्यक्तित्व उसे भीतर तक दहशत में डाल रहा था। क्या वह निभा सकेगी ऐसे दृढ़निश्चयी व्यक्ति के साथ? कहीं यही हाल हर क्षेत्र में तो नहीं है? कहीं यही तो इनका जीवन-दर्शन नहीं? समझ नहीं पा रही थी प्रभा कि वह कैसे भविष्य की कल्पना करे...सुखद गौरवमयी जीवन या कुंठित नाकारा?

विवाह की सभी रस्में पूरी हो गईं। विदा का समय आया। नरेन दान-दहेज, टीका आदि लेने से इनकार कर चुका था। फिर भी विदा के समय द्वार पर बहुत सारा सामान देखकर वह आश्चर्यचकित रह गया। उसने आलोक भैया या अविनाश जी को खोजना शुरू कर दिया। नरेन की परेशानी भाँपते ही प्रभा के पिता सामने आए और समझाने लगे, ''यह सब सामान दान-दहेज नहीं है, न ही आडम्बर है। यह सब तो रोजमर्रा की चीजें हैं। पलंग और बिस्तर समझिए प्रभा का ही है और ये बर्तन ससुराल में खिचड़ी यानी वधू द्वारा पहली बार भोजन तैयार कर सबको खिलाने के लिए भेजे जाते हैं। इन बर्तनों में से किसी में घी, किसी में चावल, किसी में बूरा तो किसी में दाल है। कुछ परोसने की सहायक सामग्री है तो कुछ और इसी तरह की उपयोगी चीजें।''

हँसी-खुशी विदा होकर बारात वापस चल पड़ी। रास्ते में प्रभा को चक्कर आने लगे। उसकी ओर जब प्रगल्भा ने पिताजी का ध्यान दिलाया तो उन्होंने कहा, ''धूप और यात्रा की वजह से ऐसा हो रहा है। घबराने की कोई बात नहीं है।''

परिवार और गाँव की प्रथा के अनुसार विवाह के अगले दिन वर-वधू को गाँव के साथ लगे पहाड़ के ऊपर बने मन्दिर में जाना होता था। इसलिए नरेन और प्रभा का जाना भी पहले ही तय था। मन्दिर जाने की सभी तैयारियाँ सुबह-सवेरे ही कर ली गईं। पहाड़ की तलहटी में बैठकर दाल-बाटियाँ बनाने के लिए सामग्री बैलगाड़ियों पर रख दी गई। गाँव के बिरादरी भाइयों को निमन्त्रण पिछली रात ही भेज दिया गया था, इसलिए वे सब भी सुबह-सुबह नरेन के घर आ पहुँचे थे। पर अचानक

नरेन ने बीमारी का बहाना कर पहाड़ पर जाने से इनकार कर दिया। वह सोच रहा था, 'प्रभा कैसे इतना ऊँचा पहाड़ चढ़ेगी, कैसे बैलगाड़ी में बैठकर पहाड़ की तलहटी तक का ऊबड़-खाबड़ रास्ता तय करेगी?'

चूँकि नरेन जाने को तैयार नहीं था इसलिए यह कार्यक्रम अगले दिन पर टाल दिया गया। साथ ही नरेन को आराम करने की सलाह दी गई।

नरेन अभी कमरे में जाकर पलंग पर बैठा ही था कि तभी बड़ी भाभी ने आकर उसे एक नई उलझन में डाल दिया। वह बोलीं, ''नरेन, तुम्हें मन्दिर चले जाना चाहिए था। तुमने क्यों मना किया, इसकी वजह मैं समझ रही हूँ। पर जब तक तुम मन्दिर नहीं जाओगे और वहाँ से लौटकर प्रभा पूरे परिवार को अपने हाथों से बनी खिचड़ी नहीं खिला देगी, उसे इस घर से अन्न का दाना भी खाने को नहीं मिलेगा।''

भाभी की बात सुनकर नरेन असमंजस में पड़ गया, लेकिन अब अपना इरादा बदलने पर भी क्या हो सकता था।

मन्दिर जाने का कार्यक्रम अगले दिन ही पूरा हो सका। सुबह-सवेरे सब लोग मन्दिर जाने के लिए चल पड़े। प्रभा को पहाड़ी की तलहटी तक बैलगाड़ी में ले जाया गया। प्रभा के लिए बैलगाड़ी में बैठने का जीवन में यह दूसरा अवसर था। पहला अवसर दो दिन पहले तब आया जब शहर से आई बस बारात को नदी-किनारे छोड़ गई थी। तब बाकी बाराती तो पैदल ही गाँव तक चले आए थे, मगर प्रभा और नरने को बैलगाड़ी में बिठाकर लाया गया था।

तलहटी में पहुँच कर प्रभा को बैलगाड़ी से उतार लिया गया। अब उसे औरों की तरह अपने पैरों चलकर उस सीधे-सपाट पहाड़ की चोटी तक पहुँचना था। जैसे-तैसे करके प्रभा पहाड़ पर चढ़ गई, पर मन्दिर में दर्शन कर जैसे ही पहाड़ उतरने का अवसर आया उसे फिर चक्कर आने लगे। शायद भूख और कमजोरी की वजह से। प्रभा के देवर शीतेष ने उसे सहारा भी दिया, पर फिर भी उससे पहाड़ से उतरते न बना। उसकी हालत बिगड़ती देख आलोक भैया ने उसे अपनी गोद में उठा लिया और गोद में उठाए हुए ही वह उसे पहाड़ की तलहटी तक ले आए।

तलहटी से बैलगाड़ी तक शीतेष उसे सहारा देकर ले आया। अब तक उसकी तबीयत काफी बदतर हो चुकी थी। इसलिए दाल-बाटियाँ पकाने का कार्यक्रम रद्द कर दिया गया और अधमरी-सी प्रभा को बैलगाड़ी में डालकर सब लोग वापस गाँव आ गए।

नरेन के विवाह से मनीष के अलावा नरेन की चचेरी बड़ी बहन भी काफी नाखुश थीं। उनके पति इस विवाह के शुरू में सूत्रधार रहे, पर नरेन द्वारा दहेज के प्रसंग में एक अलग रवैया अपनाने की वजह से विवाह में सम्मिलित तक नहीं हुए। जीजी की नाराजगी की वजह यह थी कि घर में भाई का विवाह होने पर भी उन्हें नेगचार नहीं मिले थे। न द्वाराचार, न द्वार-छिकाई, न मंडप-गढ़ाई, न गाँठ-छुड़ाई,

न न्योछावर। चूँकि नरेन ने इन रस्मों को होने ही नहीं दिया था।

पहाड़ के मन्दिर से लौटकर घर पहुँचने तक प्रभा को बार-बार चक्कर क्यों आ रहे हैं, इसका असली कारण मालूम कर लिया गया था। सभी ने एकमत से घोषणा कर दी थी—या तो प्रभा को असाध्य रोग है या फिर उस पर किसी प्रेतात्मा का साया है। असाध्य रोग के निवारण का दायित्व प्रभा के पिता पर छोड़ दिया गया और प्रेतात्मा से छुटकारा दिलाने की कोशिश यहीं करने का फैसला लिया गया।

प्रेतात्मा को भगाने के सभी प्रयास कर लिए गए, पर प्रेतात्मा ने कुछ न बका। हाँ, इस नाटक में प्रभा की खासी फजीहत हुई पर संकोचवश वह कुछ कह नहीं सकी।

नरेन पहाड़ के मन्दिर से आने के बाद सो गया था। दिन ढले जब वह जागा तो उसे पता चला कि इस बीच यहाँ क्या-क्या कार्रवाई हो चुकी है। सुनते ही अम्मा के पास जाकर उसने सख्त शब्दों में कहा, ''इन टोटकों के चक्कर में उस बेचारी पर जुल्म क्यों ढाए जा रहे हैं? आप जानती हैं कि वह तीन दिन की भूखी-प्यासी है। ऐसी हालत में उसे खाना-पानी चाहिए न कि झाड़ा-बुहारी या ओझाओं के लटके-झटके।''

अम्मा ने उसकी बात का कोई उत्तर नहीं दिया। वह कुछ देर किंकर्तव्यविमूढ़-सा वहाँ खड़ा रहा, फिर सबको सुनाता हुआ बोला, ''अगर किसी ने अब यह सब नाटक दोहराया तो मैं घर छोड़कर चला जाऊँगा।''

प्रभा के साथ आई एक छोटी-सी बच्ची अपनी जीजी की हालत देखकर रो-रोकर बेहाल हो रही थी, पर किसी को उसके प्रति भी सहानुभूति नहीं थी। वह बार-बार नरने के कमरे की चौखट पर आकर खड़ी हो उसे टुकुर-टुकुर निहारती, फिर हताश होकर वापस जीजी के पास लौट आती थी।

अपने वैवाहिक जीवन की उस चिरस्मरणीय पहली रात जब नरेन पहली बार प्रभा से रूबरू होने पहुँचा, तब उसके हाथों में कोई कीमती तोहफा नहीं बल्कि भाभी द्वारा चोरी-छुपे दिए गए कुछ फल और मिठाई का दोना था। उन्होंने बड़ी अनुनय से यह सब नरेन को दिया था। भाभी ने अपनी रुलाई बरबस रोककर कहा था, ''नरेन, जैसे भी हो, ये फल और मिठाई प्रभा को खिला देना। चाहे इसी काम में पूरी रात क्यों न गुजर जाए।''

अगले दिन प्रभा को खिचड़ी बनाने के लिए चूल्हे के पास बैठाया गया तो वह चूल्हे की गर्मी बर्दाश्त नहीं कर सकी और वहीं बेहोश हो गई। भाभी ने झटपट प्रभा का हाथ चावल, दाल, घी, बर्तन, चूल्हे आदि पर छुआकर उसे एक तरफ लिटा दिया। प्रगल्भा वहीं थी। उसे प्रभा को हवा करने को कहकहर स्वयं खिचड़ी पकाने

लगीं। भाभी का ध्यान बँटते ही प्रगल्भा वहाँ से उठकर भाग गई और उसने नीचे जाकर अम्मा को बताया कि प्रभा को प्रेतात्मा ने फिर दबोच लिया है। अम्मा तुरन्त रसोई में आ पहुँची। इधर सब लोग खिचड़ी खाने बैठे और उधर अम्मा के निर्देशन में एक बार फिर प्रभा के सिर से प्रेतात्मा का साया हटाने के लिए झाड़-फूँक होने लगी।

उसी शाम अविनाश प्रभा को लिवाने आ पहुँचे। देर रात तक जिसे भी अवसर मिला उसी ने अविनाश को उलाहना दे-देकर उनकी लानत-मलामत की। घर में सभी यह उम्मीद लगाए बैठे थे कि नरेन भी अविनाश से कुछ कहेगा। प्रभा की बीमारी को लेकर अपनी नाराजगी प्रकट करेगा। पर नरेन चुप ही रहा। उसे रह-रहकर कुछ दिनों पुरानी एक घटना याद आ रही थी।

नरेन जब सगाई के बाद शहर आया था, तब उसी दिन एक अपरिचित सज्जन उसके दफ्तर में आए थे। उन्होंने अपना परिचय तो नहीं दिया था अलबत्ता नरेन को यह जानकारी जरूर दी थी कि प्रभा की अम्मा पिछले पच्चीस वर्ष से टी. बी. की मरीज हैं, इसलिए हो सकता है, इसी दौरान जन्मी प्रभा में भी ऐसा ही कोई असाध्य रोग घर किए बैठा हो। इसलिए नरेन को चाहिए कि अपने निर्णय पर ज़रा विचार करके ही अगला कदम उठाए।

नरने नें उन सज्जन को धन्यवाद देकर विदा कर दिया था और इसे षड्यन्त्र समझकर अविश्वसनीय तो समझा ही था, भूलकर भी इन पिछले दिनों में इस घटना की चर्चा तक नहीं की थी।

अविनाश से जब नरेन की एकान्त में मुलाकात हुई तब नरेन ने उन्हें यह घटना सुनाकर कहा, "मुझे आज भी इस बात से कोई सरोकार नहीं है और न ही मैं इसे प्रभा के हालात से जोड़ रहा हूँ, पर मैं इतना अवश्य जानना चाहूँगा कि यदि प्रभा को कोई रोग हो या कभी रहा हो तो वह मुझे अवश्य पता रहना चाहिए, ताकि मैं समय रहते उसका उपचार करा सकूँ।"

नरेन की बात सुनकर अविनाश बोले, "ऐसा कोई रोग कभी भी प्रभा को नहीं रहा, जिसे असाध्य या याद रखने योग्य भी समझा जा सके। प्रभा पूर्ण स्वस्थ है, रही है और आगे भी रहे, यही हमारा-आपका प्रयास रहना चाहिए। फिर भी यदि भविष्य में कभी प्रभा बीमार-दुखी हो जाती है तो उसकी सेवा करना मैं अमना पहला और महत्त्वपूर्ण दायित्व समझूँगा। आप प्रभा की ओर से पूरी तरह निश्चिन्त रहें।"

उनकी बातों से नरेन आश्वस्त हो गया।

इन चार दिनों में नरेन को केवल एक रात प्रभा के साथ गुजारने का अवसर

मिला था। उसके भैया वगैरह के आ जाने से आज भी प्रभा से मिलने, दो बातें करने, उसे सांत्वना देने का कोई अवसर न मिला। उसके देखते-देखते ही प्रभा विदा हो गई और सबका अविश्वास, नाराजगी, सन्देह और अपने असुरक्षित भविष्य की तस्वीर मन में लिए अपने पीहर पहुँच गई।

प्रभा के जाने के बाद भी घर में उसी के विषय में चर्चाएँ होती रहीं। सभी लोग एकमत से अविनाश और उसके पिता को इस बात के लिए दोषी ठहरा रहे थे कि उन्होंने नरेन के परिवार को इतने बड़े धोखे में रखरक इनके साथ विश्वासघात किया है।

पिताजी के पत्र पहले की तहर ही नरेन के पास समय-समय पर आते रहे, पर हर पत्र में अब वह उसकी ससुराल के विषय में दो-चार अपशब्द अवश्य लिखते थे और यह संकेत भी देने से नहीं चूकते थे कि वे जल्दी ही नरेन का दूसरा विवाह करने के पक्ष में हैं। पिताजी का हर पत्र पढ़कर नरेन के मन की दुविधा बढ़ती गई। वह अच्छी तरह समझ पा रहा था कि पिताजी केवल उसे पत्र लिखकर सन्तुष्ट होने वाले नहीं। जरूर वे यहाँ-वहाँ अन्य लोगों से कहते होंगे कि हम तो नरेन का दूसरा विवाह कर देंगे। उसने जल्दी ही कोई कठोर और सही निर्णय ले लेने का मन-ही-मन फैसला कर लिया।

अचानक एक दिन बिना कोई पूर्व सूचना दिए नरेन अपनी ससुराल जा पहुँचा और प्रभा के पिताजी के बार-बार अपनी यह मंशा प्रकट करने पर भी कि वह बाकायदा प्रभा को विदा करेंगे, प्रभा को लेकर शहर चला आया।

यों अनपेक्षित तरीके से नरेन के पहुँचने और खाली हाथ विदा करवाकर प्रभा को अपने साथ ले आने से वह उसके प्रति कृतज्ञ हो आई। प्रभा से ही नरेन को मालूम हुआ कि इतने कम समय में भी लोगों ने बेबुनियाद अफवाहें फैलानी शुरू कर दी थीं। यहाँ-वहाँ से उसके पिता के पास यह समाचार आने लगे थे कि नरेन इस विवाह से नाखुश है। उसका इरादा प्रभा को त्याग देने का है। उसके पिता ने अन्यत्र कन्याएँ देखना शुरू भी कर दिया है।

प्रभा के आने के तकरीबन पाँच महीने बाद पिताजी का एक पत्र आया, जिसमें उन्होंने यह सूचना भेजी थी कि जल्दी ही अम्मा नरेन के पास रहने आ रही हैं। चूँकि नई बहू का अकेले रहना उचित नहीं होगा। ऐसी हालत में तो कतई नहीं, जबकि उसकी ससुराल में भरा-पूरा परिवार मौजूद हो।

पिताजी के पत्र का उत्तर प्रभा ने ही दिया। उसने अपने पत्र में यह इच्छा जाहिर की कि वह और नरेन चाहते हैं कि मनीष, शीतेष और प्रगल्भा अगले वर्ष

से यहीं इनके पास आकर रहें और आगे की पढ़ाई करें। पर पिताजी की ओर से आए बाद के पत्र में इस प्रस्ताव की सहमति या असहमति का कोई संकेत न मिला।

जिस दिन अम्मा यहाँ आ पहुँचीं, उन्होंने बैठक वाला कमरा अपने लिए चुना। प्रभा ने तुरन्त बैठक में उनके ठहरने की व्यवस्था करवा दी। शाम को जब नरेन घर पहुँचा यह तबदीली हो चुकी थी। कमरे की चीजें वहाँ न पाकर उसे ताज्जुब हुआ। पूरा घर घूम-घूमकर उसे अटपटा-सा भी लगा। तब उसने प्रभा के सामने इस तबदीली पर अपनी नाखुशी प्रकट की।

नरेन की बात सुनकर प्रभा ने कहा, "इसमें परेशान होने की क्या बात है। अम्मा कोई सब दिन थोड़े ही यहाँ रहेंगी। उनके जाने पर हम चाहेंगे तो फिर वैसे ही सब सामान जमा लेंगे। वैसे मैं समझती हूँ, एक तरह से यह तबदीली अच्छी रही। अम्मा के पहले कमरे में रहने से वहाँ का वातावरण आध्यात्मिक-सा लगने लगा है। ऐसे में हमारे यहाँ आने वाले हर मेहमान पर कितना अच्छा प्रभाव पड़ेगा, जब घर में घुसते ही वे इस कमरे के आध्यात्मिक वातावरण से अभिभूत होकर बैठक तक आएँगे।"

अम्मा की इच्छा को महत्त्व देने का सिलसिला अगले दिन से नरेन को हर उस अवसर पर महसूस होने लगा जिन अवसरों पर नरेन अब तक प्रभा को किसी और ही रूप में देखता आया था।

सुबह ही की बात है, नरेन अभी नहा-धोकर तैयार हो रहा था कि अम्मा ने प्रभा को आवाज देकर बुलाया। प्रभा के आने पर उन्होंने पूछा, "क्या बना रही है बहू?"

"अम्मा, आलू की सब्जी, आप कुछ और खाना चाहेंगी क्या, वह भी बना लेती हूँ।"

प्रभा की बात सुनने के बाद कुछ पल के लिए अम्मा ने विद्रूप-सा चेहरा बनाया, फिर बोलीं, "बहू, नरेन तो आलू नहीं खाता था। क्या तूने सिखा दिया? यह तो बड़ी गलत बात है बहू, भला हम लोग 'अभक्ष' कैसे खा सकते हैं? ऐसा कर, मसूर की दाल तो होगी घर में, वही बना दे।"

"पर अम्मा, दाल तो हम शाम को बनाते हैं। सुबह चूँकि समय ज्यादा नहीं होता, फिर खाना टिफिन में रखकर यह साथ भी ले जाते हैं, इसलिए सूखी सब्जी बना रही थी। आप कहती हैं तो आलू के बजाए कोई और सब्जी बना देती हूँ, और हाँ अम्मा, यह 'अभक्ष' क्या होता है?"

"अरी बहू, तू इतना भी नहीं जानती? अरी, किस कुल में जन्मी है तू? जमींकंद को ही तो अभक्ष कहते हैं। क्यों बहू, क्या तूने कभी 'बाल बोध जैन धर्म' नहीं

पढ़ा?" चेहरे पर वही घोर उपेक्षा बरकरार रखे हुए अम्मा ने प्रश्नों की बौछार की। प्रभा के पास अम्मा के प्रश्नों का कोई सकारात्मक उत्तर नहीं था, इसलिए वह चुप ही रही। तभी नरेन ने बीच में आ उपस्थित होकर सलाह दी, "ऐसा करो प्रभा, घीया या सीताफल हो तो बना लो।"

नरेन की सलाह सुनकर प्रभा और भी उलझन में पड़ गई। इतने दिन साथ रहते-रहते उसे यह अच्छी तरह मालूम हो चुका था कि नरेन कौन-सी सब्जियाँ खाना पसन्द करता है और कौन-कौन-सी सब्जियाँ टिफिन में रखकर ले जाता है। मन-ही-मन कोई बीच का रास्ता खोजती वह रसोई की ओर चली गई।

प्रभा को नजरों से ओझल होते देख अम्मा ने अब नरेन पर प्रश्नों की बौछार शुरू कर दी, "क्यों रे नरेन, तू भी लाज-शर्म सब घोलकर पी गया है? बैठे-ठांड़े बहू का नाम लेता है अपनी जबान से। पर तेरा भी क्या कसूर! आज का जमाना ही ऐसा है, न माँ-बाप की शर्म, न लोक-लाज की चिन्ता। बस, उठाई जीभ और तलुवे से मार दी। पर बेटा, जब तक मैं यहाँ हूँ तब तक तो कम-से-कम मनीष की भाभी, शीतेष की भाभी या बड़ी बहू कहकर पुकारा कर।"

इस तरह आध्यात्मिक वातावरण का वह कमरा, जिसे इस रूप में नरेन और प्रभा दूसरों को आभासित कराना चाहते थे, उन दोनों के लिए उठते-बैठते सुबह-शाम प्रवचन प्रसारण केन्द्र का रूप लेता गया।

उस दिन नरेन के एक ऑफिसर उसके घर आने वाले थे। उनको नरेन कई महीनों से आमन्त्रित करता आ रहा था, पर समय न मिलने की वजह से अब तक उनका आना न हो सका था। अब अम्मा के आने के बाद नरेन ने उनसे विशेष अनुरोध किया था तो वह स्नेहवश टाल न सके और सपत्नीक उसके घर आने को सहमत हो गए।

शाम को वह सपत्नीक आ भी पहुँचे। नरेन ने पहले से ही बाहर के लॉन में कुर्सियाँ विछा दी थीं। उन्हें वहीं लॉन में बैठाकर वह भीतर आया और प्रभा को सूचना देकर बाहर ही आ बैठा। प्रभा उनके लिए स्वल्पाहार तैयार करने लगी। ऑफिसर दम्पती को रात को भोजन भी यहीं लेना था, इसलिए जब आराम से बैठकर बातें करने से पहले उन्होंने अम्मा से मिलने की इच्छा प्रकट की तो नरेन उन्हें बैठक में अम्मा के पास ले आया।

उनकी पत्नी ने ज्योंही अम्मा को नमस्कार किया अम्मा ने उन्हें आशीष दी, "जीती रहो बेटी...", "जुग-जुग जियो", "दूधों नहाओ पूतों फलो..।" वह अम्मा की आशीर्वाणी समाप्त होने के इन्तजार में थीं ताकि उनसे उनकी कुशलक्षेम पूछ सकें पर शायद अम्मा जल्दी ही चुप्पी लगाने के लिए यह प्रेमवाणी प्रसारित नहीं

कर रही थीं।

आशीष-संकलन समाप्त करते-करते उन्होंने ऑफिसर दम्पती के हाथ पकड़कर उन्हें अपने दोनों ओर बैठा लिया, फिर बोलीं, "अरे बेटा, तुम तो इतने बड़े हो, सूरत से भी सज्जन मालूम देते हो, तुम इस नरेन को समझदारी की बातें क्यों नहीं सिखाते? अब देखो न, मैं यहाँ आई हूँ पर इसमें लिहाज-शर्म नाम की चीज ही नहीं है। जब देखो बहू का नाम ले-लेकर रुक्के मारता रहता है। देव-दर्शन, धर्म-कर्म, पूजा-पाठ कुछ ही नहीं करता। न किसी बात में मेरी सलाह लेता है न मानता है।

"अब तुम्हीं सोचो, इस बुढ़ापे में क्या मैं ऐसे ही दिन देखने आई हूँ यहाँ? तुम्हीं इसे समझा-बुझाकर रखा करो। जब आदमी का अपना आचार-विचार सही होता है तो उसका यह फर्ज बन जाता है कि चार प्राणियों का आचार-विचार और भी ज्यादा धर्मानुसार करवाएँ।"

ऑफिसर दम्पती के नैतिक जागरण का सिलसिला अभी और न जाने कितनी देर तक चलता मगर जैसे ही अम्मा ने साँस लेने के लिए मुँह बन्द किया, गर्मी अधिक होने का बहाना कर वे दोनों बाहर चले आए।

नरेन बड़े धैर्य के साथ अम्मा की बातें सुन रहा था। उसने न तो अम्मा को बातें कहने से रोका न अपनी ओर से कोई स्पष्टीकरण ही दिया। चूँकि वह समझ रहा था कि यह हालात गाहे-बगाहे हर उस आदमी के सामने आते रहे हैं जो बदलते परिवेश को देख-भोग रहा है। आखिर इतना लम्बा फासला दो-चार दिनों में न तो नरेन ही तय कर पाया था, न अम्मा कर सकती थीं।

बाहर आकर नरने और ऑफिसर दम्पती फिर अपने-अपने स्थान पर आ बैठे। पर बातों की शुरुआत न मेहमान कर पा रहे थे न स्वयं नरेन ही। बल्कि नरेन तो प्रभा का बेसब्री से इन्तजार कर रहा था कि वह आए और इस प्रसंग को "अम्मा की बातों का ख्याल न कीजिएगा।" या "अम्मा जरा पुराने ख्यालों की हैं न" जरा झेंपकर, सकुचाकर, मुस्कराकर और थोड़ी लापरवाही-सी दिखाकर बड़े ही हल्के चलते-फिरते अंदाज में एक बार कह दे तो वातावरण का भारीपन स्वतः ही कम हो जाए और ये तीनों ही अपनी सामान्य स्थिति में आ जाएँ।

नरेन यह भी अच्छी तरह समझ रहा था कि इस समय ऑफिसर दम्पती भी इसी उधेड़बुन में हैं कि कोई यह वाक्य बोल दे। पर यह सहज नहीं था, क्योंकि तीनों ही यह भी जाहिर नहीं करना चाह रहे थे कि उनके मस्तिष्क में अभी तक अम्मा के शब्दों की प्रतिध्वनि गूँज रही है।

तीनों ही अपनी-अपनी केंचुल उतारने के लिए माध्यम जुटा रहे थे और तीनों की राय में वह माध्यम थी—प्रभा।

"क्या है यह बहू?" कमरे से बाहर आती प्रभा को देखकर अम्मा ने पूछा। अम्मा की आवाज के साथ ही उन तीनों की निगाह भी दरवाजे की ओर उठ गई।

वहाँ हाथों में एक ट्रे पकड़े प्रभा खड़ी थी। उसका मुँह अम्मा की ओर था।

''अम्मा, शर्बत है।''

''अच्छा, मेहमानों के लिए?''

''हाँ, अम्मा!''

''पर रुक तो बहू, तू जा किस तरह रही है? न सिर ढका, न हाथों में चूड़ियाँ पहनी हैं। अरी हाँ, देखती क्या है। दो-दो चूड़ियाँ तो मुझे भी दीख रही हैं। पर यह भी क्या पहरावा है! तेरे बाप ने कुछ नहीं दिया न सही, पर नरेन के बाबू ने तो तुझे भर-भर झोली दिया है...और देखो तो सही, तेरा तो पूरा बदन दिख रहा है इस झब्बर झोले में। मैं पूछती हूँ, यह कंचन-काया दिखाने का कितना शौक है तुझे? मेरा न सही, कम-से-कम पराए मर्द का तो ख्याल कर लेती। अब तो उतार लेती इस 'मक्सी' को। कितनी बार कहा है, साड़ी पहना कर, पर बस एक ही रट लगाए रहती है—रसोई के काम में परेशानी होती है साड़ी पहनने से। मैं पूछती हूँ, तुझे दीन-दुनिया की खबर भी है या हर मामले में सारी दुनिया की रीति से हटकर चलने का प्रण कर रखा है। फिर जरा यह भी तो सोच, वे कितने बड़े हैं नरेन से। तेरे जेठ-समान। पर तुझे इस सबसे क्या, तुझे तो नरेन ने शुरू से ही शह जो दे रखी है।

''अरी मुँह क्या बनाती है! मुझे क्या दीखता नहीं? सब जानती हूँ, समझती हूँ मैं। हाँ, कहती कुछ नहीं। जा, जैसा तेरा जी चाहे कर, जा...''

तनाव घटने के बजाए और बढ़ गया। प्रभा जिस हाल में बाहर आई, उसमें इन तीनों की चिर आकांक्षा पूरी करने की सामर्थ्य उसमें नहीं रह गई थी। बीच में रखी गोल मेज पर ट्रे रखकर स्वयं सहमी-सहमी-सी जा बैठी वहीं रखी एक कुर्सी पर। ऑफिसर दम्पती शर्बत पीकर जाने कौन-सा 'जरूरी' काम याद आते ही उठ खड़े हुए और साथ खाना न खा पाने व अधिक समय न दे पाने के लिए क्षमा माँगने की औपचारिकता निभाकर चले गए। उनके जाते ही प्रभा भी टेबल पर से गिलास समेटकर भीतर जाने लगी। नरेन भी चुपचाप उसी के पीछे-पीछे भीतर चला गया।

उस रात फिर न नरेन ने प्रभा से कोई बात की और न प्रभा ने ही कोई टीका-टिप्पणी की।

अम्मा को भी कहीं यह महसूस हुआ होगा कि उन्होंने अनुचित व्यवहार किया है, ऐसा नरेन और प्रभा सोचते रहे रात-भर, पर अलख सुबह अम्मा ने घर वापस जाने की घोषणा कर दोनों को आश्चर्य में डाल दिया। क्यों उन्हें अचानक यह निर्णय लेना पड़ा, इसका भी स्पष्टीकरण दे दिया।

अपनी विवशता बताती हुई अम्मा बोलीं, ''बेटा, अब मैं यहाँ नहीं रह सकती। तेरे घर आई थी यह सोचकर कि कुछ दिन बहू-बेटे के साथ रह लूँगी हँसी-खुशी, पर मुझे लगता है मेरा यहाँ रहना बड़ा कठिन है। इतने दिन मैं जो यहाँ रह सकी

वह भी इस हालत में कि तुम्हारे किसी आचरण पर मैंने कभी एक भी शब्द अपने मुँह से नहीं निकाला। पर क्या करूँ, केवल मुँह बन्द रखने से तो काम नहीं चल सकता न। तेरे और तेरी बहू के लक्षण देख-देखकर तो जी हलक से बाहर आना चाहता है। आँखें भी बन्द रखूँ तब भी क्या बनता-बिगड़ता है। कान तो अपना काम करते ही रहते हैं। आज जो सुना वह तो नरक की यातनाओं से कहीं ज्यादा दुखदायी है। अब तो तू दफ्तर जाने से पहले मुझे रेल में बैठा दे। वहाँ कस्बे से बैलगाड़ी या घोड़ागाड़ी करके गाँव पहुँच जाऊँगी। वैसे भी आज हाट का दिन है। तेरे बाबू जी या काका जी या गाँव का कोई आदमी हाट में आया होगा। उन्हीं के साथ गाँव चली जाऊँगी।''

हुआ यह था कि सुबह-सुबह नरेन के ऑफिसर की पत्नी का फोन आया। फोन पर उन्होंने नरेन को चाहा। फोन प्रभा ने उठाया था। उसने कहा, ''मैं प्रभा बोल रही हूँ। नरेन तो अभी टहलने गए हैं...''

बस! प्रभा के मुँह से नरेन का नाम सुन लेना ही अम्मा ने सृष्टि में प्रलय की घोषणा का सूत्रवाक्य समझ लिया। यह शब्द अम्मा के कानों ने अपना काम करते रहने के दौरान ही लपक लिया था। पहले तो उन्होंने प्रभा की काफी लानत-मलामत की और इसके बाद उन्हें यहाँ रहना कष्टकर लगने लगा। पाप का भागी बनाने वाले संवाद उन्हें और न सुनने पड़ें इसलिए अम्मा जिद कर बैठीं कि नरेन उन्हें जल्दी-से-जल्दी रेल में बैठा आए। अम्मा की जिद पूरी करने के सिवा नरेन को कोई और रास्ता न सूझा।

नरेन बचपन से देखता-समझता आ रहा था कि अम्मा पिताजी के नाम वाला शब्द किसी के द्वारा कभी भी किसी भी रूप में बोला जाना पसन्द नहीं करती थीं। नरेन के पिता का नाम है पारसदास जैन। सभी भाई-बहनों को अम्मा की ओर से सख्त हिदायत रही है कि 'पारस' शब्द जिस किसी भी नाम के साथ जुड़ा हो उस नाम को अपनी जुबान से न लेने का भरसक प्रयास करें। 'पारसमणि', 'पारस पत्थर', 'भगवान पार्श्वनाथ' ही नहीं 'फारस की खाड़ी' कहने पर भी एक बार अम्मा ने नरेन को डपट दिया था। उनके अनुसार इस शब्द की ध्वनि भी 'पारस' ही निकलती है।

पति और पिता का नाम जबान पर लाने से उनका अपमान होता है और स्वयं को पाप लगता है, यही अम्मा की मान्यता थी। अम्मा स्वयं भी इस सम्बन्ध में काफी सतर्क रहती थीं। यदि भूल से उनके मुँह से ऐसा कोई शब्द निकल जाए तो उपवास करके प्रायश्चित किया करती थीं।

एक बार अम्मा बड़े पसोपेश में पड़ गई थीं। जैनियों का एक प्रसिद्ध धार्मिक भजन है–'तुमसे लागी लगन, ले लो अपनी शरण, पारस-प्यारा, मेटो-मेटो जी संकट

हमारा...' इस भजन को अम्मा पहले इस तरह गाया करती थीं—'तुमसे लागी लगन, ले लो अपनी शरण नरेन के बाबू, मेटो-मेटो जी संकट हमारा...' एक दिन अचानक मन्दिर में आलोक भैया ने अम्मा को यह भजन गाते सुन लिया। घर जाकर आलोक ने हँसी करते हुए कहा, "काकी, नरेन का अर्थ भी पारसनाथ होता है। तुम्हें याद नहीं पारसनाथ की स्तुति में उनके कई नाम गिनाए हैं, जैसे—नरेन्द्रं, फणीन्द्रं, सुरेन्द्रं, अधीशम्..."

आलोक भैया की बात सुनकर अम्मा अवाक् रह गईं। उन्हें लगा, वह अज्ञान में अब तक कितना बड़ा पाप करती रहीं। फिर आलोक भैया को डपटती हुई बोलीं, "अच्छा, चुप कर, बड़ा आया बार-बार अपने काकाजी का नाम लेने वाला।" लेकिन उन्होंने आलोक भैया की बात गाँठ बाँध ली।

अगले दिन जब अम्मा मन्दिर गईं तो आलोक भैया भी उनके पीछे-पीछे जा पहुँचे। अम्मा आँखें मूँदे गा रही थीं—"तुमसे लागी लगन, ले लो अपनी शरण ऊँ ऊँ ऊँ, मेटो-मेटो जी संकट हमारा।"

घर आने पर आलोक भैया ने फिर अम्मा को छेड़ा, "काकी, ऊँ ऊँ ऊँ ऊँ का मतलब भी तो यही हुआ कि मन-ही-मन 'पारस प्यारा' बोल रही हो।"

अम्मा धर्मसंकट में पड़ गईं। तब से उन्होंने वह भजन गाना ही छोड़ दिया। इतना ही नहीं, नरेन को भी नरेन कहकर पुकारने की बजाए 'बड़े' कहकर पुकारने लगीं।

कभी-कभी जब नरेन 'बड़े' पुकारने पर न सुनता तो खीझकर कहतीं, "इसके बाबू को भी क्या सूझी जो इसे अपना नाम देकर मुझे मुसीबत में डाल दिया। दुनिया-भर के नाम खत्म हो चुके थे क्या?" वह अक्सर 'तुमसे लागी लगन' भजन की तारीफ करती थीं। उन्हें वह भजन बहुत पसन्द था, पर लाचारी कि वह उसे गा नहीं सकती थीं।

आलोक भैया की बताई बात पर अम्मा और न जाने कब तक गाँठ बाँधे रखतीं कि अचानक एक दिन पिताजी ने 'बड़े' शब्द पर गौर किया। जब अम्मा ने उन्हें इस नाम-परिवर्तन का भेद बताया तो वह पहले तो बेतहाशा हँसे फिर उन्हें यकीन दिलाया कि नरेन का अर्थ किसी भी रूप में पारस नहीं होता। तब कहीं जाकर नरेन पुनः 'बड़े' से 'नरेना' और फिर से 'नरेन' बन सका।

अम्मा के जाने के बाद भी प्रभा ने उनकी किसी टीका-टिप्पणी की चर्चा नरेन के सामने नहीं की। उनके रहने तक भी उसने कभी भी अम्मा से हुई किसी बात की चर्चा नरेन से नहीं की थी। ऐसा करके उसने अपनी सहनशीलता का तो परिचय दिया ही, नरेन पर भी कम उपकार नहीं किया। वास्तव में अम्मा और प्रभा के बीच

नरेन त्रिशंकु बन गया था। न वह इस ओर कुछ कह सकता था न उस ओर।

एक बात और थी। नरेन के परिवार में प्रभा को शुरू से ही नापसन्द किया जाता रहा था। प्रभा भी इस बात को अच्छी तरह से जानती थी। इसीलिए उसे यह अनुमान लगाते देर नहीं लगी थी कि अम्मा के रूखे व्यवहार का एक कारण यह भी है।

परिवार के और लोग चाहे जो धारणा बनाए रहें, पर प्रभा को इस बात की खुशी थी कि नरेन उसे बेहद चाहता है। उसे प्रभा से कोई शिकवा-शिकायत नहीं है। बस, प्रभा के लिए इतना ही पर्याप्त था। इसीलिए वह चाहती थी कि नरेन से जो आदर, अपनत्व इस संदेही वातावरण में भी मिला है, उसका प्रतिदान वह न केवल नरेन को सुख पहुँचाकर बल्कि परिवार के अन्य सब सदस्यों की सेवा-सुश्रूषा करके दे सके। वह ऐसे अवसर की तलाश में रहने लगी थी।

जहाँ तक नरेन का सम्बन्ध था, यह सच था कि प्रभा के आने के बाद से उनका जीवन हँसी-खुशी व्यतीत हो रहा था और व्यवस्थित भी हो चला था।

विवाह के बाद का पूरा साल शुरू के तीन-चार माह के तनाव को छोड़कर ठीक-ठाक ढंग से ही गुजरा था।

हाँ, आर्थिक दृष्टि से नरेन का हाथ पूरे वर्ष तंग रहा था। चूँकि विवाह में दान-दहेज न लेने का फैसला कर लेने पर जब पिताजी ने उसके विवाह का खर्च उठाने से इन्कार कर दिया तो नरेन ने स्वयं अपने विवाह के लिए रुपयों की व्यवस्था की थी। इसी रकम की पूर्ति करते रहने की वजह से उसकी माली हालत अच्छी नहीं रह सकी थी।

इतने दिन नरेन के साथ रहते-रहते प्रभा भी घर की दशा से परिचित हो चुकी थी। पिताजी द्वारा नरेन के विवाह पर कुछ न खर्च पाने की वजह हालाँकि नरेन ने उसे यह बताई थी कि जमींदारी टूटने के बाद से पिताजी ने अपनी शान बनाए रखने के लिए कोई भी काम नहीं किया और पहले जैसे ठाट-बाट बनाए रखने की धुन में घर की तमाम जमापूँजी चौपट कर दी है, इसीलिए उनकी सामर्थ्य ही नहीं थी कुछ खर्च करने की। पर यह बात आसानी से प्रभा के गले नहीं उतर रही थी। अम्मा की बातों से प्रभा को एक दिन असलियत मालूम भी हो गई। इसके बाद तो जैसे नरेन के प्रति नए सिर से उसमें सम्मान की भावना जाग उठी। इसी भावना से उसने कुछ ऐसे कठोर निर्णय भी लिए, जिन्हें निभाकर मानो वह नरेन को उसके किए का प्रतिदान दे सकेगी।

नरेन प्रभा को पूरे वर्ष में कुल बारह रुपए की एक ब्रेजरी खरीदकर दिला सका था। प्रभा ने इस पूरे वर्ष में बिन्दी, सिन्दूर, चूड़ियाँ या ऐसी ही किसी अन्य प्रसाधन सामग्री की माँग तक न की थी जिन्हें आवश्यक समझा जाता है। हाँ, पहली वर्षगाँठ पर एक बनारसी साड़ी अवश्य चाहती थी वह नरेन से।

नरेन ने भी मन-ही-मन यह फैसला कर लिया था कि वर्षगाँठ पर वह प्रभा को साड़ी अवश्य लाकर देगा। लेकिन उसी महीने अम्मा फिर नरेन के पास आ पहुँचीं और इस बार वह अकेली नहीं आयी थीं, उनके साथ मनीष, शीतेष और प्रगल्भा भी आए थे।

अम्मा ने बताया, ''बेटा, तुम्हारे पिताजी ने बहू की इच्छा पर उन्हें यहाँ भेजा है। अब से तीनों यहीं रहकर पढ़ेंगे। प्रगल्भा बहू के काम में थोड़ा-बहुत हाथ बँटा दिया करेगी। हो सका तो साल में दो-तीन महीने के लिए मैं भी आ जाया करूँगी।

प्रभा ने बड़ी खुशी से यह दायित्व स्वीकार कर लिया था।

छुट्टियाँ समाप्त होने पर मनीष बी. ए. में, शीतेष ग्यारहवीं में और प्रगल्भा नवीं कक्षा में भर्ती हो गए। अम्मा थोड़े दिन नरेन वगैरह के पास रहकर वापस चली गईं। इस अनजाने खर्च के बढ़ जाने से चाहकर भी नरेन प्रभा के लिए नई साड़ी न ला सका। उधर प्रभा ने उसे आगाह किया कि अब भविष्य में भी जब तक जरूरी ही न हो तब तक उसके लिए साड़ी वगैरह न खरीदकर लाए।

मनीष, शीतेष और प्रगल्भा की पढ़ाई ठीक-ठीक चल रही थी। नरेन घर की ओर से ज्यादा चिन्तित रहने लगा था। परिवार बड़ा था सो खर्चे भी बड़े थे मगर आमदनी वही की वही थी।

अचानक एक शाम प्रभा ने नरेन को एक पैकेट लाकर दिया। नरेन ने कुतूहलवश उसे ज्यों ही खोला, वह अवाक् रह गया। वह पैकेट गर्भ-निरोधक सामग्री से भरा हुआ था। हैरानी के साथ नरेन ने ज्यों ही प्रभा की ओर देखा, वह अपने चेहरे पर गम्भीरता लाकर बोली, ''हाँ, इनकी जरूरत रहेगी हमें अब, तब तक, जब तक मनीष अपने पैरों पर खड़ा नहीं हो जाता और प्रगल्भा की डोली हम अपने घर से विदा नहीं कर देते।''

नरेन हतप्रभ रह गया। प्रभा की बात का उसने प्रतिवाद करना चाहा, पर वह बोली, ''मैं कुछ सुनना नहीं चाहती। पहल मैंने कर दी है, चूँकि मुझे लगा तुम पहल नहीं कर पाओगे शायद मेरी अनिच्छा की कल्पना करके। अब भविष्य में इनकी व्यवस्था भी तुम्हीं करना और सतर्क भी तुम्हीं को रहना होगा।''

इस तरह चार-पाँच वर्ष के लिए प्रभा ने स्वयं को समेट लिया। अपनी तमाम इच्छाएँ, कामनाएँ मन में सँजोकर रख लीं आगामी अतीत के लिए। जिस सौभाग्य को वह बीते वर्ष में भी चाहती रही, लेकिन नरेन की इच्छा न होने की वजह से न पा सकी, अब उसी को नरेन के सहमत हो जाने के बावजूद इतनी दूर धकेल देने की हिम्मत कैसे जुटा सकी वह!

पाँच वर्ष! इतना लम्बा समय कैसे बीतेगा! सोच-सोचकर नरेन जब-तब सिहर

जाता। उसके मन में इच्छा जन्म लेती बार-बार कि प्रभा का निश्चय पूरा न होने दे, पर ऐसा नहीं हो पा रहा था। उसे लगने लगा था कि प्रभा इस ओर जितनी सचेत और सतर्क अभी है, यदि ऐसी ही रही आयी तो शायद वह इस अन्तराल को कम नहीं कर सकेगा।

प्रभा ने कितना सही और समयानुकूल निर्णय लिया है, यह बात जल्दी ही नरेन पर जाहिर हो गई। मनीष, शीतेष, प्रगल्भा के आने से घर के खर्चे काफी बढ़ गए थे। नरेन के वेतन में से एक मोटी रकम पिछली उधारी पाटने में ही चली जाती थी। शेष बचे से इनकी फीस, जेब-खर्च, किताबें, कापियाँ, घर-खर्च और नरेन का जेब-खर्च, यह सब नहीं निकल पाता था। नरेन ने खर्चों में कटौती करने के विषय में काफी सोचा-विचारा और एक दिन जब सभी लोग खाने की टेबल पर चारों तरफ बैठे चाय का इन्तजार कर रहे थे, उसने अपनी समस्या वहीं सबके सामने परोस दी।

अचानक मनीष बोला, "इस हालत के लिए दोषी आप स्वयं हैं। यदि आप विवाह में..."

घर-खर्च पूरा करने का एक ही उपाए था—आय में बढ़ोतरी। उसने दफ्तर के अलावा और भी काम शुरू कर दिए। वह सुबह सात बजे घर से जाता और तकरीबन दस बजे रात वापस आता। अभी तक जो शिकायत मनीष को थी, साल बीतते न बीतते प्रगल्भा को भी नरेन और प्रभा से वही शिकायत रहने लगी कि भैया और भाभी उसका ख्याल नहीं रखते। उसे कपड़े बनवाकर नहीं देते। हालाँकि नरेन ने साल-भर में उसे कम से कम चार जोड़ी कपड़े बनवाकर दिए थे। चार जोड़ी शीतेष को भी और मनीष को दो जोड़ी बनवाने के अलावा दो-दो पैंट-बुशर्ट अपनी दे दी थीं। तब भी उन्हें नरेन से शिकायत है यह जानकारी नरेन को नहीं थी। वह तो पिछले कुछ महीनों से मानो केवल पैसे कमाने की मशीन बना हुआ था।

प्रभा सब समझती-जानती थी। उसे एक ओर झुँझलाहट होती थी यह सब सुनकर, पर दूसरी ओर वह यह भी चाहती थी कि नरेन को इन बातों की भनक न लगे। वह अच्छी तरह जान पा रही थी कि यह सब बचपना है इन लोगों का।

उस दिन नरेन की उपस्थिति में ही मनीष ने आपसी झगड़े में प्रगल्भा के गाल पर एक चाँटा जड़ दिया और जब प्रगल्भा बिफर गई, उस रात उसी ने नरेन को बताया, "मनीष भैया का कहना है कि क्या उन्हें इसी तरह आपकी उतरन पहनते रहना पड़ेगा?"

यह सुनकर नरेन अवाक् रह गया।

कुछ देर चुप रहकर प्रगल्भा बोली, "मनीष भैया हम लोगों को यह भी कहते हैं कि आप और भाभी हमसे बातें छिपाते हैं। मनीष भैया के दोस्तों का कहना है कि उनके पिताजी की तरह आपकी खूब आमदनी है। और यह जो सुबह से रात

तक आप घर से बाहर रहते हैं यह सब हमें दिखाने के लिए, ताकि हम समझें कि आपकी हालत बहुत खस्ता है।''

नरेन की आमदनी काफी अच्छी है, ऐसा और लोग भी सोचते हैं, पर वस्तुस्थिति यह नहीं थी। नरेन निःसंकोच यह स्वीकारता आया है कि यदि प्रभा जैसी पत्नी उसे न मिली होती तो उसकी आमदनी भी बढ़ सकती थी। उसे गर्व है प्रभा पर कि उसने कभी भी नरेन को इस ओर प्रोत्साहित नहीं किया। नरने का सम्मान जहाँ न हो, जहाँ अनादर होने की सम्भावना हो, जिस राह पर चलने से अपना मन, आचरण और आत्मा कलुषित होती हो, वहाँ नरेन की उपस्थिति या रुचि जागृत न हो इसका नरेन से कहीं अधिक ध्यान प्रभा रखती रही है। वह हमेशा इस ओर से चौकन्नी रही।

नरेन इस प्रोजेक्ट के पूरा होने के बाद अध्यापकी करना चाहता था। इसके लिए पिछले वर्ष टीचर ट्रेनिंग स्कूल में प्रवेश भी लिया था, पर परिस्थितियोंवश यह बीच में ही छूट गया था। जब इस वर्ष जुलाई में प्रभा को एक प्राइवेट स्कूल में शिक्षिका की नौकरी मिल गई तो उसने नरेन को टीचर ट्रेनिंग पूरी कर लेने की सलाह दी। उसने स्वयं भी टीचर ट्रेनिंग स्कूल में प्रवेश ले लिया। प्रभा की नौकरी लग जाने से नरेन ने पार्ट टाइम वाले काम छोड़ दिए और ट्रेनिंग ज्वाइन कर ली।

तीनों भाई-बहन गाँव से लौट आए थे। पढ़ाई भी शुरू हो गई। प्रभा के नौकरी और ट्रेनिंग पर जाने की वजह से यदाकदा प्रगल्भा भी घर के काम में हाथ बँटाने लगी। प्रभा की कोशिश तो यही रहती कि वह सुबह खाना तैयार करके स्कूल जाए और शाम को ट्रेनिंग से लौटकर समय पर शाम का भी खाना बना ले, पर ऐसा हमेशा सम्भव नहीं हो पाता था। इसीलिए प्रगल्भा को कई बार इस काम में जुटना पड़ता था।

पिछले डेढ़-दो वर्ष से शीतेष भी नरेन के पास रह रहा था, पर उसने कभी अपने लिए किसी तरह की अतिरिक्त अपेक्षा नहीं की थी। न ही बेवजह नरेन से बातचीत ही करता था। हाँ, अपनी भाभी का चहेता वह जरूर था। प्रभा ने ही कुछ माह पहले नरेन को बताया था कि शीतेष सौ रुपए महीने की ट्यूशन भी कर रहा है। इस तरह वह अपना जेबखर्च तो इकट्ठा कर ही लेता है, सम्भवतः कुछ रुपए जमा भी करता रहता है। जब-तब वह मनीष और प्रगल्भा को भी उनके चाहने पर उन्हें अपनी ओर से रुपए-पैसों की मदद भी देता रहता था।

प्रभा की नौकरी लग जाने और शीतेष के ट्यूशन करने की वजह से नरेन की आर्थिक स्थिति दिन-ब-दिन सुदृढ़ होने लगी थी। उधार ली हुई रकम भी चुक-चुका गई थी। मनीष को भी अब सन्तोष हो चला था कि उसकी प्रायः सभी अपेक्षाएँ

प्रभा पूरी करने लगी थी और इस तरह जैसा कि मनीष बताता था, उसे अपने सहपाठियों में सिर उठाकर चलने का मौका मिला।

कुल मिलाकर यह वर्ष शांति और संपन्नता के वातावरण में व्यतीत हो रहा था।

इन पाँचों की परीक्षाएँ शुरू होते न होते अम्मा यहाँ आ पहुँची थीं। उनके आने से सभी को राहत महसूस हुई।

मनीष, शीतेष और प्रगल्भा की परीक्षाएँ समाप्त होते ही अम्मा उन्हें साथ लेकर गाँव वापस जाने की तैयारियाँ करने लगीं। प्रभा ने उन्हें कुछ दिन और रुकने को कहा, पर अम्मा ने अपना इरादा नहीं बदला। हाँ, जाते-जाते वह नरेन और प्रभा पर एक वज्रपात जरूर करती गईं। जाने से पहली रात अम्मा बोलीं, ''नरेन, मैं इन तीनों को साथ लिए जा रही हूँ। अब प्रगल्भा यहाँ नहीं आएगी। मैंने इसे बहू की तीमारदारी के लिए नहीं भेजा था। मनीष के पत्रों से हमें सब पता लगता रहा है। कैसे तुम दोनों ने इन मासूमों से काम लेकर खुद गुलछर्रे उड़ाए हैं। मनीष के बाबू जी के दिल पर यह सब पढ़कर क्या बीतती थी, यह मैं ही जानती हूँ।''

नरेन ने आश्चर्यचकित हो मनीष की तरफ देखा तो वह अकड़ के साथ बोला, ''तो क्या कुछ गलत लिखा था मैंने? मैं क्या सब कुछ देखता नहीं था? शीतेष से, प्रगल्भा से पूछ लो। क्यों शीतेष?''

''चुप करो भैया!'' कहते-कहते रो पड़ा शीतेष। फिर नरेन की ओर मुखातिब होकर, अचानक उसके पैर पकड़कर बोला, ''भैया इन्हें क्षमा कर देना। यह नहीं जानते, यह कितना बड़ा अपराध कर रहे हैं नासमझी में। पर भैया, तुम जरा भी मलाल न लाना अपने मन में।''

नरेन के पैर छोड़कर उठते ही उसने देखा, प्रभा बमुश्किल अपने को सन्तुलित रखने का प्रयास कर रही है। अचानक वह प्रभा के पैरों पर लोट गया। फिर घुटनों में सिर फँसाकर जोर-जोर से रोते हुए बोला, ''भाभी, मैं अम्मा-पिताजी की सौगन्ध खाकर कहता हूँ, मुझे, मनीष भैया और प्रगल्भा को दो-दो माता-पिताओं का प्यार मिला है। एक आप और भैया और एक अम्मा-पिताजी।''

प्रभा ने शीतेष के कन्धे पकड़कर उसे ऊपर उठाया और अपने आँसुओं को भीतर-ही-भीतर जज्ब करके उसे अपने अंक से लगा लिया। तभी प्रगल्भा भी प्रभा के अंक से जा सटी और फूट-फूटकर रोने लगी।

गर्मी की छुट्टियाँ समाप्त होने को आईं तो नरेन और प्रभा भी कुछ दिनों के लिए गाँव जा पहुँचे। वहाँ पहुँचने पर शीतेष ने बताया कि वह भी इस वर्ष उनके साथ नहीं जाएगा। उसने इस बीच मेडिकल कॉलेज में प्रवेश पाने के लिए कोशिश की

थी। शीतेष ने इंटरमीडिएट की परीक्षा में बयासी प्रतिशत अंक प्राप्त किए थे, इसीलिए यह आसानी से सम्भव हो सका। अब शीतेष को आगे की पढ़ाई के लिए दिल्ली जाना था। शीतेष के पास प्रारम्भिक फीस के लायक रकम मौजूद थी। यह रकम उसने पिछले दो साल में ट्यूशन करके इकट्ठी की थी। प्रादेशिक स्तर पर अच्छे अंक पाने की वजह से वह छात्रवृत्ति और दिल्ली में जाकर भी कोई-न-कोई छोटा-मोटा काम मिल जाने की उम्मीद कर रहा था। पर हाल में उसे कुछ रुपयों की जरूरत थी। नरेन को शीतेष ने यह भी बताया था कि पिताजी की दुकान नहीं चल रही है। उन पर बाजार का काफी रुपया उधार हो गया है और अगर दुकान को चलाते रहना है, तो उसमें भी रकम लगानी होगी।

नरेन ने शीतेष का मनोबल बढ़ाने के लिए उसे शाबासी दी और यह हिदायत भी कि दिल्ली पहुँचकर कोई काम करने के चक्कर में न पड़कर पूरा ध्यान पढ़ाई में लगाए। उसके खर्च के लिए वह हर महीने एक निश्चित रकम भेजता रहेगा।

नौकरी पर वापस आते ही नरेन ने शीतेष को छह महीने के खर्च के लिए और पिताजी की उधारी व दुकान में सामान भरने के लिए रुपयों की व्यवस्था करके रकम शीतेष के हवाले कर दी।

शीतेष ने अब तक पिताजी को अपनी आगे की पढ़ाई की योजना नहीं बताई थी। जब वह नरेन के पास से लौटा, तब जाकर पिताजी को अपनी योजना बता दी। पिताजी ने कोई आपत्ति नहीं की, वह यह जानकर आश्वस्त थे कि नरेन उसकी पढ़ाई का खर्च सहर्ष उठाने को तैयार है।

पिताजी की अनुमति मिलते ही शीतेष दिल्ली रवाना हो गया और मनीष नरेन के पास पहुँच गया। मनीष के लिए नरेन ने भविष्य की रूपरेखा यह बनाई थी कि वह एम. ए. में प्रवेश न लेकर एक वर्ष का तकनीकी प्रशिक्षण पाठ्यक्रम पूरा कर ले। इसलिए उसने मनीष को प्रशिक्षण में प्रवेश दिला दिया। मनीष के यहाँ पहुँचने के चार-पाँच दिन बाद ही उनके एक रिश्तेदार का लड़का भी नौकरी करने के इरादे से नरेन के पास आ पहुँचा। नरेन ने अपने एक परिचित के यहाँ उसे नौकरी दिलवा दी। वह भी इन्हीं के साथ रहने लगा। पर दो-तीन महीने बाद ही उसका तबादला अन्यत्र हो जाने से उसे जाना पड़ा।

उस लड़के के आने के बाद से मनीष दबी जबान से प्रशिक्षण छोड़कर नौकरी करने की इच्छा जाहिर करने लगा था। उस लड़के के जाते ही मनीष ने उसकी जगह काम पा जाने की कोशिश भी की। यह बात जब नरेन के परिचित ने नरेन को बताई तो उसे बड़ा ताज्जुब हुआ। घर आकर उसने मनीष को समझाया, ‘‘तुम ये प्रशिक्षण पूरा कर लो, फिर मैं तुम्हें अपनी ही कम्पनी में अच्छी-सी नौकरी दिलवा दूँगा। खामखाँ उतावली करके अपना भविष्य खराब क्यों करते हो। सात-आठ महीने की ही तो बात है।’’ पर मनीष को उसकी सलाह नागवार गुजरी और उसने बड़े

ही खुले शब्दों में उसका विरोध किया।

प्रभा ने कुछ नाराज होकर कहा, "मनीष, हम इसलिए तो तुम्हें पढ़ा नहीं रहे थे कि तुम जब चाहो अपना भविष्य चौपट कर लो। कम-से-कम हमारे अरमान ही पूरे हो लेने दो।"

नरेन की नौकरी पाँच वर्ष के अनुबन्ध पर थी। यह उसके अनुबन्ध का अन्तिम वर्ष था। उसने सोचा था कि यदि मनीष यह प्रशिक्षण पूरा कर ले तो जाने से पहले वह उसे यहाँ स्थायी और अच्छी नौकरी दिलाता जाएगा।

प्रभा की बात सुनकर मनीष आवेश में आकर बोला, "हाँ-हाँ मैं खूब समझता हूँ कि तुम दोनों चाहते हो मैं इसी तरह तुम्हारे टुकड़ों पर पलता रहूँ। तुम्हारी उतरन पहनता रहूँ और यहीं पड़ा रहूँ, ताकि तुम मुझ पर रौब गालिब करते रह सको। अरे, यह तुम दोनों के अरमानों का ही तो परिणाम है, जो आज मैं दर-दर भटक रहा हूँ। अगर भैया ने दहेज स्वीकारा होता या तुम ही किसी तरह गहने-जेवर के रूप में ही सही, कुछ ले आयी होतीं तो आज मेरी यह हालत होती? क्या पिता जी को इस तरह किसी का मोहताज होना पड़ता? क्या प्रगल्भा अब तक घर बैठी रहती?"

अप्रत्याशित दोषारोपण होते देख नरेन चीत्कार कर उठा। वह आवेश में आकर मनीष को पीटने के लिए आगे बढ़ा ही था कि प्रभा ने उसे बमुश्किल रोक लिया।

मनीष ने जोड़-तोड़ करके उस रिक्त स्थान पर नौकरी हासिल कर ली और प्रशिक्षण को बीच में ही तिलांजलि दे दी।

दिन बीतते गए और नरेन व प्रभा ने भी जैसे भी हो सका, इस सत्य को आखिर स्वीकार कर लिया।

बहुत दिनों के अन्तराल के बाद एक शाम जब रोजाना की तरह नरेन और प्रभा टहलने गए, रास्ते में प्रभा ने नरेन से पूछा, "नरेन, मनीष का भविष्य कैसा होगा?"

नरेन बोला, "प्रभा, यों तो यह जगह भी ठीक है, पर जो मैं चाहता था, उससे बेहतर नहीं है।"

"लेकिन हम कर भी क्या सकते थे?"

"हाँ, प्रतिवाद का रास्ता जो न था हमारे पास।"

कुछ देर मौन रहकर प्रभा ने पूछा, "और हाँ, पिताजी व शीतेप के लिए तुमने जो रकम उधार ली थी, वह कब तक चुक जाएगी?"

"मई तक। क्यों?"

"वैसे ही, जून में अपनी चौथी वर्षगाँठ है न?"

" हाँ, है तो..."

"इस वर्ष अम्मा यहाँ कई बार आ चुकी हैं। क्या कोई विशेष वजह है उनके आने की?"

"शायद अम्मा मनीष की खैर-खबर लेने आती हैं बार-बार। मेरी जानकारी में तो यही वजह है उनके आने की।"

" लगता है, उन्हें हम पर अभी भी विश्वास नहीं है।"

"हाँ, इतने सबके बावजूद।"

"पर नरेन, इन लोगों को आखिर हम पर इतना अविश्वास क्यों है?"

"जाने क्यों, प्रभा शायद हम दोनों ही इनकी कल्पना के अनुरूप नहीं हैं, इसलिए।"

"हाँ, सम्भवतः इसीलिए।"

दोनों घर की ओर लौट पड़े। कुछ देर तक यूँ ही चुपचाप चलने के बाद फिर प्रभा ने बातचीत का सिलसिला बढ़ाया।

वह बोली, "सुनो नरेन, कल जब तुम दफ्तर जाओ तो घर में रखी तमाम निरोधक सामग्री साथ लेते जाना। मैंने तुम्हारे ब्रीफकेस में रख दी है। कहीं रास्ते में फेंक देना।"

"जैसा तुम उचित समझो।"

इसके बाद पूरे रास्ते दोनों में से कोई कुछ न बोला। पर लगा, कहना दोनों ही चाहते रहे कुछ न कुछ एक-दूसरे से।

रात जब बिस्तर में लेटे तो फिर नरेन ने ही बात का सिरा उठाया।

"प्रभा!"

"हाँ।"

"प्रभा!"

"..."

"क्या है नरेन?"

"कुछ नहीं।"

"कुछ तो?"

" नहीं, कुछ भी नहीं।"

"कुछ भी नहीं?"

"''नहीं।

"..."

"प्रभा!"

"हाँ।"

"कुछ है।"

"कुछ नहीं है।"

"है।"

"है तो होने दो, तुम सोओ चुपचाप।"

जब से मनीष की नौकरी लगी थी उसके तेवर बदल गए थे। अब उसे घर का खाना जहर-सा लगता था। इन दोनों के व्यवहार में सौतेलेपन की बू आने लगी थी उसे। प्रभा में तो कई नई खराबियाँ नजर आने लगीं। हर बार अम्मा के आने पर वह नई शिकायतों का पुलिंदा खोलकर बैठ जाता। बात-बेबात प्रभा से उलझ पड़ता। कभी कहता, "रोटियों में कंकड़ मिला दिए हैं।" तो कभी कहता, "दाल में जानबूझकर पत्थर डाल दिए हैं।" कभी कुत्तों से बदतर खाना मिलना महसूसता तो कभी यह ताना देता कि "मैं मुफ्त में खाता हूँ इसीलिए मेरा ख्याल नहीं रखा जाता। रूखा-सूखा खिला देते हैं।" कभी कहता, "मुझसे पैसे वसूल करो और जैसा होटल में होता है, पैसा देने वाले की मर्जी का खाना दो। बोलो, कितना पैसा दिया करूँ?"

मनीष की बातें सुन-सुनकर नरेन को गुस्सा तो बहुत आता था पर प्रभा उसे यह कहकर सब्र करने की सलाह देती रही, "और कुछ महीनों की बात है। फिर न जाने हम कहाँ होंगे और मनीष कहाँ।"

जैसे-तैसे करके मई तक का समय भी बीत गया। नरेन का अनुबन्ध का समय समाप्त हो गया। पर कुछ काम बाकी होने से उसे पूरा करने तक और यहीं रहना पड़ा। उम्मीद थी, काम एक-आध महीने में पूरा हो जाएगा।

इस जनवरी से ही नरेन और प्रभा अध्यापकों की रिक्तियों के लिए आवेदन-पत्र भेजने लगे थे। अप्रैल में दोनों केन्द्रीय विद्यालय संगठन में साक्षात्कार भी दे आए थे और इनका चयन भी हो गया था। दोनों ही चाहते थे कि पोस्टिंग एक ही शहर में हो जाए। नरेन ने इसके लिए कोशिश की थी और उम्मीद थी, ऐसा ही होगा भी निकट भविष्य में।

प्रभा और नरेन अपनी वर्षगाँठ पर मित्रों और परिचितों को निमन्त्रित करने की योजना बनाए हुए थे। संयोग से इससे पहले ही नरेन को यह समाचार मिल गया कि दोनों की नियुक्ति भोपाल के केन्द्रीय विद्यालय में हो गई है। पन्द्रह जुलाई को वहाँ ज्वाइन करना होगा। इसलिए ये चाहते थे कि वर्षगाँठ धूमधाम से मनाई जाए और सबको निमन्त्रित कर लिया जाए, ताकि विदाई पार्टी की औपचारिकता भी पूरी हो जाए और वर्षगाँठ भी मन जाए।

जब से नरेन की यह नौकरी छूटने की बात उठी और उनके भोपाल जाने का कार्यक्रम पक्का हुआ तभी से मनीष का मिजाज और भी ज्यादा गर्म रहने लगा। अब उसे नरेन से एक नई शिकायत हो चली। उसका मानना था कि यदि नरेन

चाहता तो यहीं टिका रह सकता था। पर वह जानबूझकर उसे बेसहारा छोड़ने के लिए यहाँ बने रहने की कोशिश नहीं कर रहा। मनीष ने पिताजी को भी पत्र में यह आशंका लिख भेजी थी।

जवाब में पिताजी पहली बार नरेन के यहाँ आ पहुँचे। उन्होंने नरेन को समझाया, ''बेटा, अगर हो सकता हो तो इसी नौकरी की मियाद बढ़वा लो। इससे कम वेतन और सुविधाओं पर इतनी दूर जाने से क्या लाभ? यहाँ रहोगे तो मनीष को भी सहारा मिलेगा।''

नरेन ने अपनी लाचारी प्रकट कर दी। उसने कहा, ''स्थायी नौकरी का अवसर छोड़कर यहीं टिके रहना उचित नहीं होगा। फिर यहाँ ज्यादा से ज्यादा दो साल का एक्सटेंशन मिल सकता है। वहाँ प्रभा को यहाँ से कहीं ज्यादा वेतन मिलेगा। इसलिए हर तरफ से मेरे लिए अध्यापकी की नौकरी स्वीकारना ज्यादा फायदेमन्द है।''

पर पिताजी को नरेन के स्पष्टीकरण से सन्तुष्टि नहीं मिली। वह मन में यह गाँठ बाँधकर वापस चले गए कि नरेन ने उनकी बात नहीं रखी। जाने से पहले वह मनीष के रहने के लिए एक कमरे की व्यवस्था भी स्वयं अपनी देख-देख में करा गए, आवश्यक घरेलू सामान भी नरेन से लेकर मनीष को दे गए।

मनीष कुछ दिनों से उसी कमरे में रहने लगा था। वह केवल स्नान, भोजन के लिए नरेन के घर आता था। वर्षगाँठ वाले दिन भी वह और दिनों की तरह सुबह नौ बजे के करीब घर आया। नरेन पर चूँकि काम पूरा करने की धुन सवार थी इसलिए वह सुबह जल्दी दफ्तर चला जाता था। उसने वर्षगाँठ की सभी तैयारियों का भार प्रभा पर छोड़ा हुआ था इसीलिए वह आज भी सुबह आठ बजे दफ्तर आ गया था।

दोपहर में नरेन की पड़ोसन का फोन आया। उसने बताया कि प्रभा की तबीयत अचानक बिगड़ गई है। सूचना मिलते ही नरेन घर पहुँचा। प्रभा की हालत देखकर अवाक् रह गया। उसके एक पैर में मोच आ गयी थी। दो-तीन जगह हाथ पर पट्टियाँ बँधी थीं।

नरेन की पड़ोसन बोली, ''करीब साढ़े नौ बजे आपके गुसलखाने से पानी माँगने की आवाज सुनाई दी। नल रोज की तरह नौ बजे चले गए थे। प्रभा टंकी में बचे पानी को बाल्टी में भर लाने के लिए छत पर गई। लौटते में अचानक पैर फिसल गया सो धड़ाम से बगीचे में जा गिरी। जैसे ही सीढ़ियों पर बाल्टी के लुढ़कने की आवाज आयी, मैं घर से बाहर निकल आयी थी। मैं प्रभा को गिरने से तो न बचा सकी, पर इसे तुरन्त अस्पताल जरूर ले गई। डॉक्टर ने इसके पैर पर कच्चा पलस्तर चढ़ा दिया। उसने बताया, प्रभा के पैर में हल्का-सा फ़्रेक्चर आया है। वहाँ से लौटकर ही आपको फोन पर सूचना दी।''

नरेन को असलियत समझने में देर न लगी। उसके सामने भी दो-एक बार ऐसा हो चुका था कि मनीष जानबूझकर नौ बजे के बाद नहाने आता। प्रभा हमेशा उसके लिए पानी निकालकर रख देती थी। वह ज्यादातर पानी यूँही उड़ेलकर सारे शरीर पर साबुन लगाए गुसलखाने से बाहर आकर और पानी की माँग करता था। तब प्रभा उसे

बचाकर रखे पानी से एक बाल्टी पानी दे देती थी। पर आज चूँकि घर में हलवाई आया हुआ था, ज्यादातर बर्तन उसके पास इस्तेमाल में थे, इसलिए प्रभा पानी इकट्ठा करके नहीं रख सकी होगी और मनीष के माँगने पर उसे यह उपाय सूझा होगा।

नरेन ने इधर-उधर घूम-फिरकर देखा, पर मनीष का कहीं पता न था। उसे मनीष पर बेहद गुस्सा आ रहा था। इतना बड़ा हादसा करके भी वह आखिर प्रभा को इस हाल में कैसे छोड़ गया?

शाम को जब मनीष लौटा तो नरेन ने उससे दो बातें करनी चाहीं। मनीष के पास नरेन के पहुँचते ही प्रभा भी वहीं जा पहुँची। नरेन उससे कुछ कहे कि इससे पहले ही प्रभा को आता देखकर मनीष बोला, "और फिरो मटरमस्त बनकर, मेरे लिए पानी लाने में जी हलक में आ गया और यारों के लिए इतना तामझाम?"

मनीष की इतनी बड़ी तोहमत सुनकर नरेन हैरान रह गया। उसकी इस बात को सुनकर नरेन को लगा, यह बातों से समझने या शर्मिन्दा होने वाला नहीं। मनीष अब भी प्रभा की ओर हिकारत-भरी नजरों से देख रहा था। तभी अचानक नरेन ने उसके पास पहुँचकर उसके गाल पर एक तमाचा जड़ दिया।

नरेन का हाथ अभी अपनी जगह वापस भी न आया था कि मनीष ने चप्पल उतारकर नरेन पर बेतहाशा बरसानी शुरू कर दीं। नरेन उफ तक न कर सका। देर तक तो उसके मन में बचाव का ख्याल तक न आया। यह सब देखकर प्रभा दौड़ती-सी बीच में आयी और दहाड़ मारकर मनीष के पैरों में ढेर हो गई। मनीष ने उसे भी न छोड़ा और दो-तीन लातें उसके पेट और पीठ पर दे मारीं।

नरेन सन्न रह गया। उसे कुछ सूझ ही न रहा था। न गुस्सा आ रहा था न प्रभा का ख्याल। मनीष न जाने क्या-क्या बकता-बकाता वहाँ से चला गया।

यहीं इस कांड की इति नहीं हुई। अगले ही दिन मनीष ने पिताजी को, प्रभा के पिताजी को, शीतेष को यह लिख भेजा कि गई रात नरेन और प्रभा ने मिलकर उसे बेतहाशा पीटा है। उनका इरादा उसे जान से मारने का था, पर उसे अफसोस है कि उनकी योजना पूरी न हो सकी और वह अब भी सही-सलामत मौजूद है।

मनीष की इस कारगुजारी का पता नरेन को तब लगा, जब प्रत्युत्तर में आया शीतेष का एक पत्र उसके हाथ लगा। शीतेष ने लिखा था :

"भैया,

हालात इससे ठीक उलटे रहे हों तो भी मेरे लिए आश्चर्य की बात न होगी बल्कि वही सच भी होगा और है भी सम्भवतः। मैं तुम्हें किस तरह समझाऊँ कि तुम्हें भैया-भाभी का कृतज्ञ होना चाहिए। चलो, उनका एहसान न मानो, पर कम से कम उन्हें अपराधी भी तो साबित मत करो।

क्या वे दिन भूल गए जब पिताजी ने हमारी पढ़ाई का खर्चा जुटाने से मला कर दिया था, तब किसका पत्र हमारे लिए वरदान साबित हुआ था? इन्हीं भाभी

का न? औंर आज भी मैं, तुम किसके दम पर आराम से जी रहे हैं? इतना समय हो गया हमें उनके दम पर मौज करते, पर नरेन भैया ने आज तक उफ न की और भाभी से तो मैं ऐसी उम्मीद ही नहीं करता हूँ, क्योंकि अगर उनकी जरा भी अनिच्छा होती तो क्या नरेन भैया हमारे लिए इतना कुछ कर पाते? वह भी दिन याद होगा तुम्हें, जब पिताजी ने हम दोनों को बताया था कि उन पर हजारों रुपयों का कर्ज है। वह दुकान भी फैलाना चाहते हैं। तब किसने चुकाया उनका कर्ज? किसने उनकी दुकान में पूँजी लगाई और वह भी उस हाल में जबकि भैया अपनी शादी पर लिए कर्ज की भरपाई करने में लगे हुए थे।

हमें पढ़ाने के लिए कौन घर से निकलकर गई रात तक लौटता था? कौन तुम्हारे-हमारे मुँह में सुबह का निवाला डालकर शाम के लिए जुगाड़ लगाने बाहर जाया करती थी? क्या तुम भी शेष सबकी तरह बिना दान-दहेज लिए विवाह करना उनका अक्षम्य अपराध मान बैठे हो? इससे हमें-तुम्हें क्या सरोकार? ठीक है, भैया ने अपने जीवन में एक आदर्श अपनाया, उसे निभाया। इसमें हमारा-तुम्हारा क्या ले लिया? बल्कि, यदि समझ सको तो पाओगे कि उन्होंने हमें कुछ दे ही दिया।

हाँ, सच ही तो एक आदर्श दिखाया, एक सही रास्ता सुझाया, एक कुरीति को, समाज पर छाए अभिशाप को नकारने की हिम्मत जुटाकर मार्ग प्रशस्त कर दिया हमारे-तुम्हारे लिए। हिम्मत हो तो समय आने पर उस पर चलकर देखना, न हो तो कोई तुम्हारे साथ जोर-जबरदस्ती नहीं करेगा। मगर मेरी आपसे एक विनती है, उन्हें सुख नहीं दे सकते तो कम-से-कम पीड़ा भी न दो भैया!

शीतेष

अनुज तुम्हारा ही''

पत्र पढ़कर प्रभा तो सारा दुख ही भूल गई। बार-बार कहने लगी, ''सुनो नरेन, मैं शीतेष में तुम्हें प्रतिबिम्बित करने में सफल हो गई। मुझे शीतेष में तुम नजर आ रहे हो। हाँ, शीतेष, तुम भी नरेन हो...'' काफी देर तक बेसुध-सी हालत में प्रभा यही बड़बड़ाती रही। उस दौरान न उसे हाथों में पीड़ा हो रही थी, न पैर के दर्द का ख्याल आ रहा था। इतना ही नहीं, शीतेष का यह पत्र प्रभा के लिए दवा का रूप लेने में सफल रहा और देखते ही देखते वह स्वस्थ हो गई।

नरेन व प्रभा भोपाल आ पहुँचे थे। नयी नौकरी पर भी जाने लगे। शीतेष के पत्र से उन्हें यह भी पता लगा कि मनीष प्रगल्भा को घर से ले आया है। अभी अम्मा भी साथ आई हैं, पर जल्दी वापस चली जाएँगी। मनीष का विवाह करने के लिए लड़की खोजी जा रही है। प्रगल्भा की शादी भी जल्दी ही करने का इरादा है पिताजी का।

शीतेष के पत्र से यह सब जानकर प्रभा पसोपेश में पड़ गई। नरेन से कहने लगी, ''नरेन, प्रगल्भा कैसे रह पाएगी वहाँ? इतना खतरनाक शहर, वह अकेली और

तिस पर मनीष का सहारा?'' पर नरेन क्या कर सकता था। वह चुप ही रहा। उसके पास भी तो कोई समाधान न था इसका।

अचानक एक दिन प्रभा के पेट में दर्द शुरू हो गया। नरेन उसे तुरन्त एक नर्सिंग होम में ले गया। डॉक्टर ने चैकअप करके नरेन को जो कुछ बताया उसे सुनकर तो उसके रोंगटे खड़े हो गए।

डॉक्टर ने कहा, ''आपकी पत्नी के कहीं गिरने, फिसलने या भारी चोट लगने से पेट में मौजूद बच्चा हिल गया था काफी पहले। चूँकि तुरन्त उसका इलाज नहीं किया गया इसलिए वह पनप नहीं पाया और कुछ ही दिनों में मर जाएगा।''

''तब?''

''इससे पहले कि बच्चा पेट में मर जाए, उसे निकाल देना होगा। यदि बच्चा पेट में मर गया तो उसका जहर प्रभा के शरीर में फैल सकता है। तब कुछ ही क्षणों में उसका तमाम शरीर नीला पड़ जाएगा। इस जहर को फैलने देना एक और मुसीबत मोल लेना होगा।''

''नहीं डॉक्टर, इसे आप मरने से पहले निकाल दीजिए।''

''पर एक बात और सुन लीजिए, बच्चा जिस तरह उलझ गया है, उससे एक खतरा और बढ़ गया है। उपचार से हम प्रभा को तो भला-चंगा कर देंगे पर भविष्य में वह कभी माँ नहीं बन सकेगी।''

डॉक्टर की बात सुनकर नरेन सकते में आ गया। कोई भी निर्णय करने से पहले उसमें प्रभा को एक बार देख लेने की इच्छा बल पकड़ने लगी। वह जिस कमरे में प्रभा को लिटाया गया था, उस ओर चल दिया। डॉक्टर भी उसके साथ-साथ वहाँ जा पहुँचा।

नरेन को देखते ही प्रभा रोने लगी। उसने नरेन से अप्रत्याशित प्रश्न कर डाला, ''नरेन, क्या मैं माँ नहीं बन सकती? बताओ नरेन, मैं माँ बनूँगी न?''

नरेन क्या उत्तर देता! इधर-उधर की बातें बनाकर उसे दिलासा देता रहा। फिर उठकर चला आया। बाहर निकलकर वह सोचने लगा, यह क्या से क्या हो गया। कहाँ तो वह डेढ़ माह बाद ही प्रभा को अपने बच्चे की माँ के रूप में देखने की कल्पना कर रहा था और कहाँ यह...

क्षण-प्रतिक्षण प्रभा की हालत और भी बिगड़ती जा रही थी। डॉक्टर ने बहुत कोशिश की उसे संयत करने की, पर सब व्यर्थ।

तब डॉक्टर को एक उपाए सूझा। उसने प्रभा से कहा कि वह दो-तीन दिन में ही बच्चे को जन्म देने वाली है। इस जानकारी का प्रभा पर प्रतिकूल असर पड़ा। मगर डॉक्टर स्वयं धर्मसंकट में पड़ गया।

अगली सुबह नरेन के आते ही डॉक्टर ने उसे सब बताकर कहा, ''मैंने जहाँ तर्क मरीज को समझा है, उसके लिए यही ठीक होगा कि किसी भी तरह उसे एक

नवजात शिशु लाकर दे दिया जाए। यदि ऐसा न किया गया तो मरीज को काफी गहरा आघात पहुँच सकता है और इसका परिणाम बहुत दुखद भी हो सकता है।''

डॉक्टर की राय जानकर नरेन पसोपेश में पड़ गया। उसे कोई रास्ता सुझाई न दिया। उसने दिल्ली शीतेष के कॉलेज में फोन कर उसे तुरन्त भोपाल आने को कहा। फोन पर ही संक्षेप में अपनी परेशानी बताई।

उसकी बात सुनकर शीतेष बोला, ''भैया, मैं हूँ तो तुम्हारा बच्चा, फिर और बच्चों की खोज क्यों? मैं आ रहा हूँ तुम्हारे पास आज ही।''

अगले ही दिन शीतेष आ पहुँचा। यहाँ के हालात देखकर उसे भी आघात लगा, पर अचानक उसे एक उपाय सूझ गया।

शीतेष का उपाय जानकर नरेन और डॉक्टर को कुछ आस बँधी। डॉक्टर की देख-रेख में प्रभा को छोड़कर नरेन शीतेष के साथ दिल्ली चला आया उसी दिन।

यहाँ आने पर उन्हें जैसी कि शीतेष को उम्मीद थी, 'पालना' से दो दिन का एक बच्चा मिल गया। डॉक्टर का पत्र दिखाने और शीतेष के कॉलेज का परिचय देने पर यह काम आसानी से पूरा हो गया। प्रभा को कानोंकान खबर न लगे, इसलिए यह कार्यवाही पूरी तरह गोपनीय रखी गयी।

नरेन और शीतेष मय बच्चे के वापस भोपाल आ पहुँचे। नर्सिंग होम पहुँचकर बच्चा डॉक्टर के हवाले कर दिया। डॉक्टर को परसों ही नरेन ने फोन पर बच्चा मिल जाने की सूचना दे दी थी, इसलिए कल रात उसने प्रभा का ऑपरेशन कर बच्चा बाहर निकाल दिया था। प्रभा तभी से बेहोश पड़ी थी। अभी भी होश नहीं आया था उसे।

प्रभा को पूरे सात दिन नर्सिंग होम में रखा गया। इस बीच उसे एक बार भी बच्चा नहीं दिया गया। बस, वह दूर छोटे से पालने में पड़े बच्चे को निहार भर सकी।

आज सुबह बच्चा प्रभा के हवाले कर दिया गया। प्रभा ने उसे अपने अंक में दबोच लिया। ममता उमड़ पड़ी प्रभा की उस मासूम पर। प्रभा के शरीर का दबाव न सह पाने पर बच्चा रो पड़ा। प्रभा जोर से हँस दी। एक उन्मुक्त, विजयोन्माद में डूबी हँसी। प्रभा एकटक नरेन की ओर देखती रही देर तक। फिर उलाहना-सा देती हुई बोली, ''देखो नरेन, मेरा बच्चा। देखो, मैं माँ बन गई...

''मैं न कहती थी मैं माँ बनूँगी। मैं माँ बन गई...

''हाँ, डॉक्टर, तुम भी कहते थे, मैं माँ जरूर बनूँगी।

''मैं माँ बन गई...

''हाँ नरेन, सच ही तो, तुमने भी सही कहा था, मैं माँ जरूर बनूँगी। मैं न कहती थी नरेन, मैं...

'' शीतेष, देखो शीतेष, तुम चाचा बन गए और मैं भी माँ बन गई...''

(1982)

सुरेखा-पर्व

एक निजी और गोपनीय दस्तावेज

प्रिय यती,

मैंने कल्पना नहीं की थी कभी कि तुम्हारे प्रति इस कदर विश्वासघात करने का भी अवसर आएगा। यों तुम्हारा-मेरा साथ ही कुछ कम आश्चर्यजनक नहीं रहा। कहां मैं एक हल्के तबके में रचा-पचा प्राणी और कहां तुम्हारे-सा हर चीज को पूरी पैठ के साथ अंगीकार करने, आत्मसात् करने और उसे शब्दों में पिरोकर रखने वाला दुःसाहसी व्यक्तित्व। मुझे तो अपने ही झंझटों से निस्तार नहीं मिला अब तक। पर बावजूद इस असमानता के, तुम मेरे यहां रहने आए और जो दूर जा बसे तो अब तक न लौटे!

मैंने तुम्हारा सब सामान हटा दिया है अपने घर से। पर अचानक तुम्हारी डायरी पर सरसरी और व्यावसायिक दृष्टि डाल गया। फिर इसे न हटा सका। जैसा जो समझ में आया यहां अगले पन्नों पर लिख रहा हूं।

तुम्हारे संबंध में जितना अधिक मैं जानता हूं उसके आधार पर ***'मैं' यह घोषणा करता हूं कि यह कथा काल्पनिक है। यदि किसी स्थिति या चरित्र का इस चराचर के किसी भी प्राणी से साम्य हो तो यह मात्र संयोग ही माना जायेगा।***

2, अक्तूबर, 1978

वीरेन्द्र जैन

विद्या

उस साल मैं ग्यारहवीं में पढ़ रही थी जब मुझे अक्सर मम्मी के यहाँ आना पड़ता था। पिछले दस वर्ष से मैं अनाथाश्रम में रह रही थी। मुझे यह मालूम नहीं था कि मेरे माँ-बाप, भाई-बहन भी हैं या नहीं। एक औरत जो अक्सर अनाथाश्रम में मन्दिर में पूजन करने आती थी, मेरे साथ ढेरों बातें करती थी। बातों-ही-बातों में जब मैं किसी बात पर हँस देती या रुआँसी हो जाती तो वह औरत मुझ अपने अंक में समो लेने की कोशिश करती। मुझे उस औरत के आने का इन्तजार बना रहता।

धीरे-धीरे उस औरत के प्रति मुझमें आकर्षण बढ़ने लगा। वह मेरे लिए कुछ-न-कुछ चीज लेकर आने लगी। अपनी बालसुलभ बुद्धि में उस औरत को मैं परियों के देश का प्राणी मानने लगी। उसका गोरा रंग और उस पर सफेद झकझकाते कपड़े मुझे बेहद अच्छे लगते। वह जब कभी आती मुझसे जरूर मिलती। मैं दिखाई न दूँ तो और-और लड़कियों से पूछती। और तब वे लड़कियाँ मुझे आकर कहतीं, "विद्या, तुझे माता जी बुला रही हैं।"

लड़कियों को और मुझे किसी को भी उसके बारे में कुछ मालूम नहीं था। हम सब सिर्फ इतना जानती थीं कि वह औरत एक कार में बैठकर मन्दिर आती है। अक्सर बदली हुई कारों में आती इसलिए हम उसे बहुत अमीर समझतीं। उसके साथ एक और बूढ़ी औरत भी हमेशा होती थी जिसे वह बुआ जी कहती। हम सब लड़कियाँ भी उसे बुआ जी कहने लगीं।

इस तरह अनायास ही वह औरत मेरी 'माता जी' और वे बूढ़ी औरत हम सब लड़कियों की 'बुआ जी' कहलाने लगीं। हमारे लिए तरह-तरह की चीजें बुआ जी लाती रहीं। और वह औरत, जिसे सब मेरी माता जी कहती थीं, हमेशा केवल मेरे लिए ही कुछ लाती। मुझे स्कूल सुबह नौ बजे जाना होता और नौ बजे से पहले के समय में जिस दिन भी माता जी आतीं, मैं उन्हीं के पास बनी रहती।

जब मैं कुछ बड़ी हो आई तो उन माता जी ने बड़ी आजिजी से एक दिन मुझे कहा कि सब लड़कियाँ उन्हें माता जी कहती हैं, इसलिए मैं उन्हें कुछ और

कहा करूँ। उनका कहना था कि चूँकि वे मुझे सबसे अधिक लाड़ करती हैं, इसलिए भी मुझे उनसे कुछ और कहना चाहिए। मैं खुद भी कई बार सोचती थी कि बुआ जी तो सबके साथ एक-सा व्यवहार करती हैं, इसलिए सबकी बुआ जी हो सकती हैं, पर ये मेरे लिए माता जी हैं तो और लड़कियों के लिए भी माता जी क्यों हैं?

मेरे पास इसका कोई उत्तर न था; और सच तो यह है कि मैं कोई उत्तर पाने के लिए यह सब नहीं सोचती थी। उनके कहने पर मैंने सहज ही में पूछ ही तो लिया, ''फिर मैं क्या कहा करूँ?''

वे बोलीं, ''तू मुझे अम्मा कहा कर बेटी!''

बातें तो हम दोनों हमेशा ही किया करते थे और वे भी मुझे बेटी कहकर पुकारती थीं पर ऐसा कभी नहीं होता था कि 'बेटी' सुनकर मैं चौंक जाऊँ या उनकी तरफ देखने लगूँ। पर उस दिन जब अम्मा ने कहा, ''तू मुझे 'अम्मा' कहा कर बेटी,'' तो मैं देर तक अम्मा की तरफ एकटक देखती रही। अम्मा की आँखें गीली हो आई थीं और देर तक अम्मा को निहारने पर मुझे भी न जाने क्या तो भीतर-ही-भीतर अकुलाहट-सी मची कि मैं रोने को हो आई; और तब अम्मा ने जोरों से मुझे अपने प्रगाढ़ आलिंगन में बाँध लिया। न जाने क्या चाह रही थीं वे। मुझे ऐसा लगा, मैं उनमें समा गई हूँ और अब अगर मेरा कुछ भी शेष बचा हो सकता है तो वह मैं तो हरगिज न होऊँगी।

वे मेरे अंग-प्रत्यंग को निहारती रहीं, मनुहार-सी करती रहीं, ढेरों चुम्बन उन्होंने मेरे शरीर पर जहाँ मुँह जा ढरका, ले डाले, और होते-करते मैं रो पड़ी। इतना प्यार तो किसी भी अनाथ बच्चे को दहशत में डालने के लिए पर्याप्त था। मैं जोर-जोर से रोने लगी। मेरे आँसुओं को पोंछने की लाख कोशिशें कीं अम्मा ने।

अम्मा दोनों हाथों से मेरे आँसू पोंछती जातीं, खुद रोती हुई कहतीं, ''चुप हो जा मेरी बच्ची, चुप हो जा मेरी बच्ची!''

मैं और जोर से रोने लगती।

उस दिन गर बुआ न आ गई होतीं तो हम दोनों ही रो-रोकर आधे हो जाते।

जब वे मुझसे अलग होकर चलीं तो मैंने देखा, उनके ब्लाउज का लगभग सारा ही आगे का हिस्सा गीला हो गया है।

मैं शुरू से ही ज्यादा सोचती रही हूँ। सभी लड़कियाँ मुझे मौनी, घोकू और न जाने क्या-क्या नाम देती रहीं। उनके ब्लाउज का वह गीला हिस्सा देखकर मैं सोचने लगी, 'मुझमें इतने आँसू कहाँ से आ गए? मैं तो इतनी दुबली हूँ!'

जब अम्मा और बुआ जी कार में बैठ गईं तो मेरा ध्यान अपने पर आया और मैंने पाया कि मेरा फ्रॉक कन्धों पर इतना भीग गया है कि उसे निचोड़ूँ तो बहुत-सा पानी इकट्ठा हो जाए।

शायद आश्रम की और लड़कियों ने हम माँ-बेटी को इस तरह प्रेमाश्रु बहाते देख लिया था। रात जब प्रार्थना हो चुकी तो बहुत-सी लड़कियाँ उसी तरह दो-दो के ग्रुप में रोने का अभिनय करने लगीं।

आश्रम में कई लड़कियाँ ऐसी थीं जिनका कोई परिचय न था। वे या तो आश्रम के मन्दिर में रखी पाई गई थीं या कोई-कोई बाहर कहीं और, किसी और को पड़ी, गिरी, फेंकी, छोड़ी हुई मिली थीं और वे लोग इन्हें आश्रम में 'जमा' करा गए थे। इसीलिए आश्रम की वे लड़कियाँ उन औरतों को, जो उन्हें 'माँ' के समान समझने की नसीहत देतीं, सबसे ज्यादा घृणा की दृष्टि से देखती थीं। पर मुझे मालूम था कि मैं अनाथ हूँ, और बहुत-सी और लड़कियों को भी यह मालूम था कि वे अनाथ हैं, इसलिए हम सब लड़कियों में दो गुट-से हो गए थे। हमारे गुट की लड़कियाँ उन सभी औरतों को इस कदर हेय दृष्टि से नहीं देखती थीं। हमारी दृष्टि में वे या कोई भी औरत दोषी न बन पाती थी। पर जिन्हें अनाथ होने का सौभाग्य न मिला था, वे लड़कियाँ औरत मात्र को ही अपनी इस दयनीय हो आई हालत के लिए जिम्मेदार समझती थीं और इसी कारण उनका रोष में आना स्वाभाविक था।

एक और भी कारण था, जो लड़कियों में कटुता के बीज बो गया था।

तब मैं सातवीं में पढ़ रही थी। एक दिन बड़ी लड़कियों के कमरे से किसी के चिल्लाने की आवाज आई। जब मैं वहाँ पहुँची तो मैंने देखा कि सुरेखा जीजी रो रही हैं और किसी को गाली दे रही हैं। मैं चुपचाप दरवाजे के बाहर खड़ी हो गई। सुरेखा जीजी हायर सेकेन्डरी के आखिरी साल में पढ़ती थीं। वे बहुत सख्त मिजाज की थीं, इसलिए सभी लड़कियाँ उनसे डरती थीं। मैं हैरान थी कि ऐसी कौन-सी लड़की है जो इतनी हिम्मत कर सके कि सुरेखा जीजी से पाँच मिनट बात भी कर ले। फिर आज किसका भाग्य फूटा था जो उनसे आ भिड़ी है। पर सुरेखा जीजी उसके सामने रो क्यों रही हैं? मैं कुछ नहीं समझ पाई। मेरे पास ही और भी लड़कियाँ इसी कुतुहल में आकर खड़ी हो गईं।

अचानक सुरेखा जीजी ने हम सब लड़कियों को दरवाजे पर खड़े देखा तो उन्हें गुस्सा आ गया। दहाड़ती हुई वे दरवाजे के पीछे झपटीं और कपड़े पकड़कर वहाँ से किसी को खींच लाईं। दरवाजे के सामने आने पर उसे हमने देखा।

वह कोई लड़की नहीं थी बल्कि हमारे अनाथाश्रम के अध्यक्ष का लड़का था।

यहाँ क्यों आया वह?

तभी उसके मुँह पर एक तमाचा लगाते हुए सुरेखा जीजी बोलीं, "हरामजादे, तू यहाँ शरीफ लड़कियों के कमरे में क्या करने आया है?"

सुरेखा जीजी ने उस लड़के की कमीज दोनों हाथों से पकड़कर खींची तो उसकी गर्दन बुरी तरह अकड़ गई।

वह बोला, "बड़ी शरीफ बनती है। अपनी माँ का भी पता है तुझे।"

सुरेखा जीजी की पकड़ उसके इस वाक्य को सुनते ही ढीली पड़ गई। वे असहाय-सी हो उसकी तरफ देखने लगीं।

सुरेखा जीजी के बारे में हम सब जानते थे कि उन्हें कोई औरत, शायद उनकी जननी, मन्दिर में कुल दो माह की उम्र का छोड़ गई थी। वे जब कभी आश्रम की व्यवस्थापिका से कुछ कहतीं तो वह भी यही ताना दिया करती और सुरेखा जीजी तब चुप रह जाती थीं।

पर उस दिन ऐसा नहीं हुआ। सुरेखा जीजी कुछ देर के लिए असहज जरूर हो आईं, पर उतने ही वेग से उनमें न जाने कब से छुपा प्रतिशोध जाग उठा, और वे उस लड़के को बेइन्तहा जो भी चीज हाथ लगती रही, उसी से पीटती रहीं।

इस घटना का बहुत प्रचार हो गया। समाज ने बहुत थू-थू की और कुछ तथाकथित समाज-सुधारक इस पर सहानुभूति जताने आश्रम में आवाजाही करने लगे। वे जिस स्नेह से लड़कियों के अंग-प्रत्यंग को सहलाने की कोशिश करते उससे लड़कियों के तन-बदन में आग लग जाती, पर चुप रह जाना पड़ता। गनीमत रही कि यह सहानुभुति-पर्व अधिक दिनों तक न चल पाया। एक आदर्शवादी सज्जन पुरुष ने सुरेखा जीजी को अपनी पुत्रवधू बनाने की घोषणा कर दी, और इस घटना के बिसूरते-न-बिसूरते सुरेखा ज़ीजी श्रीमती सुरेखा बनकर आश्रम छोड़ गईं। उनके आत्म-हनन के लिए नियोजित वह घटना ही उनके सौभाग्य का कारण बन गई।

पूरे दो वर्ष भी न हुए थे जब एक दिन सुरेखा जीजी आश्रम में आईं। उनकी गोद भरने वाली थी। सब लड़कियों ने उन्हें घेर लिया। पर वह खुशी मनाने का अवसर कितना विषाद लेकर आया था यह तब पता चला जब लड़कियों के बीच आश्रम की व्यवस्थापिका आ विराजीं और उन्हें सुरेखा जीजी ने बताया कि उनके पति ने उन्हें छोड़ दिया है। इतने दिनों तक वह अकारण ही उन पर अध्यक्ष के लड़ने के साथ उनका याराना होने का दोष मढ़ता रहा और अब जबकि वे माँ बनने वाली हैं, वह उन्हें छोड़कर कहीं भाग गया है। सुरेखा जीजी ने उसे होनेवाली सन्तान का वास्ता दिया तो उनके पति ने यह नसीहत और दे दी, ''जहाँ तुम्हारी माँ तुम्हें छोड़ आई थी, तुम भी इसे वहीं छोड़ आना।''

वास्तव में उनका पति उन्हें केवल इसलिए छोड़कर नहीं भागा था कि उसके ख्याल से सुरेखा जीजी का अध्यक्ष के लड़के के साथ याराना था। उसका मिजाज तो एक साल पहले ही जब सुरेखा जीजी माँ बनने वाली थीं तभी से बदल गया था। दुर्भाग्यवश बच्ची मरी हुई पैदा हुई थी और कुछ समय के लिए सब ढर्रा ठीक चल निकला। पर जब वे फिर गर्भवती हुईं तो उसका मिजाज फिर गर्म रहने लगा। सुरेखा जीजी का ख्याल है कि उनका पति जिम्मेदारी से बचना चाहता था, इसीलिए वह पलायन कर गया।

मैंने आश्रम में आने के बाद ढेरों किस्से आश्रम की पुरानी लड़कियों के बारे

में सुने थे—कि उनका पति उन्हें छोड़ गया—कि उनके पति ने सिर्फ ऐयाशी के लिए उनके साथ शादी की—कि वह उनका शोषण करता है, वह उनसे नाजायज काम कराता है। पर कभी किसी लड़की ने खुद आकर हम लोगों के सामने ऐसा नहीं कहा था, इसलिए मैं उन बातों पर विश्वास नहीं कर पाती थी। अब सुरेखा जीजी की जबानी यह सुनकर मैं सकते में रह गई।

फिर सुरेखा जीजी अपने मायके से कभी ससुराल नहीं गईं। जब तक मैं आश्रम में रही सुरेखा जीजी वहाँ व्यवस्थापिका थीं, और आज यह सब कहने के दिन तक का मुझे मालूम है कि सुरेखा जीजी यहीं हैं।

उस दिन जब लड़कियों ने हमारी नकल उतारी तभी से मैं अम्मा से कुछ सहमते हुए मिलने लगी थी। पर जब सुरेखा जीजी वापस आईं तब से मैं अम्मा की कही बातों की नकल उतारने लगी। उनके व्यवहार, हाव-भाव पर आपस में मजाक बनाने लगी। इस सबके बावजूद हफ्ते-दस दिन में मेरी भेंट अम्मा से हो जाती। मेरी बेरुखी ही कहिए कि मैं उनके बुलाने पर भी कई बार उनके पास न जाकर किसी और लड़की से कहलवा देती कि मैं नहीं हूँ या पढ़ रही हूँ या कुछ ऐसा ही।

एक दिन सुबह मुझे फिर यही बुलावा मिला। राधिका ने आकर कहा, "विद्या, तेरी माता जी तुझे बाहर बुला रही हैं।"

उस दिन उनके पास पहुँचने पर मैंने देखा कि उनके साथ एक आदमी भी है। जब मैंने अम्मा से पूछा कि ये कौन हैं, तो वह आदमी अम्मा को बोलने का अवसर दिए बिना स्वयं बोला, "मैं तुम्हारा मौसा हूँ बेटी!"

"मेरे मौसा?" मेरे मुँह से अचानक उसके साथ अपने रिश्ते की बात सुनकर निकला। मैं कुछ न समझते हुए उस आदमी को देखने लगी। मुझे हँसी आई उस आदमी की बुद्धि पर, जो मुझे वास्तव में अम्मा की लड़की समझ रहा था।

"हाँ, हाँ, बेटी, ये तेरे मौसा ही तो हुए। जब मैं तेरी माँ हुई तो मेरी बहन तेरी मौसी हुई और उसके पति तेरे मौसा हुए या नहीं?" बड़ी हड़बड़ाहट में अम्मा ने यह पूरी व्याख्या की।

मेरे सिर पर हाथ रखते हुए वह आदमी बोला, "अरे हुए-हुए क्या लगा रखा है! सीधी-सी बात है कि हम इसके सगे मौसा हैं। तुम्हारी पेट-जाई लड़की के हम सगे मौसा हैं यह बात क्या इसे नहीं मालूम?"

"पेट-जाई!" मैं आश्चर्य से उस आदमी की तरफ देखने लगी।

और उस दिन मुझे बहुत-सी आश्चर्यजनक बातें पता लगीं :

—कि मैं वास्तव में उसी औरत की पेट-जाई कन्या हूँ।

—कि मेरे पिता का दिमाग अब से बारह वर्ष पहले खराब हो गया था और

वे अब तक पागलखाने में हैं।

—कि मेरी माँ मुझे इस शहर में ले आई थी। अपने एक परिचित के माध्यम से मुझे अनाथ बताकर इस आश्रम में भर्ती कराया था।

—कि मैं उसकी इकलौती सन्तान हूँ।

—कि वह मुझे सुखी देखना चाहती है।

—कि मेरा सुख ही उसका सुख है।

—कि अभी वह मुझे सबके सामने अपनी बेटी नहीं कह सकती।

अगले ही दिन उस औरत ने मुझे कानूनन गोद ले लिया। मेरी पढ़ाई खराब न हो इसलिए मुझे कुछ महीनों और आश्रम में रहने दिया जाए यह भी उसने तय कर लिया। इन कुछ महीनों में मैं कई बार उसके घर हो आई। मुझे मालूम हुआ कि उसके साथ जो बूढ़ी औरत आती थीं, वे बुआ जी उसकी मालकिन हैं और वह औरत उनके यहाँ नौकरी करती है।

मुझे उस औरत को अम्मा कहने में शर्म आने लगी। उसे भी शायद यह अहसास हो चला था कि मैं उसे अम्मा कहने में हिचकती हूँ इसलिए उसने मुझे 'मम्मी' सम्बोधन प्रयोग करने की सलाह दी। हायर सेकन्डरी की परीक्षा होते ही मुझे मम्मी ने आश्रम से उठा लिया और मेरे मौसा के साथ गाँव भेज दिया। कुछ दिन बाद मम्मी भी गाँव आ गई और फिर वे दोनों दिन-भर बैठकर मेरी शादी की चिन्ता करने लगे।

जन्म के समय दो-तीन वर्ष अपनी जननी के पास मैं रह ली थी, पर अब उनकी दत्तक पुत्री को यह सौभाग्य ज्यादा दिन के लिए नहीं मिला है यह बात मैं उनकी गोष्ठियों और सफर की तैयारियों से जान गई थी। फिर असमय में साक्षात् हो आई मेरी माँ मुझे नुमाइश की चीज बनाकर किन्हीं गणपति चन्द्र के पास प्रदर्शन के लिए किसी दूसरे गाँव में ले चलीं।

विनय

...और प्रारम्भ में ऐसा किसी ने नहीं सोचा था कि मेरा व्यक्तित्व कुछ इस हद तक निखर आएगा कि उसको हरुफों की शक्ल में सफों पर उकेरने का दुर्योग किसी उभरती कलम में धनी और वह भी रिश्ते में मेरे अनुज को करना होगा।

बड़ी ही सपाट तस्वीर मेरे जनक-जननी के दिमागों में मेरे जन्म से ही पनपी थी। सुना है मैंने, मेरी माँ इस प्रांत की प्रथम पुरुषोचित कार्य करने का श्रेय पा चुकी महिला हैं। एक ऐसे परिवार में मेरा जन्म हुआ जिसके पूर्वज बँटते-बँटते अनगिनत हिस्सों में बँट गए। मेरे पिता के सहोदर पहले यायावर हुए इस प्रदेश के, जो यहाँ से एक थैला मिर्चों का बाजार में बेचने गए और वहीं से शहर-दर-शहर ठीया ढूँढ़ने में लग गए। मेरे दूसरे काका जी कुछ अलग तरीके से बाहर गए। वह पहले को खोजने घर से चावल और हल्दी का टीका कराकर, सबके चरणों की पर्त-दर-पर्त

जमी धूल-मैल का मुआयना लेकर गए थे। पर उस मैल को फिर देखने का अवसर उन्हें न मिला। हमारे घर में आज भी उनकी बुद्धिमानी के किस्से, हमारी दादी द्वारा उनकी याद में निकाले गए आँसुओं और शब्दों के प्रसंगवश सुनाए जाते हैं।

और इन दोनों की खोज में मेरे पिता बिना घर में किसी को बताए, बल्कि गाँव की सीमा के नाले को पार करने के बाद एक राहगीर के जरिए घर खबर भिजवाते हुए गए और पूरे दो वर्ष बाद वे उन दोनों को न खोज पाने की कसक साथ लिए घर वापस आ गए।

इन दो सालों में उन्होंने दो आश्चर्यजनक काम किए। एक तो वे शहर में दर्जीगीरी का काम सीख आए जिसके प्रमाण में एक सिलाई मशीन वे साथ लाए थे। दूसरे, शहर में जिन महाशय की दुकान पर यह काम सीखा था उन्हें अपने घर-गाँव का पता भी देते आए जो इनके घर पहुँचने के चन्द महीने बाद ही आ धमके, और इस आगमन के साथ ही मेरे पिता के सिर सेहरा बँधा और मशीन की मिस्त्राणी इस गाँव में आ गई। और ये मिस्त्राणी यानी मेरी जननी दहेज में बिना आदमी और हारमोनियम के गाना सुनानेवाला कुत्ता, तवा और भोंपू (फोनोग्राम) भी अपने साथ लेती आईं। मेरे पिता ने अपनी शादी में मंडप से उठ-उठकर भोंपू के तवे बदले, अपनी शादी का जोड़ा खुद रात जागकर सिला और यही क्रम उनके जीवन का अंग बन गया। दोनों कामों में उनकी पत्नी उनका हाथ बँटाने लगीं। इसलिए वे इस प्रदेश में प्रथम पुरुषोचित कार्य करनेवाली महिला कहलाईं।

इसी नई लहर के तले फल-फूल रहे घर में मेरा जन्म हुआ। मैंने सुना है कि मेरे जन्म पर पन्द्रह दिन तक लगातार हमारा भोंपू बिना रुके बजता रहा। जाहिर है कि मुझे जन्म के बाद पूरे तीन सौ साठ घंटे भोंपू की ही आवाज सुनाई दी और परिणाम यह हुआ कि मैं उस घर से डर गया। मेरे रोने की आवाज तक किसी ने नहीं सुनी और मैं जिद्दी हो गया।

सोलहवें दिन जब वह भोंपू न बजा तो मुझे कुतूहल हुआ। मुझे लगा कि शायद सोते समय मुझे किसी अपरिचित मकान में लाकर रख दिया गया है और परिणाम यह रहा कि मैं सदा उस घर में अपरिचित की तरह रहा आया।

मेरे इस घर में फिर कभी मेरे सामने भोंपू बजने का अवसर न आया। मेरे बाद मेरे देखते-देखते चार बार घर में दाई आई, पर चारों बार साफ किया हुआ, पूरी तरह हैंडिल घुमाकर हवा भरा हुआ भोंपू बिना बजे वापस रख दिया गया। चूँकि चारों में से एक भी बार मेरे माता-पिता की वसीयत का दूसरा दावेदार न आया। चारों बार कन्याओं का जन्म हुआ और उनके जन्म को खुशी के अवसर में गिनने की प्रथा हमारे यहाँ अब तक नहीं बनी है।

एक तो जन्म के तीन सौ साठ घंटे उस भोंपू के कुत्तों के भौंकने के साथ स्वर मिलाकर रोने की प्रतिस्पर्द्धा में उससे जीत जाने के कारण (चूँकि भोंपू सोलहवें

दिन बन्द कर दिया गया पर मैं पूर्ववत् रोता रहा), दूसरे उसका एकमात्र उत्तराधिकारी होने से मेरा लगाव भोंपू की तरफ ज्यादा ही हो गया। और परिणाम यह रहा कि जब कभी स्कूल में बैठे-बैठे किसी घर से उसकी करुण पुकार मुझे सुनाई देती, मैं एकत्रित भीड़ से उसकी रक्षा के लिए वहाँ जा पहुँचता।

मेरा ज्यादा समय पैदाइश के समय की रुदन-बेला के सहभागी उस भोंपू के साथ कटने लगा। मेरा मन स्कूल में बिल्कुल न लगता। कहाँ तो स्कूल के मास्टरों के सामने कोई बात न जानने पर शर्मिंदगी से सिर नवाए खड़े होना और कहाँ इतने-इतने लोगों के सामने उस भोंपू के तवों पर बने कुत्ते के पिल्लों को घुमा-घुमाकर गाने गवाकर सबको आश्चर्य में डालते हुए सगर्व सिर उठाकर चहुँओर ताक-झाँक करना। मेरा और भोंपू का साथ यूँ ही चलता रहा आता गर वे अध्यापक जिनके घर शादियों पर मेरा भोंपू बज चुका था और वे अध्यापक जिनकी सन्तति भोंपू बजवाने का अवसर निकट भविष्य में देने वाली थीं, मुझे भोंपू के किराए के एवज में आठवीं कक्षा तक लगातार पास न करते गए होते।

आठवीं के बाद मुझे शहर में पढ़ने भेज दिया गया। मैं भी यह सोचकर चल पड़ा कि चलो इस बहाने कुल के साथ लगा 'अशिक्षित वंश' विशेषण तो हटेगा।

कहावत है, 'पूत के पाँव पालने में ही दिखाई दे जाते हैं' सो मुझे तो पालने से पहले ही भोंपू की बुलन्द आवाज का साक्षात् हो गया था, फिर भला मैं क्या खाकर शहर में टिकता। कुछ दिन ब-मुश्किल रहा, पर अक्सर रातों को भोंपू की मर्माहत आवाज मेरे कानों में गूँजने लगती। मैंने सभी तरह की छुट्टियों के नाम पर गाँव आने का क्रम बना लिया। इससे मुझे सन्तोष भी मिला, पर अचानक दूसरे ही साल इतनी भयंकर बाढ़ आ गई कि पूरे चार महीने गाँव का रास्ता बन्द रहा। तब हारकर मैंने दीवाली के पहले ही घर चिट्ठी लिख भेजी किसी और नाम से। इस समय मुझे वह नाम याद नहीं आ रहा पर चिट्ठी का मजमून याद है :

''श्री गणपतिचन्द्र जी,

आपको यह जानकर दुख होगा और दुख का कारण आप इस कार्ड का एक कोना फटा देखकर भी समझ गए होंगे, पर फिर भी मैं स्पष्ट लिख रहा हूँ कि आपके होनहार पुत्र विनय, जो यहाँ दसवीं कक्षा में पढ़ रहे थे और आपके गाँव के निवासी थे, वे विनयचन्द्र जी कल स्वर्ग सिधार गए हैं। अर्थात् कल आपका विनय मर गया है इसलिए आप जल्दी ही चले आएँ।''

देखिए उस भोंपू की दगाबाजी कि उसके लिए मैं मरने तक का दावा कर बैठा और ठीक मेरी चिट्ठी पहुँचने के दिन वह गाँव में मेरे ही घर में बज रहा था।

हुआ यह कि उस दिन मेरा भागीदार, मेरा सहोदर जन्म ले बैठा। पर मेरी चिट्ठी ने इतना तो अवश्य कर दिया कि भोंपू एक ही दिन बजकर चुप हो गया और अगले दिन मेरे पिता शहर आ पहुँचे। मैं तो साक्षात् मौजूद था। उनकी प्रतिक्रिया

क्या रही यह जानने का मौका उस समय न मिला, क्योंकि शोक-संतप्त परिवार को वे यह समाचार देने के लिए मुझे जल्दी ही गाँव ले आए कि मैं जिंदा हूँ। और गाँव में पहुँचने पर मेरी जो पिटाई हुई तो मैंने बता दिया कि चिट्ठी मैंने ही लिखा थी और मैं अब यह भोंपू लेकर ही शहर जाऊँगा।

मुझे घर में मरा हुआ मान लिया गया। मैं जो वहाँ पहुँचा, उसे मैं नहीं मेरा भूत माना गया। एक और कुलदीपक आ चुका था इसलिए मेरे कंधों से कुल का विशेषण 'अशिक्षित' उतारने का भार उठाकर उसके कंधों पर रखने की योजना बना ली गई और मेरे कंधों पर भोंपू लटका दिया गया।

मेरे एकनिष्ठ भोंपू-प्रेम की ख्याति सर्वत्र फैल गई। मैं भोंपू साव (सेठ) के नाम से विख्यात हो गया। आसपास के इलाके की हर शादी उन दिनों बिना पुरोहित के हो सकती थी पर बिना मेरे भोंपू के शादी सम्भव नहीं थी। और मैं भी बिना नागा हर हाल में साइकिल, खच्चर, घोड़ा जो भी सुलभ होता, कहीं-कहीं बैलगाड़ी और किसी के यहाँ दूल्हे के बाप की पीठ पर अपना भोंपू बाजा लेकर पहुँच जाया करता।

मेरे दो ही काम थे। एक तो घर में रहकर भोंपू और सिलाई मशीनों की सफाई करना, दूसरे हर शादी में भोंपू बजाना और भोंपू लेकर पहुँचने से पहले दूल्हे या दुल्हन के कपड़े सिलकर पहुँचाना। मैंने उन दिनों कभी शादियों में बिना भोंपू के हिस्सा नहीं लिया और न कभी सिवाए दूल्हा-दुल्हन के किसी और के कपड़े सिले। सवर्ण जाति का होने की वजह से मैं जिस किसी शादी में जाता मुझे भोजन के स्थान पर दूध, फल ही मिलते और इस तरह मेरा शरीर और व्यापार उत्तरोत्तर वृद्धि को प्राप्त होते रहे।

मैंने रण्डियों (शादियों के अवसर पर नाचनेवाली औरतें जो नकली घोड़ों के बीच में खड़ी होकर नाचती हैं) के भाव खटाई में डाल दिए। जहाँ मैं सुनता कि रण्डी बुलाई है, मैं उस गाँव के लिए सस्ते दाम पर भोंपू देने का प्रलोभन दे देता और इस तरह मेरा भोंपू शादियों का एक आवश्यक आयोजन बन गया।

अलबत्ता मेरे ही गाँव का एक लड़का यतीन्द्र मेरे भोंपू के आकर्षण में नहीं फँसा। एक बार एक शादी में जब मैं भोंपू लेकर बैठा हुआ था, मैंने यती को अपनी तरफ आते देखा। आसपास जो लोग घेरा लगाए खड़े थे उन्हें डाँटते हुए मैंने कहा, "रास्ता छोड़ो, देख नहीं रहे दिल्लीवाला यती आ रहा है।" फिर यती को आवाज दी, "अरे आओ यती!"

यती ने आवाज सुन ली और लोगों को अपनी तरफ देखते हुए पाकर वह मेरे पास तक चला आया। मैंने उसे बैठने के लिए जगह देते हुए कहा, "बैठो भई, तुम भी देख लो।"

वह बोला, "मैं इसे क्या देखूँ? मैं क्या इसे आज देख रहा हूँ? इस तरह के

तो हमारे शहर में कंगलों की शादी में भी नहीं बजाए जाते।''

मुझे उसकी बात पर गुस्सा आ गया, पर आस-पड़ोस का ख्याल कर मैं चुप रहा। लोगों को उसकी बात पर सोचने का मौका दिए बिना मैंने हँसते हुए उससे कहा, ''चलो देखो मत, पर आवाज तो सुनो।''

''आवाज...पता नहीं गा रहा है या रो रहा है। रफी की ऐसी आवाज हमारे यहाँ कोई सुने तो उसकी मार्केट खराब हो जाए।''

अब तो मेरा पारा सातवें आसमान पर चढ़ गया। मेरे भोंपू की इतनी तौहीन! और फिर ये कौन 'रफी' और 'मार्केट' बीच में आ टपके!

यती भी मेरी हालत को समझ गया। अपने घर आने का निमन्त्रण देकर वहाँ से चलता बना।

उसी दिन शाम को उसके घर जाने पर मुझे पता चला कि ये रिकॉर्ड आदमियों की आवाज का टेप करके बनते हैं और मेरे पास जितने रिकॉर्ड हैं सब कंडम हो गए हैं। उस रात वही गाने, जो मैं वर्षों से इस भोंपू के जरिए सुनता आ रहा था, मेरे कानों में गूँजते रहे और मुझे लगता रहा कि वास्तव में मेरा भोंपू भी मेरी तरह अपमान के आँसू पीकर रो रहा है।

अगले वर्ष जब शादियों का सारंग आया तो मेरे पिताजी ने पहले ही निमन्त्रण को अस्वीकार कर दिया। उन्होंने बताया कि उसी दिन मुझे लड़की देखने जाना है इसलिए भोंपू लेकर मैं नहीं पहुँच पाऊँगा। और एक दिन मैं एक गाँववाले के घर आई एक लड़की को देख आया। शादी तय हो गई। यह लड़की दिल्ली से आई थी।

गाँव की औरतें, बूढ़े मुझसे पूछने लगे कि मेरी शादी पर भोंपू कौन बजाएगा? तब मैं जवाब में उन्हें कहता कि यती कहता था यह भोंपू खराब है इसलिए इसे नहीं बजाया जाएगा बल्कि दिल्ली से दूसरा भोंपू आएगा। तब लोग दूसरा सवाल करते कि कौन लाएगा और कौन बजाएगा? और मैं कह देता था—''यती लाएगा, वही बजाएगा।''

यती

उस साल जब मैं गाँव पहुँचा तो मुझे एक नया ऐतिहासिक तथ्य सुनने को मिला कि अब विश्व में सात नहीं, आठ आश्चर्य हुआ करेंगे। आठवें के अलावा शेष सातों मैंने मन-ही-मन घोक लिए। फिर उस आठवें के लिए क्रम तक करने लगा कि इसे किस नम्बर पर रखूँ। कुछ तय कर न पाया। इसे आठवाँ मानूँ या पहले से सातवें के बीच कहीं रखूँ। बहरहाल, क्रम बाद में तय हो सकता था, उससे कोई फर्क भी तो नहीं पड़ता था। आश्चर्य तो अपने-आप में आश्चर्य ही रहा आना था न! पर यह आश्चर्य था अन्य सातों से कहीं ज्यादा चकित करनेवाला। कुछ देर तो मैं सुनानेवाले को देखता भर रहा, फिर हाथ हिलाकर उसकी आँखें झपकवाईं और तब मुझे मानना

ही पड़ा कि यह स्वप्न में नहीं, जीते-जागते सुन रहा हूँ–"आपको मालूम है यती भाई, भोंपू (विनय) की शादी हो गई है और लड़की दिल्ली की रहनेवाली ही नहीं, अब भी दिल्ली में रह रही है।"

सुनकर मैं सोचने लगा, ऐसे कौन लोग हैं जो इस 'गुदड़ी के लाल' की खोज में दीया लेकर इस सुदूर बीहड़ में आए होंगे। अपने कुतूहल को शान्त कर पाने की गरज से मैंने सोचा, 'लड़की में कोई कमी रही होगी।'

मैंने अपनी छोटी बहन को विनय के घर यह कहने भेजा कि वह मुझसे आकर मिल ले। मैं खुद भी उनके यहाँ जा सकता था पर यह सोचकर न गया कि जब दिल्ली में शादी करने के लिए जाने पर भी ये लोग मुझसे मिलने नहीं आए तो मेरा उनके घर जाना उचित न होगा।

बहन को जाने की जरूरत नहीं पड़ी। विनय को मेरे गाँव पहुँचने की खबर लग गई थी और जब हम कुछ लोग बैठे उसी के बारे में बातें कर रहे थे वह हमारे घर आ पहुँचा।

मुझे उसी से पता चला कि उसकी शादी दिल्ली से न होकर गाँव और दिल्ली के मिडिल प्वॉइन्ट एक तीर्थस्थान पर हुई है। उसने बताया कि दहेज में दस हजार रुपया नकद के अलावा रेडियो, पंखा, सिलाई मशीन, और भी बहुत-सी चीजें मिली हैं। लड़की हायर सेकेन्डरी पास है।

यह सुनते ही स्वाभाविक तौर पर मैंने उसकी तरफ देखा। मेरे देखने का आशय समझते हुए उसने आश्वस्त किया, "मेरी पत्नी को यह मालूम नहीं है कि मैं कहाँ तक पढ़ा हूँ। उसे हमने इन्टर पास बताया है।" यही नहीं और भी बहुत-सी बातें उस नवागन्तुका को झूठी और बेबुनियाद बतलाई गई थीं।

उसकी बातों से मैंने महसूस किया कि विनय दिल्ली के बारे में बहुत कुछ जानने को उतावला हो रहा है। मैंने उसे बहुत बताया भी। उसने अपनी ससुराल का पता भी मुझे दिया और यह भी जान लिया कि स्टेशन से उतरकर वहाँ कैसे पहुँचा जा सकता है। गई रात तक हम दोनों एकान्त में चबूतरे पर बैठे बातें करते रहे। जब मेरे पिताजी ने उसे घर जाने को कहा तो वह बोला, "काका, कुछ और बातें कर लेने दो। कल तो मैं अनाज बेचने शहर चला जाऊँगा और यह यती भी शायद ज्यादा दिन न रहे, इसलिए फिर कुछ जानने का मौका न मिलेगा।"

पिताजी उसकी उत्सुकता को नजरअन्दाज न कर पाए और परिणाम यह रहा कि मुझे लगभग पूरी रात उसकी जिज्ञासा शान्त करने में काटनी पड़ी। उसने दिल्ली के विषय में बहुत-सी बातें तो जानी ही, साथ ही बड़ी संजीदगी से यह भी बताया :

–कि वह भविष्य के प्रति सचेष्ट होना चाहता है।

–कि उसके मन में बहुत-से विचार खुद को लेकर आ जमे हैं।

–कि वह इस बीहड़ से बाहर होना चाहता है।

—कि पढ़ी-लिखी पत्नी मिलने से क्या-क्या लाभ हैं।

—कि गर मुझे कोई आपत्ति न हो तो वह अपनी पत्नी से कहकर मेरे लिए भी कोई अच्छी लड़की तलाश करवाए।...

अनाज बेचने शहर गए विनय को चौथे दिन भी गाँव वापस पहुँचा न देखकर मुझे आश्चर्य हुआ। मेरे पिताजी को तो वह उलाहना दे रहा था कि मैं दो-तीन रोज ही गाँव रुकता हूँ, पर अब खुद वही नहीं आया। मैं यही सब सोच रहा था कि तभी विनय के पिताजी आ पहुँचे। बड़े चिन्तित थे। मैंने अभी दो रोज हुए लोगों के पूछने पर दिल्ली के हाल सुनाए थे कि वहाँ आजकल दंगे-फसाद बहुत हो रहे हैं। कीर्तिनगर इंडस्ट्रियल एरिया में मारकाट की वारदातें भी हो चुकी हैं। विनय के पिताजी ने यही बातें दोहराकर मेरी सहमति चाही, पर मैं उनकी चिन्ता का कारण इन बातों में न पा सका।

तब उन्होंने बताया कि आज शहर से बैलगाड़ियाँ लौट आई हैं। गाड़ीवान ने बताया है कि विनय अनाज बेचकर सब रुपया अपने साथ ले दिल्ली चला गया है। मेरे पिताजी से उन्होंने बड़ी अनुनय से यह इच्छा जाहिर की कि मैं अगले दिन सुबह ही दिल्ली चला जाऊँ। अगर इन फसादों का शिकार विनय हो गया हुआ तो ईश्वर की इच्छा। यदि अभी सही-सलामत हो तो मैं जैसे भी हो उसे गाँव वापस भेज दूँ।

मेरी छुट्टियाँ अभी बाकी थीं और मैं गाँव में ही इन्हें बिताना चाहता था, पर पिताजी ने यही सलाह दी कि जो भी हो, मुझे वापस चले जाना चाहिए।

जब मैं विनय की ससुराल में पहुँचा उस समय विनय बाबू आराम फरमा रहे थे। सबसे पहले मेरी भेंट उसकी पत्नी से हुई। विद्या ने मुझे पहचाना नहीं था। मैंने अपना परिचय दिया। अपने और मेरे रिश्ते का ख्याल आते ही विद्या ने जल्दी से अपना मुँह फेर लिया। मैं कुछ कहूँ इससे पहले ही वह लंबा-सा घूँघट काढ़ती हुई उस बरामदे में से, जहाँ हम अब तक बतिया रहे थे, भाग गई। मैं किंकर्तव्यविमूढ़-सा खड़ा रहा। वह कहाँ बिला गई और विनय कहाँ ठहरा है, मैं न जान सका। वापस लौट चलने का ख्याल उठा। पर तभी एक सफेदपोश महिला उसी तरफ से आती दिखीं जिधर विद्या भागकर गई थी।

वे विनय की सास, विद्या की मम्मी थीं। बड़े अपनत्व से उन्होंने मेरी ठोड़ी पर हाथ फेरा और मुझे भीतर ले चलीं। शायद विनय बाबू को मेरे आने की खबर दे दी गई थी।

मुझे यह जानकर बहुत तसल्ली हुई कि विनय बाबू जितना रुपया साथ लाए थे उसमें से बहुत-सा रुपया वे अब तक खर्च कर चुके थे। उनसे कुछ देर बातें

करके मैं समझ गया था कि पूरा रुपया खर्च किए बिना वे यहाँ से वापस नहीं जाएँगे। पहली बार ससुराल आए थे इसलिए उनकी खातिरदारी भी बहुत जोरों से हो रही थी।

उन्होंने अपने वापस न जाने का कारण अपनी उँगली पर निकल आए फोड़े को बताया। मैंने उनके फोड़े को देखकर डॉक्टर के पास चलने की सलाह दी। वे मेरे साथ गए भी, पर डॉक्टर के दवा लगाने से पहले विनय ने डॉक्टर को मशवरा दिया कि फोड़े की चीर-फाड़ करने से पहले उन्हें बेहोश कर दिया जाए।

डॉक्टर ने अपनी परेशानी बताई, ''अगर मैं इस भयंकर गर्मी में आपको बेहोशी की दवा दे दूँ और आपको फिर होश में लाने में नाकाम रहा तो!''

इस पर विनय बाबू नाराज हो गए। बोले, ''आखिर मैं आपसे कह रहा हूँ और रुपए भी दे रहा हूँ।''

डॉक्टर साहब उनकी नाराजगी बर्दाश्त न कर पाए और उन्होंने अपने चपरासी से कहा, ''इन्हें बाहर निकाल दिया जाए, क्योंकि मैंने इनके पाँच रुपए से डॉक्टरी नहीं सीखी है।''

मेरे हस्तक्षेप के बाद भी फिर डॉक्टर उनके फोड़े की परिचर्या करने पर राजी न हुए और हमें घर लौटना पड़ा। इसके बाद उन्होंने अपने लौटने का कार्यक्रम फोड़े के सही हो जाने तक स्थिगित रखा।

जितने दिन विनय वहाँ रहा मैं उसका हाल पूछने जाता रहा। एक बात मैंने लक्ष्य की। जब भी मैं उनके यहाँ पहुँचता विनय चारपाई पर लेटी हुई अपनी सास या पत्नी के साथ सटकर बैठा हुआ मिलता। मुझसे बातें करते समय उसके हाथ बराबर उठते-गिरते रहते।

एक दिन मैंने उन नव-दंपती को अपने यहाँ भोजन पर बुलाया। वे अगले दिन आने के लिए तैयार भी हो गए। मैंने अपने घर उनके लिए खाना बनवा लिया। पूरा दिन गुजर गया और वे न आए। मेरे कुछ दोस्त भी घर आए हुए थे। शाम तक इन्तजार करने के बाद मैं अपने एक दोस्त को विदा करने बस स्टॉप तक आया। बस स्टॉप पर मुझे वे दोनों खड़े दिखे। पूछने पर पता चला कि सुबह से वे मेरा मकान तलाश रहे हैं। मैं जो पता उन्हें देकर आया था, विद्या के कहने के बाद भी विनय ने उसे साथ रखने की जरूरत नहीं समझी और बिना पते के सिर्फ नाम का सहारा लिए वे दिन-भर लोगों से मेरा घर पूछते रहे।

विद्या ने घर पहुँचने पर जब यह बताया तो हम सब लोग हँसने लगे। विनय को लगा कि हम उसका मजाक बना रहे हैं। मेरे सभी दोस्त विनय के बैठते ही उसे बार-बार देखकर हँसने लगे। विनय उठकर बाहर चला गया। मैं ब-मुश्किल मनाकर वापस घर में लाया तो सब उसे देखकर फिर हँस दिए। विनय ने मेरे घर खाना नहीं खाया और तभी उसने गाँव वापस जाने का फैसला भी कर लिया।

मैंने उसे समझाया और कुछ दिन रुकने को कहा पर विद्या ने मुझे ऐसा करने

से रोक दिया। उसने दलील दी, "ये बहुत जिद्दी हैं, जब इनके मन में फितूर जम गया है तो फिर किसी की नहीं सुनेंगे।" लाचार होकर मुझे उनके साथ उनके घर आना पड़ा। और उसी रात विनय को स्टेशन पर गाड़ी में बिठाकर मैं रात दस बजे घर लौट पाया।

जाते समय विनय कुछ सन्तुलित हो गया था। जिस संजीदगी से उस दिन गाँव में वह मेरे साथ बातें कर रहा था उसी संजीदगी से उसने बताया :

—कि वह गाँव छोड़ना चाहता है।

—कि वह यहीं दिल्ली में बसना चाहता है।

—कि उसकी सास भी यही चाहती है।

—कि उसे जो रुपया दहेज में मिला है उसे पिताजी हड़प जाना चाहते हैं।

—कि मैं उसके लिए कोई मकान, दुकान देखकर रखूँ।

—कि वह बहुत अच्छा कारीगर है।

—कि वह बहुत जल्दी ही फिर दिल्ली आएगा।

पर उसे ट्रेन में बिठाकर लौटते समय मुझे कुल इतना याद रखना मुनासिब लगा कि विनय सकुशल गाड़ी में बैठ गया है और यह खबर कल टेलीफोन पर विद्या को देनी होगी।

विद्या

शुक्रगुजार हूँ मैं यती भाई साहब की जो उन्होंने जैसे-तैसे करके विनय को वापस भेजने का सुयश कमा लिया। वे तो उन्हें और रुकने की सलाह भी दे रहे थे। मैं कितनी खुश हो आई थी मन-ही-मन जब विनय ने यह घोषणा की थी, "मैं गाँव वापस जाऊँगा और आज ही जाऊँगा।" मैं समझ गई कि यती भाई साहब क्यों उसे रुकने को कह रहे थे। यती को शंका हुई थी कि विनय इस हँसी-मजाक की वजह से ही जाने का फैसला कर रहा है और यह दोषारोपण उनके आपसी सम्बन्धों में कलह पैदा कर सकता था।

यों मुझे विनय के आने का सन्देह तभी से था जब मैं ससुराल से चली थी। इतने दिन ससुराल में रहकर मैंने देख-समझ लिया था कि मैं जिस आदमी के साथ सात फेरे ले चुकी हूँ वह कहाँ कमजोर है और यह हवस उसे जल्दी ही मेरे पास ले आएगी। हुआ भी यही। पर जब विनय यहाँ पहुँचा तो मैंने उसे बता दिया कि मैं माँ बननेवाली हूँ।

मेरा गर्भवती होना मेरे दाम्पत्य के लिए खतरा बन गया। मैंने पाया कि मम्मी अपने दामाद को खुश रखने के बहाने बीस साल से अतृप्त, सुप्त अपनी इच्छाओं को जगा रही हैं। वे अक्सर विनय के साथ सटकर खड़ी होतीं। उसे कुर्सी पर बिठाकर खुद इस पोज में आ खड़ी होतीं कि उनका शरीर विनय के कन्धे, सिर या माथे

को छूता रहे। उनके पहनावे में, उनके मुस्कराने में दिन-ब-दिन परिवर्तन आने लगा।

विनय के पहुँचने के पाँचवें दिन यती भाई साहब आए। मैंने उनका नाम गाँव में सुना था। उनके घर के सब लोगों से भी मैं मिल आई थी। उनके आने तक मैं विनय और मम्मी को लेकर सन्दिग्ध हो गई थी। यती रोज ही हमारे यहाँ आते और कभी-कभी मम्मी उन्हें चारपाई पर लेटी हुई मिलतीं। वे रोज रात लगभग नौ-सवा नौ बजे हमारे यहाँ पहुँचते और इधर मम्मी भी घर के कामों से कुछ देर पहले ही फारिग हुआ करती थीं।

विनय उनके आने पर भी मम्मी वाली चारपाई पर बैठा रहता। कभी-कभी मम्मी के शरीर पर उसके साथ हरकतें करने लगते और जब-तब यती की निगाह में वह हरकत आ जाती। मैंने यती से कई बार कहा कि विनय को वापस घर भेजने का कोई जुगाड़ बनाएँ पर उनकी एक यही बात विनय मानने को तैयार न था।

एक दिन मैं विनय और मम्मी को कमरे में देखकर बाहर बरामदे में आ खड़ी हुई। मैंने उन्हें जिस हालत में देखा था उसे बयान नहीं कर सकती। मैं वह दृश्य देखने के लिए वहाँ न रुक सकी। मैं बरामदे में पहुँची ही थी कि यती भाई साहब मुझे सामने से आते दिखे, और उस दिन देर तक मैं उन्हें बे-मतलब की बातें करके बरामदे में ही रोके रही।

विनय ने शायद हमारी आवाजें सुन लीं और वह बाहर चला आया।

बातों में मैंने यती को कहा, "आप भी अब शादी कर डालिए।"

"अभी नहीं, पहले देख लूँ बाकी लोग शादी करके कितने सुखी हो पाए।"

उनका जवाब सुनकर मुझे अभी हाल में देखा दृश्य याद हो आया और मेरी आँखों से अनायास आँसू निकल पड़े। यती ने उस दिन विनय पर ज्यादा ही जोर डाला कि वापस गाँव चला जाए पर विनय न माना। हारकर मैंने उसी अवस्था में समर्पण कर देना तय कर लिया। विनय के चाहने पर उसका साथ देने लगी। यती के आने पर मैं जानबूझकर बिस्तर पर लेट जाती और विनय ठीक वही हरकतें मेरे साथ करता जो पहले मम्मी के साथ किया करता था। मैं यती को यह दिखा देना चाहती थी कि उस दिन जो आँसू उनकी बात सुनते समय मेरी आँखों में आ उतरे थे उनका कारण उनकी बात में नहीं था। और मैं अपने गृहस्थ जीवन से पूरी तरह सन्तुष्ट हूँ।

हालाँकि मुझे इस अवस्था में अपने को ला रखने में आत्मग्लानि होती थी। पर एक और कारण था जो मुझे इस तरह पलायन करने के लिए विवश करता था। उस दिन यती के सामने मुझे रोता हुआ देखकर विनय ने बुरा-भला कहा था। मैं यती के साथ-साथ उसे भी यह विश्वास दिलाना चाहती थी कि मेरे मन में उसकी हर इच्छा के लिए स्थान है और यह भी कि विनय भी मेरे प्रति एकनिष्ठ है, मैं ऐसा ही सोचती हूँ।

विनय के गाँव पहुँचने के बाद कुछ दिन मैं इसी उधेड़बुन में रही कि मेरा भविष्य क्या होगा। मैं इस औरत के व्यवहार पर हैरान थी जिसने बचपन में मुझे अपनी लाचारी के कारण त्याग दिया था। मुझे अनाथाश्रम में भिजवाकर यह मेरे प्रति पूरी तरह अनुराग-मुक्त न हो पाई और एक शुभचिन्तक के नाते मुझसे मिलती रही थी। फिर इसने मुझे अपनी ही बेटी होने के बावजूद कानूनन गोद लिया। पर क्यों? मेरी शादी की, पर क्यों? और अब पूरी तरह मुझे भुलाकर मेरा हक फिर छीन रही है! अगर इसे यही करना था तो मुझे गोद ही क्यों लिया? मुझसे कोई भी नाता क्यों जोड़ा? मैं समझती हूँ कि इसके साथ भी अन्याय हुआ है। कुल सत्रह वर्ष की उम्र में मुझे जन्म दिया। दो-तीन वर्ष बाद मेरे पिता विक्षिप्त होकर पागलखाने चले गए और तब से यह अतृप्त रही आई। पर अपनी तृप्ति इतनी ही अनिवार्य महसूस होती है तो कोई और रास्ता क्यों नहीं ढूँढ़ती? मुझे तो यह भी सन्देह होता है कि यह अतृप्ति है या आदत?

इस औरत के पास रहना मुझे अनुचित लगने लगा। उधर विनय के पास पहुँचने की कल्पना-भर से हिया थर्रा जाता था। यती से कुछ परिचय हो अवश्य गया था पर उन्होंने विनय के जाने के बाद एक दिन भी हमारे घर आना मुनासिब नहीं समझा। कभी-कभार मैं ही टेलीफोन कर लेती थी। पर वे ठीक तरह से उत्तर भी नहीं देते। मैं जानती हूँ उनके मन में मेरी जो तस्वीर है वह है विनय के साथ चारपाई पर लेटे हुए विनय की कोहनियों का भार अपने नितम्बों या उरोजों पर ढोती मैं।

बरसात के बाद मुझे ससुराल जाना पड़ा। मेरे पेट में पाँच महीने का गर्भ हो चला था। कभी-कभी दर्द इतना बढ़ जाता कि मैं जोरों से चीखने लगती। मेरा शरीर दिन-ब-दिन अवश होता गया। कुल साढ़े सात महीने बाद मैंने बच्चे को जन्म दे दिया।

नवजात शिशु लड़का था पर नाम के लिए। वह एक मांसपिण्ड से ज्यादा कुछ नहीं था, जिसे लगता था किसी चीज ने जगह-जगह से नोच खाया हो। मैं बच्चे को देखकर सकते में आ गई। जितनी बार बच्चे को देखती, मन सन्न-सा रह जाता। उसके हाथ-पैर पूरी तरह तैयार नहीं हो पाए थे। वह शुरू के कुछ दिन तो रोया तक नहीं। सबने यही समझा कि वह गूँगा-बहरा है। कुछ दिन बाद वह यकायक रोने लगा। मेरा शरीर इस बुरी तरह लिथर गया था कि मुझे पूरे दो महीने चारपाई पर काटने पड़े।

बच्चे में विकास के कोई आसार नजर नहीं आए। उसके हाथ-पैर जैसे पैदाइश के समय आधे मुड़े हुए थे, बाद में भी वैसे ही रहे आए। उन मोड़ों में कोई अन्तर नहीं आया। वह अक्सर जोर से अँगड़ाई लेता और फिर काफी देर तक गर्दन एक तरफ को सख्त-सी बनी ढरकी रहती। उसका सारा शरीर अकड़ जाता। प्रायः ऐसा लगता कि उसमें चेतना नहीं रही है। पर कुछ देर में ही वह फिर सामान्य हो रहता।

मैं जानती थी कि बच्चा पूरे दिनों का होकर पैदा नहीं हुआ है। दूसरे, विनय ने उसके पेट में रहते मेरे साथ कई बार राक्षसों की तरह संभोग किया, इसी से यह गूँगा, बहरा, अपंग बच्चा मेरे पेट से मुझे इतनी तकलीफें देने के बाद निकला है।

विनय

विद्या ने अपाहिज बच्चे को जन्म दिया। वह भी कुछ साढ़े सात महीने पर। जब विद्या को लड़का हुआ हमारी शादी को पूरे नौ महीने भी नहीं हुए थे। गाँव-भर में औरतें, मर्द, बच्चे सभी अटकलें लगाते फिरने लगे। कोई कहता—बच्चा मायके से लेकर आई थी। कोई कहता—बच्चा विनय का नहीं है। कोई कुछ तो कोई कुछ। बच्चे के अपाहिज होने के कारण मेरे माँ-बाप तक यही कहने लगे। मैं जानता था, बच्चा ऐसा क्यों हुआ है। वास्तव में मेरा अनुमान था कि बच्चा मरा हुआ ही पैदा होगा।

जब मैं दिल्ली गया था मुझे यह खबर नहीं थी कि विद्या गर्भवती होकर गई है। वहाँ जाकर यह पता लगा तो मैंने वापस आने की बात सोची थी। अच्छा बहाना भी मिल गया था। घर आकर कह देता कि विद्या गर्भवती थी इसलिए देखने चला गया। पर वहाँ जाकर मुझे पता लगा कि विद्या की माँ उसकी माँ नहीं है बल्कि गोद लेने की वजह से माँ बन गई है। यह भी खबर लगी कि विद्या अनाथ लड़की है जिसके खानदान का कोई अता-पता नहीं। इन बातों से मैं विद्या के प्रति उदासीन हो आया, साथ ही उसकी इस माँ के प्रति आकर्षित भी। उन्होंने भी अपनी तरफ से इसमें पूरा-पूरा सहयोग दिया। वे अक्सर मेरे साथ छेड़छाड़ करने लगीं। मैंने उनके साथ दो-चार बार एकाकार होने पर यह सन्देह प्रकट किया कि विद्या वाला हाल हो गया तब क्या करेंगी। उन्होंने मुझे निश्चिन्त कर दिया यह कहकर कि उन्होंने ऑपरेशन कराया हुआ है और इसके बाद भी यदि कुछ हो जाए तो दस-बीस बार यही प्रक्रिया करने से गर्भ अपने-आप गिर जाता है। मैं आश्वस्त हो आया और उसके बाद दिन-ब-दिन मैं उनके प्रति अधिक आकर्षित होता गया।

मैं अभी से बाप नहीं बनना चाहता था इसीलिए मैंने उनके बताए तरीके से, विद्या का गर्भ गिराना चाहा पर इसमें मुझे सफलता नहीं मिली।

मुझे गाँव में रहना मुश्किल लगने लगा। लोग मेरे मुँह पर ही ऐसी बातें करने लगे। कोई-कोई तो मुझसे इस बच्चे की पैदाइश के सम्बन्ध में इस तरह कहता मानो किसी और के विषय में कह रहा हो। मैं कहाँ तक लोगों से उलझता। आखिरकार मैंने गाँव छोड़ने का निश्चय कर लिया। मैं इन्तजार करने लगा कि विद्या चारपाई से उठ जाए और मैं यह गाँव छोड़कर कहीं चला जाऊँ।

मैंने पास के ही एक गाँव में रहने का इन्तजाम कर लिया। एक सिलाई मशीन भी वहाँ लेकर डाल दी। घरवालों ने एतराज किया, पिताजी ने चार बहनों का वास्ता

दिया कि इनका भार किसके ऊपर छोड़े जा रहा है। मैंने उन्हें समझाया, घर थोड़े ही छोड़ रहा हूँ। दूसरी जगह काम करूँगा, चौथे-छठे दिन घर भी आया करूँगा।

बच्चे में सुधार के कोई लक्षण नजर न आते दिखे। कई वैद्यों को दिखलाया। झाड़ा वगैरह किया, मनौती मानी, पर सब व्यर्थ रहा। उसे देखकर लगता कि वह ज्यादा दिन नहीं जिएगा।

गर्मियों में यती गाँव आया। वह हमारे इस गाँव में भी हमसे मिलने आया। उसने बताया कि विद्या की मम्मी ने उसे साथ लाने को कहा है। पिताजी ने भी यही राय दी कि बच्चा होने के बाद विद्या अपनी माँ के पास नहीं गई है इसलिए भेज देना चाहिए। मेरा काम यहाँ जम नहीं रहा था। मैं उन दिनों राशन की दुकान खोलने की योजना बना रहा था, पर पैसे की तंगी थी। पिताजी से माँगने की हिम्मत नहीं पड़ रही थी। अगर चार-छह महीने में रुपयों का इन्तजाम हो जाता तो नए साल से चीनी का कोटा मुझे मिल सकता था। मैंने सोचा, विद्या अपनी मम्मी के पास चली जाए तो कुछ दिनों बाद मैं उसे वापस लाने के बहाने वहाँ जा पहुँचूँगा और उसकी माँ से रुपए माँग लूँगा।

यती काफी दिनों तक गाँव में रहा और मैं लगभग रोज उससे मिलने गाँव पहुँचता रहा। मैंने यती से कहा कि मेरी सास चाहती है मैं दिल्ली में बस रहूँ। और भी जो-जो मेरे मन में कल्पनाएँ उठती थीं मैंने सब उसे बताईं।

एक दिन प्रसंग उठने पर मैंने यह भी बता दिया कि मुझे विद्या की वजह से गाँव छोड़ना पड़ा। लोगों का विचार है कि इसके पेट से जो बच्चा हुआ है वह दरअसल मेरा नहीं है। मैंने उसे दिन और महीने गिनाकर यह बात पक्की तरह समझाई कि फिर भी उसे मैं निभा रहा हूँ यह मेरी शराफत है। और इस गाँव के लोग भी मेरे विषय में काफी कुछ जान गए हैं।

मेरे हर तरह समझाने पर भी यती ने मुझे दिल्ली आ बसने की सलाह नहीं दी। वह कहता रहा कि मैं दिल्ली में क्या कर पाऊँगा। मैं तो वहाँ के तरीके की चड्डी तक नहीं बना सकता।

मैंने यती को समझाया कि यहाँ काम नहीं निकलता। लोग एक बार कपड़ा सिलवाने के बाद साल-भर के लिए फारिग हो जाते हैं। उसने मुझे एक नया काम बताया। रेडीमेड कपड़े बनाने का। मैंने उस पर अमल भी किया। कपड़े बनाकर और-और गाँवों का चक्कर लगाने लगा। इस तरह मुझे अतिरिक्त काम आ जुटा। विद्या मेरे काम में कभी हाथ नहीं बँटाती थी, पर जब यती ने यह नई योजना बताई तब विद्या भी मेरे साथ बैठी हुई थी। उसने बातों के बीच में यही कहा कि हम दोनों मिलकर काम करें तो काम अच्छी तरह चल जाएगा। शायद विद्या इसलिए भी काम करने लगी कि वह सोचती होगी, उसे कुछ ही दिन बाद चले जाना है।

मैं बच्चे के विषय में बिल्कुल निश्चिन्त था, यह सोचकर कि वह कुछ ही

दिन इस दुनिया में रहेगा। पर यती और विद्या दोनों उस विषय पर ढेरों बातें करना चाहते रहे। मैं अव्वल तो बच्चा चाहता ही नहीं था और जो हो गया था उसे जीना ही कितने दिन था। उसकी दिन-ब-दिन बिगड़ती हालत देखकर भी विद्या ऐसा नहीं सोचती थी। यती उसके इलाज के लिए मुझे कहता रहा। इस काम के लिए वह मुझे अपने साथ ले जाने को तैयार था, पर मैं दिल्ली जाने का बहाना ढूँढ़ने के बाद भी इस बहाने जाने को तैयार नहीं था। मुझे न जाने क्यों बच्चे को देखकर मन में कहीं डर-सा आ जुटता था और मैं भरसक कोशिश करता था कि मुझे बच्चे से साक्षात् न होना पड़े।

यती के वापस जाने का दिन भी आ गया। मैं घर से अपनी छोटी बहन सुनीता को ले आया। यह तो निश्चित था कि विद्या कुछेक महीने के लिए जा रही थी। मैं इस बीच रेडीमेड के काम में पूरी तरह जुट जाना चाहता था। कुछ दिन के लिए इस काम ने मेरे मन से कहीं जा रहने का विचार भी भगा दिया।

विद्या

हमें यहाँ आकर पता लगा कि मम्मी अपनी मालकिन के साथ मसूरी गई हुई हैं। अब वापस गाँव नहीं आया जा सकता था। मम्मी को पन्द्रह जुलाई तक लौटना था और इस बीच पूरे एक महीने मैं यती के ही घर रही। यती ने यहाँ पहुँचते ही सबसे पहला काम बच्चे को अस्पताल में दिखाने का किया। उनकी छुट्टियाँ खत्म हो गई थीं पर बच्चे के लिए उन्होंने दो दिन छुट्टी और ले ली। अपने किसी परिचित की सिफारिश से बच्चे को इलाज के लिए अस्पताल में भर्ती करा दिया।

यती के यहाँ पूरे एक महीने रहकर जो सुख-शान्ति मुझे मिली उसके लिए मैं उनकी ऋणी रहूँगी। विनय ने कभी बच्चे के लिए चिन्ता नहीं की थी, पर यती को गाँव में रहते भी बच्चे के लिए चिन्ता बनी हुई थी। उनका बड़ा ही बँधा कार्यक्रम रहता। सवेरे घर से दफ्तर के लिए निकल जाते और रात गए लौटते। कभी जब शाम को कहीं नहीं जाना होता तो मुझे अपने दफ्तर में पहुँच जाने को कह जाते। फिर हम सारी शाम कहीं-न-कहीं सैर को निकल जाते। मुझे बच्चे की चिन्ता बराबर बनी रहती। अक्सर दिन में अस्पताल जाकर मैं उसे देख भी आती।

भूलकर भी यती कभी विनय के विषय में चर्चा नहीं करते। महीने के चारों इतवार हमने होटल में खाना खाया और सैर-सपाटे में गुजारे। वे जितनी देर मेरे साथ रहते ढेरों बातें सुनाते। अपने दफ्तर की, घर की, कॉलेज की। पर कोई भी ऐसी बात न करते जिसमें विनय या उसके परिवार के लोग शामिल हो पाएँ।

मैं जान गई थी कि वे विनय की बात से बचकर क्यों चलते हैं। उन्हें शुरू से ही विनय में कोई रुचि नहीं थी। वह तो संयोग ऐसा हुआ कि मैं दिल्ली में रह रही थी और जिन दिनों ये गाँव गए विनय यहाँ भाग आया था। वरना जितना मैं

यती के बारे में जान पाई थी इन्हें किसी रिश्तेदार से मिलने-मिलाने में कोई रुचि नहीं थी। इनके सगे ताऊ यहीं रहते हैं, पर पन्द्रह साल से यहाँ रहने के बाद भी यती कभी उनके यहाँ नहीं गए थे।

यती का अपना दायरा था। अपने मित्र-साथी और नए परिचित हो आए लोग थे। मैं इनमें से बहुतों के बारे में कुछ-न-कुछ जान गई थी बातों में। पर यती के साथ कभी किसी से मिलना नहीं हुआ था। मैं जब इनके साथ होती, बस सैर करना, खाना-पीना यही इन्हें सूझता था। एक घर से निकलकर दूसरे घर में जा घुसने को बेतुका कहकर टाल जाते।

यती के साथ रहकर मैं कुछ ज्यादा ही बेतकल्लुफ हो आई। घर में रहने पर मेरा पहनावा अक्सर अव्यवस्थित रहने लगा। मैं इनके घर को न जाने क्या मान चली थी। अक्सर ही मैं विनय के साथ तुलना करने लगती। उस आदमी ने मुझे सिवाए तकलीफों के कुछ न दिया था। मैं अनाथ हूँ, जब से उसे यह पता लगा था एक तरह से मेरी उपेक्षा करने लगा था। पा यती हमेशा मुझे सहानुभूति ही नहीं, स्नेह देने का प्रयास करते।

एक दिन मैं सीढ़ियों पर लुढ़क गई। मुँह से जोर की चीख निकली। यती घर में ही थे। वे दौड़े-दौड़े सीढ़ियाँ उतरकर आए। बिना मुझे उठने का मौका दिए गोद में उठा लिया और जाकर बिस्तर पर लिटा दिया। मुझे बड़ा संकोच अनुभव हो रहा था। चोट ज्यादा नहीं आई थी। घुटनों के बल गिरने से दोनों टखनों पर दर्द महसूस हो रहा था। वे तुरन्त आयोडेक्स ले आए। मेरी साड़ी को ऊपर उठाकर एकचित्त हो पैर पर मलने लगे।

मैंने रोकते हुए कहा, ''नहीं, तुम मत करो। लाओ, मैं कर लूँ।''

मेरे मुँह से पहली बार उनके लिए 'आप' की जगह 'तुम' सम्बोधन निकला था। मैं हैरान थी पर उन्होंने इस पर ध्यान नहीं दिया। चुपचाप दवा मलते रहे। कुछ देर मना करते रहने के बाद मैं चुप लगा गई।

''आराम हुआ कुछ?'' उनकी आवाज सुनकर जैसे मैं सोते से जागी। कोई जवाब न बन पड़ा मुझसे। मैं देर तक उनकी तरफ देखती रही। आँखों से आँसू बह निकले।

मैंने कहा, ''इतना प्रेम न दो, मैं सँभाल नहीं पाऊँगी। और न इसकी अधिकारी हूँ।''

वे बोले, ''तुम्हें तो और ज्यादा मिलना चाहिए। बाकी सब तो अपना हिस्सा हर-हमेशा लेते रहे हैं पर तुम नहीं ले पाईं इसलिए बड़ा संग्रह हो गया है तुम्हारे खाते में तो।''

सिवा आँसू बहाने के मेरे पास कोई उत्तर नहीं था उनके तर्क का। आँसू जो आए तो फिर रुकने का नाम नहीं ले रहे थे। यह सोचकर और ज्यादा रुलाई आ

रही थी कि यह सब क्षणिक है। मेरे भाग्य से परे है।

जिस दिन मुझे अपनी मम्मी के पास पहुँचना था उसके एक दिन पहले मेरा मन बहुत भारी हो आया। रात जब यती और दिनों की अपेक्षा कहीं ज्यादा देर से घर लौटे तो मैं अपने-आप को बहुत कमजोर पा रही थी। वे खाना खाकर फिर टहलने चले गए। उस दिन उन्होंने मुझे साथ चलने को नहीं कहा। आकर चारपाई पकड़ ली। मैं भी उनके पास जा बैठी और रोने लगी। मेरी सिसकियों की आवाज काफी तेज हो चली। यती ने मेरी पीठ थपथपाते हुए चुप हो जाने को कहा तो मैंने अपना मुँह उनके सीने पर रखकर उन्हें बाँहों में भर लिया और रोती रही।

देर तक मुझे यती आलिंगन में लिए रहे। मैं चारपाई पर बैठी हुई न जाने कब पूरी तरह उस पर आ गई। मेरी पीठ सहलाते-सहलाते यती को नींद आ गई। मैं जागी हुई थी, पर मेरा मन उस आसन से हिलने को नहीं हो रहा था। यती दीवार से तकिए की टेक लिए सो गए थे। मेरा सिर उनके सीने पर रखा था और दोनों हाथों में मैंने उनकी पीठ लपेट ली थी। गर्दन उठाकर मैं उनके मुँह की तरफ ताकने लगी। उन्हें शायद गहरी नींद आ गई थी। मुझे न जाने कैसा आवेग-सा उठा और मैंने उनके सीने पर चुम्बनों की बौछार लगा दी। मुझे तृप्ति नहीं मिल रही थी।

यती की नींद टूट गई। उन्होंने आँखें खोलकर जो देखा तो मैं उनमें समा जाने की कोशिश में लगी मिली। यती ने अपने दोनों हाथों से मेरा सिर पकड़कर ऊपर उठाया। वे मेरी तरफ बड़े स्नेह से देखते रहे। मेरे चेहरे को अपने पास लाकर उन्होंने एक चुम्बन मेरे माथे पर अंकित कर दिया और उठकर चले गए। मैं उनके होंठों का कंपन देर तक अपने माथे पर महसूस करती रही। उस क्षण की कल्पना मात्र से मेरा शरीर सिहर जाता रहा। फिर उस रात हम दोनों में कोई सो नहीं सका।

मम्मी के पास आने के कुछ ही दिन बाद मैं बच्चे को अस्पताल से ले आई। उसकी हालत में काफी सुधार आ गया था। अब तक बच्चे को हमने कोई नाम नहीं दिया था। यती ने अस्पताल में उसका नाम अश्विनी लिखाया था। मैं, मम्मी और सभी उसे अश्विनी नाम से पुकारने लगे। यती के घर से आने के बाद मैंने यती को फिर कई महीने तक न देखा। फोन पर भले ही कई बार बातें हुईं। उनकी व्यस्तता मैं महसूस कर पाई थी एक महीने उनके घर रहकर, इसलिए कोई उलाहना मुझमें कभी नहीं उठा। हाँ, मैं चाहती तो उनके दफ्तर जा सकती थी, पर अकारण ही मेरी मम्मी को यह पसन्द नहीं था।

मैंने जब एक दिन उनसे कहा, "मैं यती भाई साहब के यहाँ जाऊँगी कल।" तो सुनकर देर तक मम्मी भेदभरी नजरों से मुझे घूरती रहीं, फिर झिड़ककर बोलीं, "क्यों, क्या काम है उनसे? कौन हैं वे तेरे?"

मैंने कहा, "काम तो कोई नहीं है। वे मेरे देवर लगते हैं। और फिर घर में बैठे-बैठे करती भी क्या हूँ।"

मम्मी बोलीं, "तो फिर वहीं जा रहो। उनके यहाँ वैसे भी काम करनेवाला कोई नहीं है।"

मुझे मम्मी का इस तरह बोलना बुरा लगा। मैं जान पा रही थी कि मम्मी की बातों में ओछापन है। मैं सब समझते हुए भी यती के पक्ष में और कह चली, "मम्मी, तुम उन्हें जानती नहीं हो। वे अव्वल तो मुझसे काम नहीं लेंगे, दूसरे मैं नहीं चाहती कि तुम उनके बारे में गलत-गलत बोलो, इसलिए अब नहीं जाऊँगी।"

मेरी बात सुनकर मम्मी कुछ पसोपेश में पड़ गईं। उन्हें यह उम्मीद नहीं थी कि मैं इस तरह साफ-साफ कह जाऊँगी।

वे बोलीं, "क्यों, मैंने ऐसा क्या बुरा-भला कह दिया। पूछ ही तो रही हूँ। तुम खुद क्यों नहीं सोचतीं कि लोग कैसी बातें बनाएँगे। आखिर वे तेरे हैं कौन? गाँव के होने से ही तो रिश्ते नहीं बन जाते।"

मम्मी की बात सुनकर मैं हैरान रह गई। मैंने कहा, "मम्मी, तुम कहती क्या हो! तुम्हें तो मालूम है, वे मेरे देवर लगते हैं। मेरी ससुराल वालों ने उनके साथ मुझे भेजा। तुमने बुलवाया। मैं उनके यहाँ इतने दिन रह आई और..."

"हाँ, हाँ, यह सब जानती हूँ इसीलिए तो कहती हूँ। भूल तो मेरी थी जो मैंने उनके साथ तुझे बुलवाया। तभी तो लोग तरह-तरह की बातें बना रहे हैं।"

"कैसी बातें? मैं कुछ समझी नहीं! साफ-साफ कहो जो भी तुम्हें कहना है।"

वे बोलीं, "हाँ, तू क्यों समझेगी। जब से कुछ दिन उसके यहाँ रह आई है, दिन-रात उसी के बारे में बतियाती है सबसे। तेरे तो मिजाज ही नहीं मिलते लड़की! कैसा मीठा बोल फूटता है अब तेरी जबान से। कभी दो बातें ससुराल के बारे में, अपने पति के बारे में की हैं किसी से? जब देखो उसे फोन हो रहा है, बच्चे को चाचाजी के नाम से डराया, दुलराया जा रहा है। और कहती है, मैं समझती नहीं। जमीन पर रहा करो बेटी! अब अपनी गृहस्थी देखो।"

मम्मी को कुछ भी जवाब देना मेरे लिए सम्भव नहीं रहा। मेरे पास जवाब था। मैं चाहती तो उस सारे घटनाक्रम को याद करा सकती थी जो उन दिनों मैंने अपनी आँखों से देखा था जब विनय यहाँ आया था। पर न जाने क्यों मेरे मन में यह बात घर करती जा रही थी कि विनय के साथ मेरा निर्वाह ज्यादा दिन नहीं हो पाएगा और हारकर मुझे इन्हीं के पास आना होगा। इसलिए मैंने उनकी बात का कोई जवाब नहीं दिया।

दीवाली से कुछ दिन पहले मेरे ससुर मुझे लिवाने आ पहुँचे। उनके आने के दूसरे ही दिन यती भी हमारे यहाँ आए। जितने दिन मेरे ससुर यहाँ रहे यती रोज उसी तरह आते रहे जैसे विनय के यहाँ रहने पर आया करते थे। पर वे मुझसे बहुत ही कम मिल-बोल पाए। जितनी देर हमारे घर रहते वे पिताजी से ही बातें करते रहते। कभी उन्हें शहर घुमाने ले जाते, कभी सामान खरीदने। और इसी तरह आते-करते

मेरे जाने का दिन भी आ गया।

हमें सात बजे की ट्रेन से जाना था। यती सीधे स्टेशन पर आए। मैं सामान के पास बैठी थी और पिताजी दूर खिड़की के पास टिकट लेने के लिए लाइन में खड़े थे। बीच में खम्भे की ओट होने से मुझे यती से बातें करने का अवसर मिल गया। मैं गाँव भले ही जा रही थी, पर मेरा मन वहाँ जाने को कतई नहीं था। मम्मी के पास बने रहने की कोई वजह नहीं थी। मुझे बार-बार विनय का ख्याल मन में आ उठ रहा था और हर बार मैं और ज्यादा भीतर तक सिहर जाती।

मैंने यती से कहा, "तुम जल्दी गाँव आ जाना।"

"क्यों?" वे बोले।

मैंने कहा, "मैं वहाँ नहीं रहना चाहती।"

"तो जा क्यों रही हो?"

"मैं क्या मना कर सकती हूँ जाने से!"

"पर मेरे गाँव आने से क्या होगा? अगर तुम्हारी मम्मी रोकना चाहतीं तो अभी भी रोक सकती थीं। वे भेज रही हैं इसका मतलब है अब जल्दी नहीं बुलाएँगी।"

"हाँ, वे तो नहीं चाहेंगी कि मैं जल्दी ही वापस आऊँ। बल्कि वे तो यह चाहती हैं कि मैं अब कभी न आऊँ।"

"फिर मेरे गाँव आने से क्या होगा?"

"मम्मी के न बुलाने पर भी चली आऊँगी और जब यहाँ पहुँचगी तो मम्मी कुछ नहीं कह सकेंगी।"

मेरी बात पर काफी देर यती कुछ सोचते रहे।

"क्या सोचने लगे?" जब उन्होंने जवाब न दिया तो मैंने पूछा।

वे बोले, "देखो विद्या, मुझे गलत मत समझना। मैं चाहता तो नहीं हूँ कि तुम्हें यह सब कहूँ पर तुम इतना भरोसा मुझ पर करती हो यही सोचकर कह रहा हूँ..." यती ने इतनी बात कहकर नजर उठाकर मेरी तरफ देखा। मैं पूरी तरह अपने को तैयार कर चुकी थी उनकी बात सुनने के लिए।

मुझे अपनी तरफ देखते पाकर वे बोले, "पता नहीं तुम्हारी मम्मी कैसी हैं, पर मैंने सुना है कि वे तुम्हारे और मेरे बारे में कुछ गलत ढंग से सोचती हैं।"

मैं यती की बात से जरा भी अस्थिर नहीं हुई। मुझे बहुत ज्यादा उम्मीद थी कि यती यही कहेंगे। बल्कि मैं तो खुद यह बात उस दिन पूछ लेना चाहती रही जब पिताजी के आने पर यती पहले दिन हमारे घर आए और अवसर मिलने पर मुझसे बात न की।

मैंने कहा, "तुम्हें कैसे और कब मालूम हुआ?"

वे बोले, "मुझे बहुत पहले मालूम हो गया था। जब तुम मेरे यहाँ से आ गईं उसके कुछ ही दिन बाद।"

"तो इसीलिए तुम इतने दिन हमारे यहाँ नहीं आए?"

"हाँ, मैं नहीं चाहता था कि तुम्हारी मम्मी को कोई भी अवसर इस धारणा को पक्का करने के लिए दूँ।"

"दूसरों के कहने से क्या होता है? वे तो मुझे भी कुछ-न-कुछ कहती रहीं। कभी-कभी तो इतनी अशिष्ट बातें कहीं कि मैं सोच भी नहीं सकती। पर मैं क्या करूँ, तुम्हीं बताओ! दूसरों के सोचने पर हम अंकुश तो नहीं लगा सकते।"

"यह तो ठीक है विद्या कि हम दूसरों पर अंकुश नहीं लगा सकते, पर अपने-आप पर तो अंकुश लगा सकते हैं।"

"क्यों, अपने पर अंकुश की क्या जरूरत थी? क्या मम्मी जो कहती रहीं वह सच मान लेना चाहिए था?"

"नहीं, सच नहीं मान लेना था।"

"फिर, जब सच नहीं था वह, तो अंकुश कैसा? जो हो ही नहीं उसे रोके रखने का उपक्रम क्योंकर?"

"जो नहीं हो गर ऐसा ही रहा होता तो मैं नहीं कहता कि संयम रखने की जरूरत थी। पर मुझे कई बार सोचने के बाद लगा कि हम किसी स्तर पर निरंकुश हो आए थे।"

"हम या मैं?"

"हम।"

यती से यह सुनने की कल्पना मैंने न की थी। यह सही है कि मैंने कई बार यती और विनय की मन-ही-मन तुलना अवश्य की थी पर यती भी ऐसा ही कुछ सोच सकते हैं मैंने नहीं समझा था। इसके लिए भी मैं अपने को ही दोषी पा रही थी। साथ ही यह ख्याल मन में उठते ही कहीं भीतर तक तसल्ली भी मिल रही थी। यती से मैं अब और भी कुछ बातें स्पष्ट करना चाहती थी, पर इसका अवसर न मिला। पिताजी टिकट लेकर पास आते दिखे। उन्हें देखते ही यती ने मुझे घूँघट कर लेने का इशारा किया और मेरी गोद में सो रहे अश्विनी को अपनी गोदी में ले लिया।

विनय

मेरा काम अच्छा चल निकला था। छोटी बहन को भी मैंने सिलाई का काम सिखा दिया और वह मेरी मदद करने लगी। मैं कपड़े बनाकर दूर-दूर गाँवों में ले जाता। कई बार कपड़े न रहने पर भी गाँवों के चक्कर लगाता। बच्चे, बड़े-बूढ़ों के नाप लेकर चला आता और बाद में उन्हें कपड़े सिलकर दे आता। कुछ गाँवों में वहीं के बनिए से कपड़ा खरीदकर लोग मुझे दे देते। मुझे इस तरह के काम में कम लाभ मिलता था पर यती ने यह बात पहले ही कही थी कि ऐसा मौका आने पर मैं लोभ

न करूँ। मुझे उसकी बात सही लगी। और जब काम शुरू करने के बाद ऐसे मौके आए तो मैंने जाना कि यती ने क्यों मुझे ऐसी सलाह दी थी। मैं यती को मन-ही-मन अपने अनुज से कहीं ऊँचा गुरुवत् मानने लगा। चार महीनों में ही मेरे पास काफी रुपया इकट्ठा हो गया था। घर के लोग भी मुझसे नाराज नहीं रहे थे। हालाँकि मैंने एक भी रुपया अब तक घर नहीं दिया था। पिताजी को यह आशा बनी हुई थी कि मैं सुनीता की शादी के लिए रुपया जोड़ रहा हूँ।

इस बीच मैं कई बार अपने गाँव भी गया था। यती के पिताजी से मैंने हर बार यही कहा, "काका, किसी बहाने एक बार यती को गाँव बुला लो। मैं चाहता हूँ, यती एक बार मेरा काम देख जाए।" मैं जानता था कि काका जी यती को बुलाएँ भले ही न, पर कम-से-कम मेरी बात यती तक अवश्य लिख देंगे।

संयोग से उन्हीं दिनों पिताजी ने दिल्ली जाने का कार्यक्रम बनाया। वे विद्या को लेने जा रहे थे। मैंने उन्हीं के साथ एक कमीज बनाकर यती के लिए रख दी। पिताजी के दिल्ली जाने की बात से न जाने क्यों मुझे अच्छा न लगा। मुझे उस बच्चे का ध्यान हो आया जो मेरा उत्तराधिकारी था। जिसने जन्म देनेवाली तक को बेतरह निचोड़ डाला था। हालाँकि विद्या के दो-तीन पत्रों में यह लिखा आया था कि बच्चे की हालत अब अच्छी हो गई है, पर उसके बारे में सोचते ही मेरा मन काँप जाता। जब पिताजी चले गए तो मैं और भी मनोयोग से अपने काम में जुट गया। मुझे विद्या का ध्यान भी बार-बार आने लगा। पिताजी जब विद्या को लेकर गाँव पहुँचे उससे दो दिन पहले ही एक बुरी वारदात मेरे साथ हो गई।

मैं एक गाँव में अपने कपड़े बेचने गया था। पहले भी कई बार इस गाँव में आया था। सब लोग मुझे अच्छी तरह जानने लगे थे। एक घर में मुझे कपड़ों का नाप लेने जाना पड़ा। जब मैं वहाँ पहुँचा घर में सिवाए एक लड़की के कोई नहीं था। उसके पिता ने मुझे रास्ते में ही ताकीद कर दी थी कि मैं उनकी लड़की के लिए दो ब्लाउज सिल दूँ। उसको अकेला घर में पाकर मैं रोमांचित हो आया। कपड़ों का नाप लेने के लिए मैं फीता कम ही इस्तेमाल करता था। ज्यादातर तो आदमियों को देखकर अंदाज से नाप लिख लेता था। पर इसे मैंने फीते से नाप देने के फायदे समझाए और नाप लेने लगा। मेरा मन जो चाह रहा था उस हालात को लाने के लिए मैंने दसियों तरह से नापा। काफी देर लगी उस लड़की को राजी करने में।

तभी मकान में किसी के आने की आवाज सुनाई दी। मैं झट सँभलना चाह रहा था, पर इच्छातृप्ति हम दोनों की ही नहीं हुई थी और इस तरह हम पकड़े गए। मेरी बुरी तरह पिटाई हुई। जब विद्या यहाँ पहुँची तो मैं चारपाई पर तमाम शरीर सुजाए, हल्दी में लिपटा मिला।

मेरी यह हालत देखकर उसने कारण पूछा। मैंने कह दिया, कुएँ पर नहाने

गया था और सीढ़ी टूट जाने से गिर पड़ा। और लोगों को भी मैंने यही बताया था। विद्या मेरी तीमारदारी करने लगी। पिताजी एक दिन यहाँ रुककर चले गए, पर छोटी बहन को मेरे ही पास छोड़ गए। विद्या के आचरण से लगता वह मुझे कुछ महत्त्व देने लगी है। उसे पिताजी ने बता दिया था कि मेरा काम अच्छा चल रहा है और मैं मन लगाकर काम कर रहा हूँ। बच्चे की हालत काफी सुधरी हुई दिखी। उसके हाथ-पैरों का खाली हिस्सा भर आया था। आवाज देने पर वह नजर घुमाकर देख भी लेता। चारपाई पर पड़े-पड़े मैं बच्चे को खिलाता रहा। शुरू-शुरू में उसे लेते हुए मुझे डर लगता था, पर धीरे-धीरे उसके प्रति अपनत्व-सा उमड़ने लगा। विद्या और सुनीता सिलाई का काम करतीं। मेरे बाहर न जाने की वजह से कई गाँवों के लोग स्वयं आकर हमारे यहाँ कपड़े सिलाने पहुँचने लगे। काम की ज्यों-ज्यों बढ़ोतरी होती, विद्या मेरा और अधिक ख्याल रखने लगती। मैं भी चाहता था कि विद्या की तरह स्वयं भी उसके प्रति सहज हो जाऊँ, पर ऐसा न हो सका।

मेरे मन में हमेशा यह बात बनी रहने लगी कि विद्या न जाने किस जाति और परिवार की औलाद है। उसके इस परिवर्तन को भी मैं संस्कारगत न मानकर परिस्थिति के साथ समझौता-भर मानता रहा। पर उसके साथ शारीरिक सम्पर्क तब भी बनाए रखता। बीमारी की हालत में एकाध बार उसने मना किया फिर बाद को कोई आपत्ति न की। ज्यों-ज्यों मैं स्वस्थ होता गया मेरा आकर्षण विद्या के शरीर के प्रति बढ़ने लगा। वह मेरे शरीर को बच्चे की तरह दुलराती, पर मैं केवल अपने शरीर की भूख मिटाने-भर के लिए उसके निकट रहता।

एक दिन जब मैं ऐसी ही तैयारी कर रहा था कि विद्या मेरे बालों में उँगलियाँ फिराकर बाल सुलझाने लगी। अचानक उसने मेरा सिर अपने वक्ष से सटा लिया और रोने लगी। मुझे कुछ झुँझलाहट हुई। मैंने अपना सिर उसके हाथों की गिरफ्त से खींचना चाहा, तभी वह जोर से मेरे सिर को और अपने साथ सटाते हुए बोली, "तुम मुझे बुला लेते। और मैं आ तो रही ही थी। दो-चार दिन और अपने पर काबू रखते।"

मैं जान गया विद्या को सब पता लग गया है। उस दिन के बाद मैं विद्या के पास बैठने, उसे देखने तक से कतराने लगा। अक्सर मैं बिना बात उसे झिड़क देता। वह चुप लगा जाती। दिन-भर उसके पास बने रहना मेरे लिए मुश्किल हो गया। मैंने फिर काम के लिए दूसरे गाँवों में जाना शुरू कर दिया। मेरा मन इस काम में अब बिल्कुल नहीं लग रहा था। एक डर-सा घर कर गया था। जब भी घर से निकलता, लगता कोई पीछा कर रहा है और बस अब नहीं तो अब उसने मुझे पकड़कर कुकृत्य के लिए पीटना शुरू कर देना है।

मैं यकायक यह काम बन्द भी नहीं करना चाहता था। मैं जानता था कि मेरे ऐसा करने से विद्या को फिर कहने का मौका मिल जाएगा।

मेरी हालत ठीक होते ही सुनीता गाँव चली गई थी। उसके जाने के बाद विद्या के तेवर बदल गए। वह अक्सर किसी-न-किसी बात पर मुझसे उलझ पड़ती। मेरी बातों पर उसने कान देना तक छोड़ दिया। अगर मैं देर से घर पहुँचूं तो खाना बना न मिलता। कुछ कहने का मौका न मिले इसके लिए वह बीमारी का बहाना कर चारपाई पकड़ लेती और तब मुझे खुद खाना बनाना पड़ता। अश्विनी के प्रति मेरा स्नेह देख विद्या ने उसकी देखभाल करना छोड़-सा दिया। मैं ही अश्विनी को खाना खिलाता। वह कभी-कभी बड़ी ढीठता करता। उसके मुँह में चम्मच से दूध या रोटी के गले टुकड़े रखने पड़ते थे। कई बार वह चम्मच को दाँतों से जकड़ लेता। बड़ी खींचतान के बाद चम्मच दाँतों से निकलवाना सम्भव होता। ऐसे ही एक मौके पर जब मेरी कोशिशों के बाद भी उसने चम्मच न छोड़ी तो मैंने उसे जोर का घूँसा जमा दिया। उसने चम्मच मुँह से गिरा दी और जोर-जोर से रोने लगा।

विद्या चारपाई पर लेटी यह देख रही थी। जैसे ही मैंने बच्चे को घूँसा मारा वह उठी और मेरी गोद से बच्चे को उठा लिया और मेरी तरफ हिकारत-भरी नजरों से देखती हुई बोली, "चलो दूर हटो, कापुरुष कहीं के!"

उसके मुँह से ये शब्द सुनते ही मेरा गुस्सा और बढ़ गया। एक तो बच्चे ने दुःखी किया, ऊपर से उसकी माँ मेरी तौहीन कर रही थी। मैंने आव देखा न ताव और विद्या की चोटी पकड़ उसे जमीन पर पटक दिया। फिर जब तक सम्भव हुआ उसे सजा दी। वह कुछ देर रोती-बिलखती रही। रोते-रोते उसकी घिग्घी बँध गई। जब तक मैं सन्तुलित हुआ, विद्या बेहोश हो चुकी थी और बच्चा जोर-जोर से रो रहा था।

पड़ोस के बहुत-से लोग मकान में इकट्ठे हो गए। सब मुझे बुरा-भला कहने लगे। अगले दिन किसी ने मेरे गाँव जाकर पिताजी को यह बता दिया और उसी दिन आकर वे विद्या को अपने साथ घर ले गए।

गाँव के लोग आपस में मेरे बारे में कानाफूसी करते। मुझे काम भी पहले की अपेक्षा कम मिलने लगा। मैं खुद भी काम में उतना ध्यान न दे पाता। कुछ लोग तो अब कपड़े सिलाने मेरे पिताजी के पास जाने लगे। एक दिन जब मैं अपने घर गया तो पिताजी ने बताया कि मुझे दिल्ली जाना पड़ेगा। इन दिनों वे सुनीता की शादी के लिए इधर-उधद फिर रहे थे। इसी सिलसिले में उन्होंने दिल्ली से चलते समय यती से बात की थी। यती ने उन्हें किसी लड़के के बारे में बताया था और अब पिताजी चाहते थे कि मैं दिल्ली जाकर उस लड़के को देख आऊँ। जाने को तो वे स्वयं भी जा सकते थे, पर मेरी सास ने बड़े आग्रह से पिताजी को कहा था कि मुझे दिल्ली जरूर पहुँचाएँ। वे अपने दो-एक पत्रों में भी यही निमन्त्रण दोहरा चुकी थीं।

मेरा अनुमान था कि विद्या ने अपनी मम्मी को सब-कुछ लिख दिया होगा

और यती को भी काका जी के मार्फत पता लग गया होगा कि पिछले दिनों यहाँ क्या हुआ।

दिल्ली पहुँचकर मुझे पता लगा कि विद्या ने कोई चिट्ठी अपनी मम्मी को नहीं लिखी थी। मैं चार-पाँच दिन के लिए ही दिल्ली आया था, पर यती के दफ्तर जाने पर पता लगा कि वह बाहर गया हुआ है और दस-बारह दिन में लौटेगा। पिछले दिनों जब पिताजी दिल्ली आए थे तब मुझे घर जाने का अवसर कई बार मिला था और मैं वहाँ से विद्या के सभी गहने पेटी तोड़कर निकाल लाया था। घर में यह किसी को मालूम नहीं हुआ था। वे सभी गहने मैं अपने साथ दिल्ली लाया था। मैंने गहने बेचकर नकद रुपया जमा कर लिया। मेरे आने पर विद्या की मम्मी बहुत खुश हुईं और जब उन्हें पता लगा कि यती के न होने की वजह से मुझे कई दिन यहाँ रुकना होगा तो उन्होंने उसी दिन मुझे घर पर चिट्ठी लिख देने को कहा। मैंने उनकी सलाह मान ली और अगले ही दिन घर एक चिट्ठी लिख दी कि यती अभी यहाँ नहीं है। उसके आने पर मैं लड़के को देखकर चला आऊँगा।

यती के दिल्ली पहुँचने पर भी मैं यती से मिलने नहीं गया। मेरी सास ने यह शंका मुझ पर जाहिर की थी कि वे मेरे कारण दुविधा में पड़ गई हैं। यती से मिल लेने के बाद मेरा दिल्ली में ज्यादा दिन बने रहना सम्भव नहीं था। और मेरी सास चाहती थीं कि मैं कुछ दिन इधर रहूँ।

एक दिन अचानक यती हमारे यहाँ आ पहुँचा। उसे दिल्ली आए दस दिन से ऊपर हो चुके थे। गाँव से काका जी की चिट्ठी आई थी और उसे पता लग गया था कि मैं यहीं हूँ। अगले ही दिन यती के साथ जाकर मैं उस लड़के को देख आया। लड़के ने अभी शादी करने से मना कर दिया। मैं अब दिल्ली में नहीं रुक सकता था। अगर वह लड़का तैयार हो जाता तब भी दो-चार दिन और यहाँ रहा जा सकता था, और-और बातों के लिए। जब हम उस लड़के से मिलकर वापस घर पहुँचे तो यती ने पूछा कि मैं कब जा रहा हूँ। मैंने सामान खरीदने का बहाना बनाकर कह दिया कि दो-एक रोज बाद जा पाऊँगा। यती यह कहकर चला गया कि तीसरे दिन की एक टिकट रिजर्व कराने का इन्तजाम वह खुद कर देगा।

रात मैंने अपनी सास को यह बताया कि मुझे वापस जाना पड़ेगा। मैं उनके मामले को लेकर चिन्तित था। मैं सोच रहा था वे घबरा जाएँगी और कुछ दिन रुकने के लिए कहेंगी। पर मेरी बात सुनकर वे खुश हो गईं। बोलीं, "चिन्ता की कोई बात नहीं। तुम आराम से चले जाना।"

मैंने कहा, "पर आप..."

वे मेरी बात सुनकर हँसने लगीं और बोली, "अरे लाला, मैं तो बताना ही भूल गई। वह तो आज ही सवेरे बह गया।"

मैं उनकी बात सुनकर निश्चिन्त हो गया, और अगले दो रोज मैंने बहुत होशियारी

से गुजारे।

घर आकर मैंने बताया कि लड़के ने शादी करने से मना कर दिया है। जब मैं घर से गया था तब से अब मैं ज्यादा कमजोर हो गया था। मैंने सबको यही कहा कि दिल्ली सामान खरीदने को गया था और वहाँ जाकर बीमार पड़ गया था। मेरी कमजोरी को देखकर अम्मा ने कुछ दिन घर में ही रहने को कहा। पर मैं घर नहीं रुकना चाहता था। मैं जो गहने बेचकर आया था उस रकम से जल्दी-से-जल्दी राशन का परमिट लेकर राशन की दुकान करने की योजना बना रहा था। बहुत दिनों से मेरी योजना रुपयों की वजह से रुकी हुई थी। मैं विद्या को साथ लेकर इस गाँव में चला आया।

मैंने सिलाई का काम करना बन्द कर दिया। एक बार जब विद्या ने पूछा कि मैं काम क्यों नहीं करता हूँ तो मैंने उसे बताया कि मुझसे स्टूल पर बैठा नहीं जाता। कूल्हों में दर्द होता है।

वह बोली, "लगातार महीने-भर औरत के साथ सोओगे तो यही होगा।" मुझे स्वप्न में भी यह आशंका नहीं थी कि विद्या को मेरे और अपनी मम्मी के अनैतिक सम्बन्धों की खबर है, और अगर है भी तो वह इस तरह सही अनुमान लगाएगी ही नहीं, मुझे कहेगी भी। उसकी बात सुनकर मुझे गुस्सा आ गया। मैंने उसके बाल पकड़कर पीटना शुरू कर दिया।

अगले दिन पिताजी आ पहुँचे और मुझे समझा गए कि विद्या अब गर्भ से है और मुझे अब कोई गलत हरकत नहीं करनी चाहिए।

कुछ रुपए दे-दिवाकर मुझे राशन का परमिट मिल गया और मैंने राशन की दुकान खोल ली। ज्यों-ज्यों दिन बीतते जा रहे थे मुझे विद्या के गर्भ का ख्याल सताने लगा। मैं नहीं चाहता था कि एक और बच्चा जन्म ले। असल में मुझे औलाद चाहिए ही नहीं थी। जो हुआ था उसे मैं यही समझता था कि वह ज्यादा दिन नहीं बचेगा।

मैंने विद्या के प्रति अपना रवैया बदल दिया। उसे हर तरह से खुश रखने की चेष्टा की, पर जब भी मैं उसके बिस्तर पर जाता वह जोर से चीखने लगती। उसकी चिल्लाहट सुनकर लोग इकट्ठे हो जाते। उनके पूछने पर मैंने कह दिया कि उसे रात में दौरे पड़ते हैं और वह नींद में चिल्लाने लगती है। कभी-कभी बर्तन भी उठाकर फेंक देती है। मेरी कई कोशिशों के बाद भी विद्या ने मुझे कोई अवसर न दिया। उसे डर था कि फिर से ऐसा ही मांस का लोथड़ा न जनमे। मैंने चाहा कि उसे जब मेरे और अपनी मम्मी के बारे में मालूम ही है तो उसे बता दूँ कि ऐसे ही तरीके से मैं उसकी मम्मी को इस मुसीबत से छुटकारा दिला आया हूँ। पर मैं अपने मुँह से यह बात न कह सका।

एक दिन शहर से राशन लेकर लौटा। पीठ पर लादकर चीनी और चावल की बोरियाँ घर में रखनी पड़ीं। मैं थकान महसूस कर रहा था। तौलिए से हवा करते

हुए मैंने आवाज देकर विद्या को पानी लाने के लिए कहा। भीतर आँगन में विद्या बैठी हुई थी। मेरी आवाज सुनकर वह उठी और मेरे पास आकर अश्विनी को मेरी गोद में डालकर पानी लेने के लिए चली गई। मैं विद्या को खाली हाथ आता देखकर बुरी तरह झल्ला पड़ा और अश्विनी को गोद से उठाकर दूर पटक दिया। अश्विनी के मुँह से कोई आवाज न निकली इसलिए बिना पीछे मुड़कर देखे विद्या आगे चली गई। मैं फिर तौलिए से हवा करने लगा।

लोटे के जमीन पर गिरने की आवाज सुनकर मैंने भीतर की तरफ देखा। विद्या आँगन में खड़ी-खड़ी अश्विनी की तरफ एकटक देख रही थी। मैंने अपने से थोड़ी दूर जमीन पर पड़े अश्विनी को देखा तो सन्न रह गया। अश्विनी के न रोने पर मैंने ध्यान नहीं दिया था। मैं उठकर उसके पास गया। उसे हिलाया-डुलाया और तब पता लगा कि वह तो मर गया है। देर तक विद्या उसी हालत में खड़ी रही और फिर रोने लगी।

अश्विनी के शव को नदी में बहाकर जब मैं लौटा तो विद्या रोती मिली। मैं स्वयं कुछ देर के लिए डर गया था। पर नदी में उसकी लाश को बहाकर घर लौटने के बाद मुझे यह महसूस होने लगा कि एक मुसीबत मेरे सिर से उतर गई है। यह सोचकर और तसल्ली हो रही थी कि विद्या को मालूम नहीं है कि मैंने उसे पटका था। उसने यही समझा कि अश्विनी घिसटकर इतनी दूर पहुँच गया था। वह रोते-रोते बार-बार यही उलाहना देती रही कि मुझे उसका ध्यान रखना था। उसे इतनी दूर तक पीछे-पीछे नहीं आने देना था।

विद्या फिर कुछ दिन के लिए गाँव चली गई। मैं जब घर गया तो पिताजी ने उसे मेरे साथ भेजने से मना कर दिया। उन्होंने कहा कि जचगी के बाद ही उसे भेजेंगे। मैं अपने राशन के काम में आ जुटने के विचार से घर न रुका।

चीनी के भाव बाजार में बढ़ रहे थे और इधर गाँव के लोग राशन में चीनी नहीं लेते थे। इसलिए मेरे पास काफी चीनी इकट्ठी हो गई थी। शादियों की सारंग शुरू होते ही गाँव के कई लोगों ने मुझे चीनी देने को कहा। मेरे पास चीनी थी, पर मैं सबको मना करता रहा। मैं चीनी मँहगे दामों पर देना चाहता था, पर गाँव के लोगों से ज्यादा दाम माँगने की बात नहीं कर सकता था। और न गाँव के ही लोग ज्यादा दाम देने को तैयार होते। कुछ लोगों ने ओसारे में रखे चीनी के बोरे भी देख लिए। पर मैंने कह दिया कि यह तो सरकारी कोटे की बची हुई चीनी है, इसे तो वापस भेजना है। वास्तव में यह सब चीनी मेरे पास इकट्ठी हो गई थी। सबके राशन कार्ड पर मैं नियमित रूप से चीनी का कोटा दिए जाने की तारीख डालता रहा था। कुछ लोगों को मेरी नीयत पर शक होने लगा। पर मुझे किसी ने भी नहीं कहा कि उन्हें मेरे कहने में कोई सन्देह है।

मैं चीनी जल्दी-से-जल्दी शहर जाकर बेचने की योजना बना रहा था, पर इधर

गाँव में चैत्र की फसल कटने के बाद सभी लोग गर्मियों में उगनेवाले फल-सब्जियाँ बो रहे थे इसलिए किसी को बैलगाड़ी नहीं मिल रही थी। मेरे घर के बिल्कुल पास जो कुआँ था उस पर रोज रात को रहट चलता था। मैं सोचता रहता था कि कुछ दिन बाद यह किसान बाग में पानी देने से फारिग हो तो मैं इसी की बैलगाड़ी लेकर शहर जाऊँ। एक दिन उससे पूछने पर उसने बताया कि बस तीन रात पानी और देना है, फिर कभी भी वह चल सकेगा।

अगले दिन मैं अभी छत पर आकर सोया ही था कि उसके रहट के चलने की आवाज आने लगी। सुबह जब मैं उठकर छत से नीचे आया तो देखा कि रहट का नाला रात मेरे घर की तरफ बनाकर सारा पानी मेरे मकान में भर दिया गया था। पूरा ओसारा और आँगन पानी से भरा पड़ा था और चीनी के सभी बोरे पानी पर तैर रहे थे। मेरी तमाम चीनी घुलकर पानी में मिल गई थी। मैंने उस किसान से पूछा तो वह बोला कि कल रात उसने रहट चलाया ही नहीं। इतना तो मैं समझ गया कि गाँव के ही किसी आदमी ने यह शरारत की है और वह भी किसी ऐसे आदमी ने जो मुझसे चीनी माँग चुका होगा। मैं सोचता रहा कि अब क्या किया जाए। गाँव में किसी से कहना बेकार था और पुलिस में भी रिपोर्ट नहीं कर सकता था।

मैं इस नुकसान को चुपचाप सहन कर गया। पर गाँव वालों को तब भी शान्ति नहीं हुई और उन्होंने शहर जाकर मेरी शिकायत दर्ज करा दी कि मैं राशन उन्हें न देकर बाजार में बेच देता हूँ। मेरी लाख कोशिशों के बावजूद मेरा परमिट रद्द हो गया। मैं अपना सब सामान लेकर वापस अपने घर चला आया और पिताजी के साथ फिर वही सिलाई और भोंपू का काम करने लगा। दो-तीन महीने शादियों की वजह से बड़ी व्यस्तता में कटे। रोज कहीं-न-कहीं भोंपू लेकर जाना होता था।

विद्या ने फिर एक लड़के को जन्म दिया। यह लड़का गोरा-चिट्टा और पूरी तरह स्वस्थ पैदा हुआ। विद्या, माँ, पिताजी और घर के सभी लोग खुश हो गए। पर मैं उनकी इस खुशी में शामिल न हो पाया। मुझे लगा कि फिर एक नई मुसीबत मेरे गले आ पड़ी है। बीवी-बच्चे वाले आदमी का हाथ पर हाथ रखे बाप के घर रहना सभी को बुरा लगता है। जब से शादियों की सारंग समाप्त हुई थी मेरी हालत निठल्ले की तरह हो गई। काम उतना ही और करने वाले पाँच-पाँच। अम्मा मुझे सिलाई का काम भी नहीं करने देती थीं। उनका ख्याल था कि मैं काफी कमजोर हो गया हूँ इसलिए मुझे कुछ दिन बिल्कुल आराम करना चाहिए।

यती

सर्दियों में पन्द्रह दिन के लिए शादियों के योग्य समय निकल रहा था। हमारे काका जी अपनी बड़ी लड़की की शादी के लिए दो साल से कोशिश कर रहे थे। संयोग

से इस वर्ष रिश्ता तय हो गया। सगाई करने के पाँच दिन बाद की ही शादी तय हो गई और मुझे तार द्वारा शादी की तारीख की सूचना भेज दी गई। तार मिलते ही मैं उसी रात घर के लिए रवाना हो गया।

गाँव पहुँचने पर पता चला कि विनय फिर भोंपू साव बन गया है। बड़े विस्तार से लोगों ने उसके प्रवास की कथा सुनाई। यह भी यहीं आकर पता लगा कि विनय का पिछला लड़का मर गया है और दो महीने पहले विद्या ने फिर एक लड़के को जन्म दिया है। मैं उनके घर गया। विनय तो लगभग वैसा ही दिखा जैसा कुछ महीने पहले दिल्ली में देखा था। उसके घर से मुझे यह भी पता लगा कि विनय दिल्ली में जाकर बीमार हो गया था और वहाँ से बहुत कमजोर होकर आया। विनय ने मुझे अपने बीमार होने की बात नहीं बताई थी। विद्या को जैसा अब से साल, डेढ़ साल पहले देखा था उससे बदतर पाया। हाँ, इतना अंतर जरूर आ गया था उसमें कि अब वह किसी भी पोज में शहरी नहीं लगती थी।

मेरी एक आदत है, छोटे बच्चों को गोद में लेने के बाद मैं बच्चे को हथेली पर रखकर ऊपर उठा देता हूँ। अगर बच्चा कुछ बड़ा हुआ तो उसे दो-चार बार उछाल भी देता हूँ। अक्सर पहली बार उछालने पर बच्चे रोते हैं और मुझे उनके उस नासमझ भय पर बहुत आनन्द आता है। मैंने देखा कि जो बच्चे पहली बार उछालने में रोते हैं वही थोड़ी देर बाद उछलने को मचलते हैं और जितना ज्यादा ऊँचा उछालो उतनी ही जोर से हँसते हैं। अपनी आदतवश मैंने विद्या के बच्चे को भी दोनों हथेलियों पर रखकर जितने ऊँचे हाथ जा सकते थे ऊपर उठाया। कुछ देर तक बच्चा ऊपर की तरफ देखता कुतूहल में पड़ा रहा, फिर शायद हाथों के स्पर्श का अपरिचय महसूस करते ही रोने लगा। मैंने हाथ नीचे कर लिए। बच्चे ने रोना बन्द कर दिया, पर वह सुबकता रहा और एकटक मेरी तरफ देखने लगा। मैंने उसकी आँखों में झाँकते हुए कहा, "कहिए क्षितिज बाबू, कैसा लगा?"

विद्या मेरे पास ही खड़ी थी। उसने पूछा, "क्या नाम लिया आपने अभी?"

मैंने कहा, "क्षितिज।"

विद्या ने मेरी गोद से बच्चे को अपने पास खींच लिया और पास बैठी काकी से बोली, "अम्मा, इन लाला जी ने इसे क्षितिज नाम दिया है।"

काकी बोली, "पहले वाले का नाम भी तुम्हारा दिया था अश्वनि और इसका नाम भी तुम्हीं रख रहे हो क्षितज।"

मैंने कहा, "काकी, क्षितज नहीं क्षितिज। मतलब आकाश।" सुनकर काकी बार-बार क्षितिज, क्षितिज कहकर नाम घोकने लगीं।

शादी के नेगचार में एक दिन विद्या हमारे घर आयी। मैं घर में ही था। वह कुछ देर तक सब औरतों के पास बैठकर शादियों के गीत गाती रही। इसी बीच आभा मेरे पास आई और उसने बताया कि विद्या मुझसे बातें करने कमरे में आ

रही है। पास वाले कमरे में ही सब औरतें बैठी गा-बजा रही थीं। इस कमरे में उनकी आवाज बहुत जोर से सुनाई दे रही थी इसलिए मैंने आभा को कहा कि मैं छत पर जा रहा हूँ और वह विद्या को वहीं भेज दे।

मैं छत पर जाकर बैठा ही था कि तभी विद्या वहाँ आ पहुँची। दिल्ली से चलते समय मैं उसकी मम्मी से नहीं मिल पाया था, और यह मैंने उस दिन विनय के घर जाने पर उसे बता भी दिया था। इसलिए मैं समझ नहीं पा रहा था कि कहाँ से और क्या बात शुरू करूँ।

मेरे पास बैठते ही विद्या रोने लगी। रोते-ही-रोते उसने बताया कि विनय उसके साथ कैसा सलूक करता है। उसे कितनी बार विनय के हाथों पिटना पड़ा और उसे सन्देह है कि अश्विनी मरा नहीं है, मार डाला गया है। उसने यह भी कहा कि विनय दिल्ली जाकर बीमार नहीं पड़ा था बल्कि उसकी मम्मी के साथ रंगरलियाँ मना रहा था। विद्या से मुझे यह भी पता लगा कि विनय की पिटाई एक गाँव में क्यों हुई थी। वह रो रही थी इसलिए कि वह क्या करे। इस आदमी के साथ कैसे दिन काटे जो उसके दूसरे बच्चे को भी पैदा होने से पहले ही पेट में मार डालना चाहता था। जो इतने दिनों से अपने बाप की कमाई पर पड़ा खा रहा है।

यों घर में उसे किसी ने कुछ नहीं कहा था, पर वह महसूस कर रही थी कि सब लोग उसे ओछी नजरों से देख रहे हैं। उसकी सास का ख्याल था कि बहू अभागिन है और उसी का दोष है जो उनका लड़का निखट्टू हो गया। वे अक्सर विद्या की पीठ पीछे उसे कोसती रहतीं। वह इस दूर प्रदेश में बिल्कुल अकेली पड़ गई थी। ऐसे में क्या करे! वह अपनी माँ के पास भी नहीं जाना चाहती थी। अपने दुर्भाग्य के लिए सबसे ज्यादा वह अपनी माँ को ही दोषी ठहराती थी जिसने अपनी खातिर अनाथ बनाकर उसे अनाथाश्रम में डाल दिया था। फिर इस नरक में ढकेल दिया और उसका पति तक उसके हिस्से में न रहने दिया।

मैं काफी देर तक उसकी सब बातें सुनता रहा। इनमें से बहुत-सी बातें मुझे पहले से मालूम हो चुकी थीं पर और-और लोगों से मालूम हुई थीं और उसमें भी आंशिक सत्यता भर ही थी। पूरी तरह और सही तो मुझे सब विद्या के कहने पर मालूम हुआ।

मैंने उसे सांत्वना देते हुए कहा, "विद्या, तुम जो इतनी परेशानियों के बाद भी निभा रही हो इसकी मैं कद्र करता हूँ। मेरी सलाह यही है कि तुम किसी तरह का झंझट अपनी तरफ से मत बढ़ाना। मैं विनय को समझाने की पूरी कोशिश करूँगा। जब तक वह तुम्हारे प्रति सहानुभूति न रखे किसी और से कुछ भी कहना तुम्हें और भी परेशानी में डाल सकता है। हो सकता है, तुम जो अपनी मम्मी के बारे में, अश्विनी के बारे में और विनय के पिटने के बारे में कह रही हो, वह तुम्हारे अपने सोचने की बदौलत या लोगों के झूठे प्रचार का नतीजा हो। अगर यह सच है तो तुम्हें सँभलकर

चलना होगा। जैसे भी बन पड़े विनय को रास्ते पर लाने का प्रयत्न करो क्योंकि तुम्हें सारी उम्र उसके साथ बितानी है।"

"मतलब मेरी उम्र अब ज्यादा नहीं है।" मेरी बात के उत्तर में इतना कहते ही विद्या उठ पड़ी और मुझे कुछ बोलने का मौका दिए बिना सीढ़ियाँ उतर नीचे आँगन में जा पहुँची। मैं काफी देर तक उसकी बातों में उलझा रहा। मुझे कोई रास्ता इन झंझटों से उबरने का नजर नहीं आ रहा था। मैंने यही उचित समझा कि किसी तरह विनय को सीधे रास्ते लाया जाए। मैं स्वयं विनय से मिलकर उससे कुछ बातें करना चाहता था। जब औरतें अपने-अपने घर जाने लगीं तो मैंने सुनीता से विनय को शाम हमारे घर भेज देने के लिए कह दिया।

शाम को विनय आया। आते ही बोला कि वह पहले भी आना चाहता था, पर समय नहीं मिला। यह बात मैं स्वयं भी जानता था कि वह इन दिनों शादियों की वजह से अपने भोंपू के साथ व्यस्त है। उसके अब तक न आने से मुझे कुछ बुरा भी नहीं लगा था और अगर विद्या मेरे पास न आई होती तो विनय से मिलने की मुझे कोई जरूरत भी नहीं थी।

मैंने विनय से कहा, "अब तक जो हुआ उसे छोड़कर यह बताओ, तुम्हारा अब आगे क्या इरादा है?"

विनय बोला, "हमारी अम्मा कहती हैं कि इस औरत में ही खोट है।"

मुझे उसकी बात सुनकर गुस्सा आ गया। मैं समझ गया, विनय इस तरह बात घुमाकर खुद अलग हो जाना चाहता है। मैंने झुँझलाकर कहा, "तुम्हारी अम्मा तो कहती हैं कि इतना बड़ा कर दिया पाल-पोसकर। अब भी जोंक की तरह बाप की छाती से चिपका पड़ा है और दो पेट साथ में और रख छोड़े हैं।"

मेरी बात सुनकर विनय एकदम बिदक गया, बोला, "नहीं, वे ऐसा नहीं कहती होंगी।"

मैंने कहा, "हो सकता है अभी न कहती हों पर यकीनन कुछ दिन बाद कहने लगेंगी।" मुझे यह विद्या ने बताया था कि वे ऐसा भी कहती हैं, पर मैं नहीं चाहता था कि विनय के आगे विद्या का नाम बीच में लाऊँ।

वह मेरी बात पर कुछ देर चुप रहा, फिर बोला, "मैं क्या करूँ? कहाँ लेकर जाऊँ इन्हें? तुम नहीं समझते, विद्या घर में ऐसे रहती है मानो बेगानों में आ बसी हो।"

मैंने सलाह दी, "हो सकता है, गाँव में रहने की वजह से ऐसा हो। और यह भी हो सकता है कि तुम चूँकि कुछ नहीं कर रहे इसलिए शर्म के मारे वह सिमटी-सी, खिंची-खिंची-सी रहती हो। वह बचपन से इतने बड़े शहर में रही है। इसलिए ज्यादा अच्छा यह होगा कि तुम किसी छोटे-मोटे शहर में दुकान डाल लो। शहर में कुछ स्वतन्त्रता मिलेगी तो वह अपने-आप सँभल जाएगी।" हालाँकि विद्या से मुझे यह

मालूम हो गया था कि विनय को उससे क्या शिकायत है। मैं यह जानते हुए भी कि उसका दूर होना शहर और गाँव कहीं भी सम्भव नहीं है, विनय को सलाह दे रहा था। मेरे मन में यह विचार उठता था कि विनय यदि शहर में रहा तो उसकी आधी खीझ तो और-और मसलों पर ही खर्च हो जाएगी। बाकी बची रहने पर भी शहर के वातावरण में वह विद्या को मारना या सताना कुछ हद तक जरूर कम कर देगा।

विनय को मेरी बात अच्छी लगी। अगले ही दिन वह पास के एक शहर में दुकान देखने भी चला गया।

विद्या

मैं फिर एक बार यती भाई साहब की शुक्रगुजार हूँ कि उन्होंने जैसे भी किया हो पर विनय को रास्ते पर लाने का असाध्य काम कर ही दिया। उस दिन जब विनय उनके पास होकर घर आया तो उसने अगले दिन शहर जाने की बात कही। शहर किसलिए जा रहा है यह तो उसने न बताया, पर लौटकर आते ही वह सबसे पहले मेरे पास आया और बहुत दिनों बाद मुझे विनय से मिठास-भरे बोल सुनने को मिले।

आते ही विनय ने मुझे कहा, "विद्या, हम दो-चार दिन में यहाँ से जाएँगे। तुम सामान तैयार कर लेना।" मैं और भी बहुत कुछ सुनने की आशा कर चली, पर विनय इतनी बात कहकर चला गया। शाम को उसने पिताजी, अम्मा को भी बता दिया कि पास के ही शहर सम्राट नगर में उसने एक दुकान देख ली है और सोमवार को वहाँ जाकर मशीन डाल देगा। घर में किसी को आपत्ति न थी। सभी मन-ही-मन चाह रहे थे कि हम लोग कहीं और जा बसें। मुझे साथ न ले जाने की सलाह अम्मा ने जानबूझकर दी, पर विनय ने कह दिया कि वह अकेला नहीं जाएगा बल्कि मुझे साथ लेकर ही जाएगा।

रात यती के यहाँ एक नेगचार में मुझे जाना था। विनय भी मेरे साथ उनके घर गया और तब यती ने हम दोनों को अपने पास छत पर बिठाकर बहुत समझाया। उन्हें विनय के इस निर्णय पर बहुत खुशी हुई। हम दोनों को ही उन्होंने ताकीद की कि किसी तरह का मनमुटाव अव्वल तो उठने ही न दें और उठे भी तो उसे आपस में सुलझा लें।

ऐसे मौकों पर मुझे यती के प्रति अपने में आर्कषण बढ़ता नजर आता था। विनय यती से उम्र में बड़ा था। मैं भले ही उम्र में छोटी थी पर उनकी भाभी होने से मुझे भी बड़प्पन मिल गया था। पर मैंने महसूस किया था कि विनय अकारण ही यती के आगे छोटा हो आता है और यती भी बिल्कुल अग्रज की तरह बर्ताव करने लगते हैं। विनय को यती की बात टालते मैंने कम ही देखा था। एक बार दिल्ली में उनके घर जाने पर अवश्य विनय असभ्य हो गया था। शायद तब उसे

लगा था कि यती के मित्रों में उसे शर्मिन्दा होना पड़ रहा है। उसके बाद मैंने कभी यती के आगे विनय को अशिष्ट होते न देखा। उनकी हर बात वह चुपचाप मान लेता। उस दिन भी यही हुआ। हम दोनों चुपचाप बैठे उनकी बातें सुनते रहे और जब हम वहाँ से उठकर चलने लगे तो मेरे मन में यती के प्रति आदर और स्नेह बढ़ गया।

सोमवार को हम इस नए शहर में चले आए। शुरू-शुरू में विनय ने एक छोटा-सा मकान किराए पर लिया। गोपाल नाम के एक आदमी के साथ मिलकर साझेदारी में काम शुरू किया। शहर में आकर मैंने कई बातें विनय में बदली हुई देखीं। जब भी उसे रात देर से घर आना होता, तो एक बार दिन में घर आकर खबर दे जाता। रोज ही सब्जी, फल वगैरह लेकर आता। बच्चे के लिए भी कुछ-न-कुछ ले आता। मैं दिन-भर घर में खाली रहती। दो आदमियों की रोटी बनाने में जितना ज्यादा-से-ज्यादा समय लग सकता था, लगाती। विनय के दुकान चले जाने पर मन्दिर चली जाती और फिर देर तक मन्दिर में ही बैठी रहती। पास-पड़ोस की औरतों से भी कोई खास परिचय तब नहीं हुआ था।

विनय के आगे कुछ दिक्कतें भी आईं। उसे शहर के हिसाब से कमीज, पैंट बनाना नहीं आता था। गोपाल बहुत भले आदमी थे। चार महीने शहर में आए हो जाने पर भी मैंने अब तक उन्हें देखा नहीं था, पर विनय ने बताया था कि वे बहुत अच्छे आदमी हैं। उन्होंने विनय को पैंट, शर्ट, कोट वगैरह बनाना, काटना सिखा दिया।

पन्द्रह-बीस दिन में एकाध बार गाँव से पिताजी भी हाट-बाजार के लिए शहर आते। उन्हें भी हमारी गृहस्थी देखकर काफी तसल्ली हुई। विनय का काम अच्छी तरह चल निकला। मैंने समय काटने के लिए घर में मशीन ले आने की सलाह दी और विनय ने कुछ दिन बाद ही मुझे नई मशीन ला दी। अब हम और ज्यादा काम कर सकते थे। मैं दिन-भर कुछ-न-कुछ कपड़े सिलती रहती। कभी विनय के लाए हुए और कभी पास-पड़ोस की औरतों द्वारा दिए गए। विनय भी मशीन घर में होने की वजह से शाम को समय पर घर आने लगा।

हमारा काम सही चल रहा था और मैं काफी कुछ उदार हो चली थी। उन्हीं दिनों सुनीता की शादी का प्रबन्ध भी हो गया। सगाई के समय हम लोग गाँव गए। उस मौके पर एक नया भेद खुला कि घर में रखे मेरे सब गहने किसी ने पेटी तोड़कर निकाल लिए हैं। मुझे बहुत दुख हुआ। घर में सब हैरान थे कि आखिर ऐसा कैसे हो गया। विनय ने यह कहकर "क्या पता चुरा लिए या छुपा लिए" मेरे मन में एक सन्देह पैदा कर दिया। अम्मा ने तो विनय की बात सुनकर उसे कोसना शुरू कर दिया। विश्वास तो मुझे भी नहीं हो सका था इस दलील पर, लेकिन यह मुझे भी समझ में नहीं आ रहा था कि ऐसा कैसे हो सकता है कि गहने चोरी हुए और

किसी को कानोंकान खबर न हुई।

हम वापस सम्राट नगर आ गए। यहाँ एक दिन विनय के हाथ में मैंने एक अँगूठी देखी। मुझे पहचानते देर न लगी कि यह अँगूठी तो मेरी शादी के समय की है और यह भी उसी बक्से में बन्द थी। मैंने सीधे-सीधे विनय से पूछ लिया।

बात को छुपाए रखने का रास्ता विनय को न सूझा और उसने मुझे चोरी करने से लेकर गहनों को ठिकाने लगाने तक की सब घटना सुना दी। वह सब सुनकर मेरा मन उसके प्रति वितृष्णा से भर गया। कई दिनों तक मैंने विनय से कोई बात न की।

जब से हमारे घर में मशीन आई थी विनय के साझीदार गोपाल भी कभी-कभी हमारे घर आने लगे थे। जब वे आते तो मैं अक्सर भीतर वाले कमरे में चली जाया करती। वे विनय के हमउम्र थे। कभी-कभी मुझे विनय के न रहने पर उनसे बात करनी पड़ती और इसी तरह हम आपस में परिचित हो आए। वे मुझे भाभी कहने लगे और मैं भी उनके साथ इसी नाते के अनुरूप व्यवहार करती। जब हम दोनों में बोलचाल बन्द थी गोपाल ने बीच में पड़कर हमारा समझौता कराया। गोपाल को यह मालूम हो गया था कि हम आपस में बोलते नहीं हैं। किस वजह से नहीं बोलते हैं उसने यह जानना नहीं चाहा कभी। बड़े हास्यास्पद ढंग से उसने हमारे मनमुटाव को दूर कर दिया।

एक दिन शाम को विनय जल्दी घर आ गया। उसे उस दिन गाँव जाना था सुनीता को सम्राट नगर ले आने के लिए। सुनीता की कुछ महीने बाद शादी होने वाली थी और हमने सोचा था कि उसे कुछ दिन यहाँ रखें और उसी दौरान कुछ गहने, कपड़े उसकी पसन्द के बनवा दें। सलाह करते दिन तक यह अँगूठी वाला भेद नहीं खुला था। विनय जब शाम को आया मैं कपड़ा सिल रही थी। वह सीधा रसोई में चला गया। वहाँ से भिन्नाया हुआ लौटा और बाहर जाने लगा। तभी गोपाल भी हमारे यहाँ आ पहुँचा। उसने विनय को रोकते हुए पूछा, "कहाँ जा रहे हो?"

"खाना खाने जा रहा हूँ।"

"रसोई तो भीतर है।"

"नहीं, बाजार में जा रहा हूँ।"

"क्यों?" फिर मेरी तरफ देखते हुए गोपाल ने पूछा, "भाभी, अभी खाना तैयार नहीं किया क्या?"

मैंने कहा, "खाना तो तैयार है। बस, जरा सब्जी गरम करनी है।"

गोपाल बोला, "भई अगर शादी के बाद भी बाजार में खाना पड़ता है तो मैं तो शादी कराने से रहा।" उसकी बात सुनकर विनय हँस पड़ा और दोनों भीतर जा बैठे। मैं रसोई में चली आई।

जब मैं दोनों के लिए खाना परोसने लगी तो मैंने हँसी में कहा, "लाला, अगर

खाना बना मिले इसलिए शादी कर रहे हो तो न करना। मैं जो हूँ। यहीं आ रहो। जहाँ दो का बनाती हूँ वहाँ तीन का सही।''

मेरी बात सुनकर गोपाल मुस्करा दिया। बोला, ''अभी विनय से पूछँगा और किसलिए शादी करनी होती है।''

विनय ने सगर्व उसकी ओर देखा और दोनों खाने लगे। खाते-खाते वे आपस में चुहलबाजी करते रहे और जब तृप्त होकर उठे तो विनय का बहुत दिनों से चला आ रहा क्षीण मुखमंडल बड़ा सन्तुष्ट और निर्विकार नजर आया।

हमारे पड़ोस में एक पुलिसवाला रहता था। विनय का उससे अच्छा परिचय हो गया था। रोज ही वे रात देर तक बाहर चबूतरे पर बैठे बातें किया करते। शहर में एक अच्छी पिक्चर आई। उसे देखने हम सब जाना चाहते थे। पर विनय ने जाने से मना कर दिया। पिक्चर के टिकट आसानी से नहीं मिल रहे थे। मैंने विनय से टिकट लाने को कहा, पर दो-तीन बार कोशिश करने पर भी उसे टिकट न मिले। एक दिन विनय ने उस पुलिसवाले को कहा कि वह दो टिकट का इन्तजाम कर दे। विनय ने यह प्रोग्राम बनाया था कि मैं और सुनीता छह वाले शो में चले जाएँगे और नौ बजे विनय सिनेमाघर पर जाकर हमें साथ ले जाएगा। यहाँ केवल दो शो होते थे—छह बजे और नौ बजे रात को। उसी दिन शाम को पुलिसवाले ने आकर एक टिकट विनय को दे दिया। उसने बताया कि बड़ी मुश्किल से यह टिकट मिला है। एक और टिकट दो-एक दिन में ला देने का वायदा भी किया। सुनीता भी पिक्चर देखना चाहती थी। मैंने वह टिकट उसे दे दिया। अगले दिन सुनीता जब पिक्चर देखकर वापस आई तो उसने बताया, उसके साथ वाली सीट पर वही पुलिसवाला बैठा पिक्चर देख रहा था। सुनकर मुझे बहुत बुरा लगा और मैंने सुनीता को कहा, ''तुम्हें फौरन वापस चले आना चाहिए था।''

मेरी बात सुनकर विनय बोला, ''क्यों, वापस क्यों चले आना था?''

मैंने कहा, ''मुझे उस पुलिसवाले की नीयत अच्छी नहीं लगती।'' सुनकर बजाए मेरी बात पर सोचने के सुनीता और विनय मुझे बुरा-भला कहने लगे। दूसरे दिन उस पुलिसवाले ने एक और टिकट लाकर दिया, पर मैं पिक्चर देखने न गई। मैंने वह टिकट फाड़कर फेंक दिया।

सुनीता ने पिक्चर जानेवाले दिन मेरी पेटी से एक साड़ी निकालकर पहनी थी और उसी के साथ वह अँगूठी भी निकालकर पहन ली। जब सुनीता वापस गाँव जाने लगी तो उसने अँगूठी वापस नहीं की। हमने उसकी इच्छा को देखते हुए उसे वापस करने के लिए कहा भी नहीं। पिताजी आकर सुनीता को ले गए और उसी के साथ हमारे मनमुटाव की वह प्रतीक अँगूठी भी चली गई।

विनय ने सुनीता की शादी पर दो हजार रुपया देने का वचन पिताजी को दे दिया था। शादी का दिन पास आता जा रहा था, पर विनय के पास रुपयों का

इन्तजाम न हो सका। उसने गोपाल से भी रुपए माँगे। उसने मना कर दिया। जब गाँव जाने का दिन एकदम नजदीक आ गया तो मैंने विनय से कहा कि रुपयों का इन्तजाम न हुआ तो पिताजी बुरा मानेंगे और बेचारे मुसीबत में अलग फँसेंगे। विनय ने मुझे अपनी लाचारी बता दी, साथ ही यह सलाह दी कि मैं गोपाल से एक बार कह देखूँ, शायद कुछ रुपयों का इन्तजाम हो जाए।

मुझे कोई आशा नहीं थी कि गोपाल से रुपए मिल सकते हैं। चूँकि वह विनय को मना कर चुका था। फिर भी मैंने उसी दिन शाम को गोपाल से रुपयों का प्रबन्ध कर देने को कहा। उसने मुझे बताया कि जब विनय ने उससे कहा था तभी से वह रुपयों का प्रबन्ध करने की जुगत में है। एक-दो रोज में प्रबन्ध होते ही दे देगा। तीसरे दिन गोपाल ने वास्तव में दो हजार रुपए लाकर मेरे हाथ पर यह कहकर रख दिए कि वह मुझे उधार दे रहा है और मैं ही उसे लौटाऊँ। हमारी समस्या हल हो गई। विनय को बड़ी राहत मिली और उसने गोपाल को दो दिन के लिए शादी में शामिल होने का निमन्त्रण दिया। अगले दिन हम गाँव चले आए।

हमारे पहुँचने तक वह अँगूठी जो सुनीता ले आई थी, काफी गुल खिला चुकी थी। पिताजी ने विनय का रुपया शादी में लगाने से मना कर दिया। अम्मा ने तो साफ-साफ कहा, "इस रुपए से बहू के लिए और गहने बनवा लेना।"

गोपाल भी शादी में शामिल होने आया था। अम्मा ने उसे अपने पास बिठाकर ढेरों बातें मेरे और कुछ विनय के बारे में उससे कहीं। जिस-तिस तरह हम शादी के बाद दो-तीन दिन और गाँव में रुके। पिताजी को शादी में पैसे की तंगी रही और वे बहुत परेशान रहे, पर उन्होंने विनय का रुपया नहीं लिया तो फिर नहीं ही लिया। विनय की तीनों बहनें हमेशा इस कोशिश में रहतीं कि मुझे किसी काम में शरीक न होना पड़े। सभी मेरी उपेक्षा भी करते रहे। मैंने एकाध बार चाहा कि इन लोगों को सब सच-सच बता दूँ पर हिम्मत न कर सकी। सम्राट नगर लौटने पर मैंने एक दिन गोपाल को जरूर यह बता दिया कि गहने विनय ने बेच डाले हैं।

सम्राट नगर लौटने के बाद विनय कई दिनों तक काम पर नहीं गया इसलिए गोपाल पूछने रोज ही घर आने लगा। विनय ने उसके साझे में काम करना छोड़ दिया। इसके बाद भी वह हमारे यहाँ आता रहा। विनय के पास वे दो हजार रुपए ज्यों-के-त्यों रखे थे। मैंने उसे कहा कि यह रुपया गोपाल को लौटा दो, पर उसने रुपया नहीं लौटाया, बल्कि अलग अपनी एक दुकान खोल ली। गोपाल हमारे यहाँ बराबर आता रहा। कुछ दिनों बाद उसने रुपए के लिए तकाजा करना शुरू कर दिया। विनय के पास रुपया नहीं बचा था। उसने वह रुपया दुकान का सामान खरीदने और सजावट पर खर्च कर दिया था। वह गोपाल को टालता रहा। विनय ने अलग काम शुरू तो किया पर वह दुकान चल नहीं सकी। दिन में ज्यादातर विनय घर में पड़ा रहता। उसके पास इतना काम नहीं आता था कि वह दुकान पर बना रहे।

मैं उसे समझाने की कोशिश करती रही, कम-से-कम दुकान पर पूरे समय बैठा तो करो, पर उसने मेरी बात पर कोई ध्यान नहीं दिया। ज्यों-ज्यों काम कम होता गया विनय फिर उखड़ता गया। हालात ऐसे आ गए कि घर में जो काम मैं करती थी उसी से गुजारा करना पड़ता। और कुछ दिनों बाद तो विनय ने यह दुकान भी उठा ली।

वह सारे दिन घर में पड़ा रहता। अक्सर किसी-न-किसी बात पर मुझसे उलझने लगता और हर बार बे-सिर-पैर की ऊलजलूल बातें सुना देता। मैं भी ज्यादा सब्र न कर पाती और ऐसे मौकों पर दो-चार खरी-खोटी सुनाने से बाज न आती।

कभी मैं कोई काम करती होती और तभी क्षितिज रोने लगता तो मैं विनय से उसे दूध पिला देने या गोदी में उठा लेने को कहती। बड़ी मुश्किल से उसे दूध पिलाने के लिए वह तैयार होता। जब चम्मच से दूध पिलाते समय क्षितिज मुँह न खोलता तो वह उसे बुरी तरह पीटने लगता। एक बार विनय ने उसके पेट पर जलती हुई बीड़ी का टुकड़ा चिपका दिया। क्षितिज जोर-जोर से रोने लगा। मुझसे उसका रोना बर्दाश्त न हुआ और झट मैंने उसे गोद में उठा लिया। उसके पेट पर बीड़ी का ठूँठ चिपका हुआ देखकर मैं आपे से बाहर हो गई और मैंने चूल्हे में से जलती हुई लकड़ी उठाकर विनय की पीठ पर तीन-चार बार दे मारी।

मैं उसे बता देना चाहती थी कि जलती हुई लकड़ी से कितनी तकलीफ होती है। लकड़ी लगते ही विनय तिलमिला गया। मैं तीन-चार बार ही प्रहार कर सकी थी कि वह सँभल गया और मेरे हाथ से लकड़ी छीनकर उसने उसी लकड़ी से मेरी पिटाई शुरू कर दी। वह तब तक मुझे पीटता रहा जब तक मैं बेहोश होकर जमीन पर नहीं गिर पड़ी। होश आया तो मैं अस्पताल में थी और मेरे बदन पर छींट की तरह पट्टियों के गुच्छे-के-गुच्छे बँधे हुए थे।

मुझे नहीं मालूम अस्पताल में विनय ने क्या वजह मेरे जल जाने के सम्बन्ध में लिखवाई। जितने दिन अस्पताल में रही, मैं यही निश्चय बार-बार दोहराती रही मन-ही-मन कि अब इस नरपशु के साथ मैं नहीं रहूँगी, चाहे मेरी जो भी गति क्यों न हो।

यती

मैं गर्मियों में अपने गाँव गया था। वहाँ पहुँचकर पता लगा कि हमारे एक निकटतम रिश्तेदार की लड़की की शादी है। पिताजी ने बताया कि मुझे शादी के अवसर पर उनके यहाँ जरूर भेजा जाए, वे ऐसा आग्रह कर रहे हैं। वे सम्राट नगर में ही रहते थे। मुझे दो दिन के लिए वहाँ जाना पड़ा। मेरे साथ काका जी का लड़का सुधांशु भी जाने को तैयार हो गया।

जिस दिन हम गाँव से चलने लगे उसी दिन सुबह विनय की बहन मुझे बुलाने

आ पहुँची। विनय की अम्मा ने मुझे बुलवाया था। मुझे यह खबर मिल गई थी कि विनय आजकल सम्राट नगर में रह रहा है। मैं उनके घर पहुँचा। विनय की अम्मा ने मुझे बड़ी मासूमियत के साथ यह बताया कि उनकी पुत्रवधू अभागन निकली। उसने सारा घर चौपट कर दिया। उनके लड़के को बेकार कर दिया और अब बीमारी का बहाना करके उसके सिर पर सवार है। उन्होंने यह भी कहा कि विनय के पिताजी बहू-बेटे के लिए गाँव से रसद पहुँचाते हैं। विनय कोई काम नहीं कर रहा है और बहू की बीमारी की वजह से शहर भी नहीं छोड़ पा रहा है। उन्होंने यह भी बताया कि सुनीता की शादी की बात चल निकलने पर विद्या ने अपने गहने छुपाकर रख दिए थे ताकि हम लोग इस्तेमाल न कर सकें। पूछने पर उसने बताया तक नहीं। वो तो उसने एक अँगूठी सुनीता को दी तब यह भेद खुला। उस अँगूठी को वे अच्छी तरह पहचानती थीं क्योंकि उन्होंने अपने हाथ से उस अँगूठी को उसी बक्से में रखा था जिसमें बाकी सब गहने थे। उनका कहना था कि विद्या नहीं चाहती थी कि हमारा लड़का हमारे पास रहे इसलिए उसे यहाँ से भगा ले गई और पासवाले गाँव में जाकर वह रंगरलियाँ मनाती रही। वह स्वप्न में भी हमारा भला नहीं सोच सकती। यहाँ तक कि उसने सुनीता पर भी शक किया। और न जाने क्या-क्या बातें वे कहती रहीं।

मैं चुपचाप सब सुनता रहा। जब मैं वहाँ से उठने लगा तो उन्होंने एक पायल मेरे हाथ पर रख दी। वह पायल विद्या की थी और वे उसे अपने पास नहीं रखना चाहती थीं। उन्हें डर था कि कल को विद्या इस पायल के लिए कोई हंगामा न खड़ा कर दे। वे नहीं चाहती थीं कि किसी को यह क़हने का मौका मिले कि उन्होंने बहू के जेबर रख लिए।

मैं पायल लेकर उनके यहाँ से वापस आ गया। गाँव से हमें काफी दूर पैदल चलना होता है। रास्ते में काकी की सभी बातों को मैं मन-ही-मन दोहराता रहा। मुझे हैरानी हो रही थी कि इतना सब हुआ और विद्या ने मुझे खबर तक नहीं दी। जो बातें मुझे पहले से मालूम थीं वे भी काकी ने कुछ दूसरे ढंग से कहीं, इसलिए मुझे यह विश्वास भी हो आया कि जितना मैं सुन आया हूँ बात उतनी नहीं है। हाँ, कुछ सत्यता अवश्य उनमें हो सकती है।

सम्राट नगर पहुँचने पर हम दोनों भाइयों को एक धर्मशाला में ठहराया गया। मुझे थकान के मारे नींद आ रही थी, इसलिए हमने आते ही धर्मशाला के भीतरी कमरे में बिस्तर बिछा लिए। मैंने सुधांशु को बाहर का दरवाजा बन्द करने के लिए भेजा, पर वह दरवाजा बन्द न करके मेरे पास वापस चला आया। उसके साथ विनय भी कमरे में आ पहुँचा।

दरवाजे के पास पहुँचने पर सुधांशु को सड़क पर जाता हुआ विनय दिखाई दे गया था और वह उसे साथ ले आया था। मुझे देखते ही विनय का चेहरा उतर

गया। मैंने उसे बैठने को कहा, पर वह कुछ देर में आने के लिए कहकर चला गया।

हम दोनों काफी देर तक उसका इन्तजार करते रहे, पर विनय न आया। शाम को सुधांशु मुझे विनय के घर ले गया। उसका घर धर्मशाला के बहुत पास था। घर में लाइट जल रही थी और बच्चे के रोने की आवाज आ रही थी। जब हम उसके घर में पहुँचे तो देखा कि दरवाजा खुला हुआ है। पालने में पड़ा बच्चा रो रहा है और ठीक पालने के नीचे तख्त पर विनय सो रहा है।

मैंने विनय को जगाया। उसके जागने पर सुधांशु ने पालने को हिलाकर बच्चे को चुप करा दिया था। मैंने उससे काम की और घर की बातें पूछीं। उसने बताया कि वह दो शिफ्टों में काम करता है। दुकान पर भी और घर पर भी। मुझे उसके घर में मशीन रखी तो दिखी, पर ऐसे लक्षण नहीं नजर आए जिससे यह समझा जाए कि उसका इस्तेमाल इधर हाल के कुछ दिनों में हुआ हो। मैंने सोचा, शायद सुधांशु की वजह से विनय झूठ बोल रहा है इसलिए बात आगे न बढ़ाकर विद्या के बारे में पूछा। विनय ने भीतर के कमरे की तरफ इशारा कर दिया।

मैं भीतर के कमरे में पहुँचा। वहाँ विद्या एक चारपाई पर पड़ी सो रही थी। मैंने विद्या को जगाया। वह बीमार थी। उसकी कलाई को हाथ में पकड़कर मैंने जानना चाहा कि उसे बुखार तो नहीं है। झट विद्या ने मेरा हाथ दूर हटा दिया।

वह बोली, "न, हाथ मत लगाना। वे अभी उलटा-सीधा बकने लगेंगे।"

मैं उसका मतलब न समझा। दो-चार इधर-उधर की बातें करके हम दोनों वापस आ गए।

हमारे लौटने के कुछ देर बाद विनय भी धर्मशाला में पहुँचा। मुझे अकेले में ले जाकर उसने कहा, "तुमने जो शहर में आ बसने की सलाह दी थी वह भी नाकाम रही। विद्या यहाँ आकर और भी ज्यादा बिगड़ गई। आजकल एक गोपाल नाम के आदमी से उसके गलत ताल्लुकात हैं। उस आदमी से विद्या ने एक बार मेरे सामने कहा, तुम शादी क्यों करते हो, मुझे ही रख लो। मतलब विद्या उसकी रखैल बनकर रहने को तैयार है। कहती है, मैं तुम्हें रोटी बनाकर खिला दिया करूँगी, तुम मेरी गुजर-बसर कर देना। उस आदमी का हमारे यहाँ बराबर आना-जाना बना हुआ है। मेरे कहने पर यह दवा तक नहीं लेती पर उसके आते ही झट दवा पी लेती है। दोनों मिलकर किसी दिन भाग जाने की तैयारी में हैं।"

मैंने विनय को समझाया, "आखिर वह आदमी तुम्हारे न चाहने पर तो आ नहीं सकता। तुम उसे मना कर दो।"

विनय बोला, "मैं उस आदमी से डरता हूँ। मैं तो सीधे पुलिस में रिपोर्ट लिखवा देना चाहता हूँ।"

मैंने उसे यह कहकर विदा किया, "कल मैं तुम्हारे यहाँ आऊँगा और विद्या के सामने सब बातें करेंगे।"

अगले दिन दोपहर में मैं विनय के घर पहुँचा। मेरे पहुँचते ही विनय कुछ देर में वापस आने के लिए कहकर साइकिल ले बाहर चला गया। मैं विद्या से बातें करने लगा। इतने में एक औरत मकान में आ पहुँची। किसी कपड़े की माँग को लेकर दो-चार बातें सुनाकर वह चली गई। उसके जाने के बाद विद्या ने बताया कि उस औरत का कपड़ा सिलने के लिए पड़ा था। विनय ने एक दिन उस पर जलती हुई बीड़ी फेंक दी।

कुछ ही देर में विनय आ गया। मैंने विनय को अपने पास बिठाते हुए विद्या से कहा, ''यह विनय क्या कह रहा है।'' हालाँकि विद्या से मैं इस बीच पूछ चुका था और उसने मुझे बताया था कि गोपाल को विनय से दो हजार रुपया लेना है और उसी के लिए वह बार-बार यहाँ आता है। उसके आते ही विनय घर से चला जाता है। कभी-कभी उसके आने के अंदेशे से ही इधर-उधर चला जाता है। जो वाक्य विनय ने मुझे पिछली रात सुनाया था वह भी मैंने विद्या को सुनाया और तब मुझे मालूम हो सका कि वह एक टुकड़ा-भर था। पूरा वाक्य सुनने के बाद तो उसका आशय ही बदल गया।

विद्या ने बड़ी अनुनय से कहा, ''मैं अब इनके साथ नहीं रह सकती। आप इन्हें कहिए कि ये मुझे तलाक दे दें।''

विनय बोला, ''हमारे यहाँ तलाक नहीं दिए जाते।''

उसकी बात सुनते ही विद्या तिलमिला गई। जोर से बोली, ''तो क्या इसी तरह तिल-तिल कर मारते हैं? लेकिन मैं इस तरह नहीं मरूँगी। तुम देखना, किसी दिन मैं बच्चे को लेकर यहाँ से भाग जाऊँगी।''

विनय बोला, ''भागना हो तो भाग जा, पर बच्चे को साथ ले गई तो मुझसे बुरा कोई न होगा।''

मैं चुपचाप सुन रहा था। मुझे एक ही उपाए सूझा। मैंने कहा, ''विनय, तुम कुछ दिन के लिए विद्या को उसकी मम्मी के पास भेज दो।''

विनय बोला, ''अगर यह राजी हो तो चली जाए।''

विनय फिर उठकर बाहर चला गया। मैंने विद्या से पूछा। विद्या अपनी मम्मी के पास जाने को तैयार नहीं हुई। लाचार होकर मैंने एक और सुझाव दिया। मैंने कहा, ''विद्या, तुम्हारा यहाँ रहना तो बेकार है। किसी रोज ऐसे ही चारपाई पर रह जाओगी। तुम अपनी मम्मी के पास नहीं जाना चाहतीं तो न जाना, पर यहाँ से तो निकलो।''

विद्या बोली, ''तो कहाँ जाऊँ?''

मैंने कहा, ''तुम मेरे साथ चलो और वहाँ चलकर भी मेरे पास ही रहना, जब तक चाहो तब तक।''

मैं जानता था, मैं बहुत बड़ा निर्णय ले रहा था, पर उसकी हालत देखकर

मैं किसी भी बड़ी मुसीबत से सिर्फ इस विश्वास पर जूझने का संकल्प कर गया कि मैं एक जीवन को नष्ट होने से बचाने का सुकृत्य करने जा रहा हूँ। विद्या मेरे सुझाव को मान गई।

विनय के आने पर मैंने उसे अच्छी तरह समझाया कि वह माँ-बेटे को कुछ दिन के लिए दिल्ली भेज दे। स्थिति सामान्य होने पर मैं स्वयं उसे खबर कर दूँगा। मुझे खुद सीधे दिल्ली जाना था इसलिए मैंने यह भी कहा कि अगर सम्भव हो तो कल बारह बजे की ट्रेन से मेरे साथ ही भेज दे।

विनय मेरी बात पर सहमत हो गया और उसने कहा कि अगले दिन वह स्टेशन पर विद्या को लेकर पहुँचेगा।

जिनके यहाँ हम शादी में आए थे वहाँ बारात पहुँच चुकी थी। मैं भी सुधांशु को साथ लेकर वहीं चला आया। वह पूरा दिन और अगले दिन बारात की विदा तक मैं वहीं व्यस्त रहा। बारात को उसी गाड़ी से वापस जाना था जिससे मैं और विद्या जानेवाले थे। मेरी अटैची बारात के सामान के साथ स्टेशन पर पहुँचा दी गई थी। जब मैं बारात के साथ स्टेशन पर पहुँचा तो ट्रेन का समय हो जाने पर भी विनय या विद्या का कहीं दूर-दूर तक पता नहीं था। मैंने उन्हें बहुत खोजा पर वे न मिले। मैंने एक बार सोचा कि मैं अपना जाना स्थगित कर दूँ। पर वहाँ रुके रहने के लिए मैं सबसे क्या कहता और वह भी तब जब कि मैं अपना सामान ट्रेन में रखवा चुका था। मेरा टिकट लेकर मुझे दे दिया गया था।

ट्रेन स्टेशन छोड़ आगे बढ़ गई, पर विनय या विद्या में से किसी को मैंने स्टेशन के आसपास तक न देखा। मैं अकेला ही अगले दिन दिल्ली आ पहुँचा।

सम्राट नगर से लौटने के करीब एक-डेढ़ महीने बाद मुझे विनय के पिताजी की एक चिट्ठी मिली जिसमें उन्होंने लिखा था कि वे विद्या को सम्राट नगर से गाँव ले आए हैं। वह बीमार है और अपनी मम्मी के पास आना चाहती है इसलिए मैं उसकी मम्मी से जाकर मिलूँ और उन्हें कहूँ कि विद्या को लेने आ सकें तो चली जाएँ अन्यथा लिखें तो वे स्वयं विद्या को पहुँचाने आ सकते हैं। जवाब भेजने के लिए पता लिखा अन्तर्देशीय पत्र साथ में रखा था।

मैं यह पत्र लेकर विद्या की मम्मी के पास पहुँचा।

यहाँ वह पत्र खोलकर सुनाने की नौबत नहीं आई चूँकि विद्या सशरीर यहाँ मौजूद थी। उसने बताया कि वह गाँव गई ही नहीं थी। मैं हैरान रह गया। फिर काका जी ने मुझे यह गलत पत्र क्यों लिखा? मैंने विद्या से पूछा कि वह उस दिन मेरे साथ क्यों नहीं आई? तब विद्या ने जो बताया उसे सुनकर तो मैं और पसोपेश में पड़ गया।

वह बोली, "जिस दिन तुम वहाँ से आ रहे थे, हमारे घर पुलिस आ पहुँची।

विनय ने पुलिस में रिपोर्ट लिखवा दी थी कि मेरे पास गोपाल आता है और उसे गोपाल से अपनी जान का खतरा है। पुलिस को गवाही दी उस औरत ने जो उस दिन कपड़ा माँगने आई थी। उसने तुम्हें मेरे पास बैठे देखा था और पुलिस को कहा था कि कल उसने अपनी आँखों से एक गैर आदमी को मेरे पास बैठे देखा है। तुम्हारी पीठ ही उसने देखी थी इसलिए गोपाल की शिनाख्त करने पर यह न कह सकी कि यही आदमी था या नहीं। मैं चाहती तो बता सकती थी कि वह आदमी तो तुम थे पर मैंने जानबूझकर नहीं बताया। मैं नहीं चाहती थी कि तुम किसी तरह के झंझट में उलझो।''

पुलिस रिपोर्ट लिखकर चली गई। उसके बाद विनय ने घर से बाहर तक निकलना बन्द कर दिया। मुझे दवाई नहीं मिल रही थी, इसलिए मेरी हालत बिगड़ने लगी।

एक दिन विनय क्षितिज के काफी देर तक रोने पर उसे दूध की जगह पानी पिलाने की कोशिश कर रहा था, पर क्षितिज मुँह नहीं खोल रहा था। विनय ने जोर से उसकी पसली पर घूँसा मारा। उधर उसका मुँह खुला और इधर विनय का हाथ डगमगा गया। पूरी चम्मच क्षितिज के मुँह में धँस गई और उसके प्राण-पखेरू उड़ गए। बड़ी मुश्किल से विनय ने उसके मुँह से चम्मच निकाली और उसके बाद जो वह गायब हुआ तो फिर लौटकर नहीं आया।

जाते-जाते विनय ने मम्मी को तार कर दिया और दूसरे दिन मम्मी वहाँ पहुँच गई। बिना किसी को कुछ बताए हमने तीसरे दिन क्षितिज के शरीर को नदी में बहाया और मम्मी के साथ उसी हालत में यहाँ चली आई।

मैं बहुत भारी मन लिए विद्या के यहाँ से चला आया। रास्ते-भर मुझे विनय पर गुस्सा आता रहा। वह हरामजादा मुझे उस समय मिल जाता तो मैं चीरकर उसके दो टुकड़े कर देता। उससे कहीं ज्यादा गुस्सा मुझे उसके बाप पर आ रहा था जिसने यह मालूम तक न होने पर कि उसके बहू-बेटे हैं कहाँ, मुझे बीच में लपेटा। मैंने घर आते ही उन्हें सख्त चिट्ठी लिखी और उनकी वे दोनों चिट्ठियाँ अपने पास सँभालकर रख लीं।

अगले दिन विद्या मेरे दफ्तर में आ पहुँची। उसने मुझे बताया कि उसके पेट में एक और जीव है पर वह उसे जन्म नहीं देना चाहती। वह इस भ्रूण-हत्या में मेरा सहयोग चाहती थी। उसे डर था कि गर हालात यही रहे और उसके कोई बच्चा हुआ तो कल को विनय और उसके घरवाले तरह-तरह की बातें बनाने से बाज नहीं आएँगे।

मैं उसके सहयोग के लिए तैयार हो गया। अपने एक परिचित डॉक्टर को मैंने पूरा किस्सा सुनाया। उन्होंने परिस्थिति को देखते हुए विद्या का गर्भपात करा दिया। विद्या को इस मुसीबत से छुटकारा दिलाकर मुझे बहुत तसल्ली हुई। मुझे लगा

कि इस तरह मैंने विनय और उसके पिता के षड्यन्त्र की एक कड़ी नाकाम कर दी है।

विद्या की मम्मी तलाक की अर्जी पेश करना चाहती थीं। उन्होंने वह पत्र मुझसे माँगा जिसमें विनय के पिता ने विद्या के बारे में झूठी खबर लिखी थी कि विद्या गाँव में है। मैंने अपने पत्र का जवाब न आने तक उन्हें पत्र नहीं दिया।

कुछ ही दिन बाद विनय के पिता का एक पत्र मुझे मिला। पत्र में उन्होंने यह स्वीकार किया था कि पिछले पत्र में यह बात झूठ लिखी गई थी कि विद्या उनके यहाँ है। दरअसल वे विद्या का पता लगाना चाहते थे, पर साफ-साफ नहीं लिखना चाहते थे। उन्हें शक था कि शायद विद्या यहाँ भी नहीं है। आगे उन्होंने विनय के बारे में लिखा था :

''बेटे यती, असल में हम विनय की प्रकृति को समझ नहीं पाए। हम सब उसे नाहक ही सांसारिक बन्धनों में जकड़ते रहे, पर वह बैरागी प्रकृति का जीव था। बचपन से ही वह घर में परायों की तरह रहा और अब उसने विधिवत् संन्यास ले लिया है। साधु श्री 108 विनयकीर्ति जी महाराज के नाम से वह दीक्षा ले चुका है और अब शरीर आदि आठ कर्मों का विनाश कर मोक्ष मार्ग की ओर अग्रसर होने जा रहा है।''

मैं यह पत्र लेकर विद्या के यहाँ गया। उसकी मम्मी से मिलते ही मैंने उन्हें पत्र में लिखी बातें बतानी चाहीं, पर बात शुरू करते ही वे बोलीं कि उन्हें सब मालूम है। मुझे विद्या वहाँ कहीं नजर न आई। मैंने उनसे पूछा।

वे बोलीं, ''विद्या अब यहाँ नहीं है। और उसे भी यह मालूम हो गया है।'' इतना कहकर मुझे कोई प्रश्न करने का अवसर दिए बिना वे भीतर कमरे में चली गईं। कुछ देर बाद वापस आकर उन्होंने मेरे हाथ पर एक चिट रख दी। उसमें एक पता लिखा हुआ था। मैं वह चिट लेकर उलटे पाँव उनके घर की दहलीज से ही वापस लौट पड़ा।

मेरे मन में विद्या से मिलने की इच्छा बल पकड़ रही थी। पर मैं उस चिट में लिखे पते पर पहुँचने की हिम्मत न जुटा पा रहा था। वापस लौटते हुए मैं उस चिट को हाथों में पूरी शक्ति के साथ दबा देना चाहता रहा। मैं नहीं मानना चाहता था कि इस चिट में लिखे पते की कोई जगह भी है और विद्या वहाँ मौजूद है। उस चिट ने एक पुरानी घटना याद दिला दी। वह दिन याद आ गया जब मैं वास्तव में इस चिट पर लिखे पते पर गया था।

उन दिनों विद्या मेरे पास में ही रह रही थी। एक दिन हम राजघाट की तरफ घूमने गए। लौटते हुए विद्या ने कहा, ''चलो, आज अनाथाश्रम चलें।''

मैं उसके साथ उस आश्रम में गया। विद्या ने मुझे वहाँ की व्यवस्थापिका श्रीमती सुरेखा जी से मिलवाया। बड़ी अच्छी महिला थीं वे। उम्र भी विद्या से कुछ ही ज्यादा

रही होगी। ऐसा समर्पित व्यक्तित्व देखकर मैं श्रद्धावनत् हो आया। उन्होंने हमें पूरा आश्रम दिखाया। आश्रम की सभी लड़कियों से मेरा परिचय कराया। वहाँ की अधिकतर लड़कियाँ विद्या को जानती थीं। करीब तीन-चार घंटे हम वहाँ रुके।

घर लौटने पर विद्या ने मुझे सुरेखा की पिछली जिंदगी की पूरी कहानी सुना डाली। उस दिन के बाद उस सड़क से गुजरते हुए भी मेरे अन्तर में कँप-कँपी-सी छूट जाया करती रही। कभी सुरेखा का वह मातुल चेहरा नजरों में आ बसता और कभी विद्या का उनकी कहानी सुनाते समय का वह करुण स्वर। मुझे विद्या के वे शब्द याद आए जो सुरेखा की कहानी सुनाने के बाद उसने मुझे कहे थे।

सुरेखा के बारे में सब कुछ कह चुकने के बाद ज्यों ही विद्या ने देखा कि मैं गीली आँखों से उसकी तरफ देख रहा हूँ, वह बोली, ''सुरेखा-पर्व की पुनरावृत्ति हो रही है और इस सुरेखा-पर्व के तुम प्रत्यक्षदर्शी हो।''

आज मैं अपने-आपको बहुत कमजोर पा रहा हूँ। मैं इस कल्पना-मात्र से ही थर्रा गया कि मैं वहाँ जा सकता हूँ! और एक नहीं, दो-दो सुरेखा साक्षात् देखने की सामर्थ्य अपने में जुटा सकता हूँ! मैं स्वयं पर शर्मिंदा होने के सिवाए कुछ न कर सका। हाँ, यह आकांक्षा अवश्य मन में बल पकड़ रही है कि उनके दर्शन एक बार करने की हिम्मत जुटा सकूँ जो समाज द्वारा दी गई तमाम उपेक्षा और वितृष्णा का गरल अन्तस में पीकर, अपना सम्पूर्ण ममत्व उन्हें उड़ेलकर दे रही हैं जिनसे यह निधि समाज और दुनिया के दावेदार अपनी-अपनी जिद में झपट ले गए हैं।

(1978)

अनातीत

और लेखन संभव हो गया

रात चार बजे ही नींद खुल गई। बहुत सवेरे तैयार होकर पहुंचा जैनेन्द्र कुमार जी के निवास पर कि कहीं वे मेरे पहुंचने से पहले ही गुड़गांव न निकल जायें। साढ़े आठ पर उनके जाने की बात थी।

इतने सवेरे जाकर कोई अनहोनी बात नहीं रही। अब से माह भर पूर्व रोज ही इस समय जा उपस्थित होता ही था। पर इस बीच सर्दी ने कार्यक्रम में परिवर्तन ला दिया जो मन को अखरता भी बहुत था, पर शरीर कमजोर सो मन मार कर रह जाता था। पर आज शरीर को हेय समझ जा ही पहुंचा।

भाभी (जैनेन्द्र जी की धर्मपत्नी) ही पहले मिलीं। पूछा कि बाबूजी कहां हैं? बताया यहीं होंगे। अभी जाने ही वाले हैं। बस तुम्हारे भैया का इंतजार हो रहा है।

मैं झट दूसरे कमरे में पहुँचा। देखा बाबूजी नहीं हैं। इतने में स्नानघर के द्वार खुले। सामने से बाबूजी निकल बाहर आ भी न पाए कि मैंने नमस्कार कर कहा, "बाबूजी आज आपका जन्म दिन है..." आगे कुछ भी शब्द न कह सका। सोचता रहा आगे कुछ कहने की पात्रता मुझमें है भी नहीं?

इसी उधेड़बुन में था कि चरणस्पर्श किए और यही आखीर में करना था, अब कर ही लिए तो आखिर ही समझो।

बाबूजी ने आशीर्वाद स्वरूप मेरे सिर पर हाथ रखा। मन में संतोष हो आया कि चलो वरदान मिल गया।

और उसी शाम यह लिखने बैठ गया। आशीर्वाद का संबल साथ लेकर।

2 जनवरी, 1977

वीरेंद्र जैन

''आओ, विजय बैठो। भई ऐसे गौर से क्या देख रहे हो। तुम्हें याद नहीं कॉलेज के सरस्वती पूजन समारोह में जब मैं सरस्वती बनी थी तो तुमने ही कहा था मैं इस वेश में बहुत अच्छी लगती हूँ। देखो, सिर्फ वीणा ही नहीं है मेरे हाथ में, उसकी जगह सलाइयों ने ले ली है। बाकी सफेद साड़ी, सफेद ब्लाउज, खुले काले बाल, गोरा रंग सभी तो वही है। और सलाइयाँ इसलिए समझ लो कि अपने देश को कर्म-प्रधान बनाना है तो कर्म करते हुए ही प्रतीक भी तो तैयार करने चाहिए।

''मतलब मैं हुई आधुनिक सरस्वती। हाँ, पूजा की वेदी पर नहीं हूँ सो अलग बात है। अब तुम आए हो तो तुम्हारे ही शब्दों में 'विजयेन सा वन्दिता' हूँ ही। क्यों, अच्छी तरह सोच लिया है न? कहीं मेरा विशेषण झुठलाया तो नहीं जाएगा। देखो भई, इस तरह न निहारो, मुझे सहन नहीं हो रहा। मुझे यही डर था, इसी थिरता को पाने के लिए इतने दिन मैंने तुम्हें न आने दिया। मैं जानती थी कि तुम सह न पाओगे। और उन दिनों जब तुम आग्रहपूर्वक लिखते रहे, मैंने इसीलिए मना किया। मैं जानती थी तुम्हें असलियत का पता भले ही हो, उसकी कल्पना ही तुम तक मौजूद है। वास्तविकता से साक्षात्कार तुम न कर पाओगे। मुझे याद है सरोज दीदी के बारे में जब कुछ अफवाहें फैली थीं तो तुम सुनकर पहले रोए थे। हाँ, फफक-फफक कर रोए थे, और बाद में कहीं जाकर उन लोगों से जूझ पाए। इसी वजह से मैं दो साल तक तुम्हें टालती रही कि अभी नहीं, उचित समय आने पर लिखूँगी। सच तो यह है कि तुम कमजोर बने रहे जो कलम के माध्यम से ही सख्ती दिखा सके। वरना, वरना किसी भी दिन आ धमक सकते थे। मेरी अनुमति का ही सूत्र ऐसा क्यों अनिवार्य हो आया। क्या महज इसलिए नहीं कि तुम कहीं अन्दर तक खुद से विद्रोह कर रहे थे। तुम एक निर्णय न ले पा रहे थे मेरी इस अप्रत्याशित हो आई स्थिति के लिए?

''तो क्या रहा? अब भी संशय में हो या उबरकर आए हो?

''देखो विजय, प्रश्न मेरा उसी प्रसंग में है जो मूल में है और हमारे-तुम्हारे सामने है। तुम्हें अचकचाने की कतई जरूरत नहीं। मैं समझ रही हूँ कि वही बात

है तुममें जो मैं पूछ रही हूँ।''

मैं देखता रहा, सुनता रहा। कोई भी अड़चन, कोई विराम सुमी के बोलने में नहीं आया। मैं आया हूँ बस यही बहुत है। बाकी सब जानना जैसे उसके लिए कोई मायने रखते। यहाँ तक कि अभी भी बैठा नहीं हूँ इस ओर भी सुमी का ध्यान अब तक न गया। वह तो बोलती रही लगातार। बिना रुके। जिन्दगी में एक जो बड़ा-सा ठहराव इन सफेद कपड़ों के साथ आया है उसने और सभी ठहराव मानो तोड़ दिए। सुमी का कथन ज्यादातर अपने आप पर ही था। हाँ, वास्तविकता को सहन मैं कर न पाया उसके लिबास को देखकर। पर, यह बात नहीं कि मैं ही अकेला न कर पाया। सुमी खुद भी अपने को मेरी नजरों से इस प्रकार देखा जाना सह न सकी, और चूँकि बाद को बात उठने पर कुछ संकोच की स्थिति में आ रहती, इसलिए उसने सब एक ही बार में कह डाला और कहते ही मानो चुकचुका गई। इस विषम स्थिति का यों प्रकट हो आना मेरे लिए अच्छा ही रहा। अब मैं निर्णय ले सकता था। सुमी क्या सोचती है इस बारे में यह शुरू में ही पता चल गया। उसका यों सब कुछ कह जाना हमारे आगे के कार्यक्रम को सहज बना गया।

मैं सुमी के यहाँ पहुँचा था बहुत साहस बटोरकर। पर उसके पहरावे को देखकर आतंकित हो आया था अन्तर तक। सुमी बिल्कुल सफेद कपड़ों में बैठी हाथ में सलाइयाँ लिए शायद मोजे काढ़ रही थी।

अचानक सुमी का ध्यान मेरी तरफ गया।

''अरे, अब तक खड़े हो। बैठो विजय। क्या मुझसे भी औपचारिकता निभाओगे।'' कहकर उसने पास रखा स्टूल मेरी ओर खिसका दिया। मैं उस स्टूल पर ही बैठ गया। सुमी जमीन पर पाँव फैलाए बैठी थी। मुझसे ज्यादा देर तक स्टूल पर न बैठा गया और मैं भी उसी के सामने टैरेस की छड़ों से पीठ टेककर बैठ गया। सुमी ने चाहा कि मैं ऊपर बैठ जाऊँ, पर मुझसे ऐसा न किया जा सका और हम यों ही बैठे रहे।

''तुम बैठो, मैं तुम्हारे लिए चाय बनाकर लाती हूँ।'' कहकर सुमी भीतर रसोई की ओर चली गई। मैं उसके बुने जा रहे मोजे को उठाकर उलटता-पलटता रहा। कल्पना करने लगा कि किस कद का रहा होगा सुमी का लड़का। अगली बार आऊँ तो उसके लिए कुछ लेता आऊँ। चीज इस नाप की हो कि उसे ठीक आ जाए। पर मैं इस मोजे से कुछ तय नहीं कर पा रहा था कि तभी सुमी चाय लेकर आ गई।

मुझे मोजे सहलाते देखा तो बोली, ''भई, अभी लाती हूँ विनय को। उसे ही सहलाना, दुलराना। उसके हिस्से को कम क्यों करते हो अपव्यय करके।''

मैं सुमी की बात पर शर्मिन्दा-सा हो आया। निगाहें नीचे हो गईं खुद-ब-खुद। चाय मेरे सामने रखते ही सुमी उठ खड़ी हुई और यह कहकर कि—''मैं अभी आती

हूँ। जरा पड़ोस से विनय को ले आऊँ। तुम तब तक चाय पियो,'' कमरे से निकलती हुई बाहर चली गई।

सुमी के जाते ही मैं अपने आप पर हैरान-सा सोचने लगा कि मुझे आज क्या हो गया है? मैं कुछ बोल क्यों नहीं रहा? मन में कहीं उत्तर उठा—'मैं निर्णय से विचलित हो उठा हूँ।' पर नहीं, ऐसा नहीं है। मैं निर्णय पर अडिग हूँ। यदि ऐसा होना होता तो मैं यहाँ आता ही क्यों? फिर वही अन्तर की आवाज—'यहाँ आने से पहले तक तुम सत्य देखने में कैसा है, नहीं जानते थे। कल्पना तुम्हें इस धरातल पर न लाई थी और फिर सुमी खुद भी तो कहती है, तुमने जो कल्पना की थी निर्णय उसके आधार पर लिया था। वास्तविकता के आधार पर नहीं। और जो सुमी ने अब तक समर्थन नहीं दिया उसकी वजह भी यही है कि वो कल्पना में नहीं है। वह तो उस स्थिति को दिन-रात जी रही है।' मैंने निश्चय किया कि अब सुमी के आते ही बातें अवश्य करूँगा।

मैं झटपट चाय पीने की कोशिश कर रहा था कि सुमी अकेली आ पहुँची।

''अरे, क्या विनय नहीं आया?''

''नहीं, वो उन लोगों के साथ राजौरी गार्डन उनके किसी रिश्तेदार के यहाँ निकल गया।''

''अच्छा सुमी, यह बताओ कि यह विनय नाम क्या जन्म से है? मेरा मतलब पंडितों की निकाली राशियों से या यों ही कोई अपने आप चुना हुआ?''

''पंडितों ने बताया यह तो बहुत आगे की बात है। तब ये नहीं रहे। नाम तो पहले ही सोच लिया था। एक दिन इन्होंने कहा, 'सुषमा, तुम्हें सबसे अच्छा नाम क्या लगता है?' मैंने कहा, 'विजय।' तपाक से ये बोले कि यदि बेटा हुआ तो हम उसका नाम विजय रखेंगे और बेटी हुई तो विजया।''

''मैंने कहा, नहीं विमल, विनय या ऐसा ही कुछ और रखेंगे, पर बिल्कुल विजय तो हरगिज नहीं। ये बोले, 'हमारी शादी में जो तुम्हारे कालेजियन आए थे उनमें विजय ही सबसे ज्यादा काम कर रहा था जिसे देखकर माँजी ने कहा था कि भई मुझे दुख है कि मेरी एक और लड़की नहीं है वरना मैं विजय के हाथों एक बार फिर सब काम कराकर शादी की अच्छी तैयारी के लिए वाह-वाही लूट सकती थी। तो उसी की याद में यह नाम रखेंगे।' मैंने ज्यादा देर इस प्रसंग पर बात करना ठीक न समझा और यह कहकर कि समय आने पर देखा जाएगा, बात वहीं रोक दी।''

''फिर?'' सुमी को चुप होता देख मैंने पूछा।

''फिर क्या। दुर्भाग्य कि नामकरण के समय झगड़ने वाला और तय करने वाला ही मौजूद नहीं था। जब इसकी राशि वृष निकली तो मैंने तुम्हारे नाम का एक शब्द अपने बेटे को दे दिया।''

मैं सोचने लगा था इस बीच कि अब बातें करने की स्थिति में आ गया हूँ

मैं। करने को बातें भी बहुत थीं, पर मन न जाने क्यों बैठा जा रहा था। सूझ ही नहीं रहा था कि सान्त्वना की बातें कहूँ या खुशी की। अचानक मेरी निगाह सामने रखे रेडियो पर गई। मैंने उसे ऑन कर दिया। दो-एक सेकिंड बाद जो वह बोलना शुरू हुआ तो गाना आ रहा था—

"काहे अँखियन नीर बहाए,
यहाँ दुख जाए सुख आए।"

झट सुमी ने रेडियो बन्द कर दिया। मैंने निगाह ऊपर उठाकर सुमी की ओर देखा भर था कि वह बोली, "सब गलत है विजय। केवल मन को बहकाने की बोगस बातें। आशाएँ। हाँ, ये तो सच है कि सुख जाए दुख आए, पर ये सच नहीं कि दुख जाए सुख आए। यदि ऐसा हुआ भी तो अपवादस्वरूप, और स्थायी नहीं क्षणिक। दुख आकर जाता है कभी?" सुमी की आवाज इतना कहते-कहते भर्रा आई। आगे बोलने के लिए मुँह भर खोल पा रही थी वह। मैं देखता रहा सुमी के उस मासूम चेहरे को। मन में कमजोर-सा पड़ गया। फिर बोलना सम्भव न हुआ। मैं सुमी की पीठ पर हाथ से सहलाते हुए सांत्वना देने लगा। कुछ ही देर में लगा सुमी सहज हो पा रही है इससे।

"सुमी, इतना भी क्या निराश होना। आखिर तुम्हारी इस निराशा से कुछ हासिल तो नहीं होगा। उल्टे यह समय और भारी भले हो जाए। फिर तुम अध्यापिका हो। तुम्हें तो बच्चों को लुभाना है, उन्हें उत्साहित करना है ताकि वे भविष्य के प्रति आकृष्ट हों, सचेत हों। उनमें जीवन फूँकना है तुम्हें। और फिर विनय का क्या होगा। बेचारा अभी तीन-चार वर्ष का है। तुम जानती हो पाँच वर्ष तक की उम्र में पड़े संस्कार ही बच्चे में आगे शरीर धरते हैं।"

"तुम सच कहते हो विजय। पर देखो न, मैं क्या करूँ, मेरे बच्चे को जो संस्कार मिल रहे हैं क्या मैं उन्हें रोक सकती हूँ? सभी उससे सहानुभूति रखते हैं। जबकि उसे स्नेह चाहिए। लेकिन लोग हैं कि उस पर तरस खाते हैं। उस बेचारे को तो अभी यह भी पता नहीं कि अभाव होती क्या चीज है। फिर तरस क्यों स्वीकारे? मालूम है वो कभी-कभी क्या पूछता है मुझसे?"

'मम्मी, वो शोभा आण्टी मुझे देखकर पुचकारती क्यों हैं? हँसती क्यों नहीं? जबकि राधा आण्टी के पप्पू को देखकर वे हँसती हैं। उसे उठाकर गोद में बिठा लेती हैं।'

"क्या उत्तर दूँ उसे। यही कि तू अभागा है इसलिए वे तुझ पर रहम करती हैं? या ये कि तेरे हिस्से में यही बचा है? जहाँ जाती हूँ लोगों की निगाहें गीली हो जाती हैं। मैं पूछती हूँ मुझे सहज रूप में स्वीकारने में क्या कठिनाई आ गई है। वे सब मेरी ओर इस तरह पेश आकर क्या यह नहीं जतला देना चाहते कि इस पुरुष-प्रधान व्यवस्था में मेरे लिए सम्मानजनक स्थान कभी न होगा? हाँ दयालुता,

जो एक उदार गुण है, उसे ही हासिल कर सकूँगी मैं? दुख तो तब होता है जब स्त्रियाँ भी इसी प्रकार पेश आती हैं। और तुम संस्कार की बात करते हो।''

मैं कुछ भी न कह पाया उत्तर में। ऐसा नहीं कि मैं कह नहीं पाता कुछ। पर मुझे लगा कि कुछ भी कहना आवश्यक नहीं। सुमी की मानसिक स्थिति जिस तरह की हो चली है उस सब में ऐसी बातें सोच जाना स्वाभाविक ही है। आखिर ये जो बुद्धिमान होना कहते हैं ये यहीं तो दुखदाई होता है। बुद्धि तरह-तरह के तर्क-वितर्क ला खड़े करती है और मनुष्य स्थिर नहीं हो पाता।

विनय को लाने की बात याद आई सुमी को। हमें बातें करते बहुत समय हो गया था। वह फिर कुछ देर के लिए चली गई। पर फिर उसे अकेले ही लौटना पड़ा। विनय अब तक वापस नहीं आया था। मुझे भी आए काफी देर हो गई थी। इसलिए मैंने सुमी के आते ही कहा, ''अब मैं चलूँ।'' सुमी ने रोकना चाहा। वजह भी दी कि कम से कम बेटे को तो देखता जाऊँ। पर मुझे इस वजह से रुकना और भी मुश्किल हो आया।

मैं कुछ देर पशोपेश में पड़ा रहा।

''अच्छा हो बेटे से तभी मिलूँ जब उससे कोई उपयुक्त रिश्ता बना सकूँ।''

''क्यों शुभचिन्तक हो उसके, यह रिश्ता क्या अनुपयुक्त है।''

''हाँ सुमी, तुम्हीं ने तो कहा, उसे सहानुभूति नहीं स्नेह चाहिए। और मैं समझता हूँ यह ठीक भी है। सो क्यों न मैं उस स्नेहपूर्ण रिश्ते के कायम होने तक नेपथ्य में रहा आऊँ।''

सुमी को मेरा यह विचार अच्छा लगा। वह मेरी बात से सहमत हो गई और लगा कि वह खुश भी हुई यह सुनकर। दो-चार बातें करके मैं वहाँ से चला आया। दरवाजे तक सुमी मुझे पहुँचाने आई। वह बस स्टैंड तक चलने का इरादा बनाकर निकली थी, पर मैंने ही धूप में उसका चलना उचित न समझा। दो-एक दिन में आने का विश्वास दिलाकर मैं चला आया।

दो-चार दिन नहीं दो-चार हफ्ते गुजर गए, पर मैं सुमी के यहाँ न जा सका। कम्पनी का वार्षिक समारोह होना था दिसम्बर दस को। छह तारीख हो चली थी पर स्मारिका अब तक तैयार न हो सकी, जबकि हमेशा एक माह पहले तैयार होती थी। इस बार अब तक एक लेख न आया था चेयरमैन का। बस इसी वजह से स्मारिका रुकी हुई थी। सच ही इस लेख ने पूरे माह सुध न लेने दी। न अपनी, न किसी और की। उसी दिन वह लेख पहुँचा था कलकत्ता से। मैं जल्दी टी. पी. ऑफिस पहुँचा खबर मिलते ही। सोचा लेख जल्दी प्रेस में पहुँचा दूँ। अब समय जो नहीं था।

सवेरे दफ्तर पहुँचते ही खबर मिली, टी. पी. से मैटर आ गया है। मैं दफ्तर

से चलता बना और उसी दिन सुमी मेरे दफ्तर आ पहुँची। किसी मन्त्री के निधन से उसके स्कूल में छुट्टी हो गई थी।

दफ्तर में पहुँचते ही किसी भी आदमी को सबसे पहली सीट पर बैठी रोहिणी से ही मिलने वाले व्यक्ति के सम्बन्ध में पूछना होता था। हालाँकि बताने का काम रोहिणी का नहीं था। वह रिसेप्शनिस्ट नहीं थी। वह स्टेनो थी, पर उसकी मेज सबसे पहले होने से आने वाले वहीं पूछने में सुविधा समझते थे।

सुमी ने भी आकर रोहिणी से ही पूछा, ''मिस्टर विजय कहाँ बैठते हैं?''

ज्यों ही सुमी ने पूछा, रोहिणी ने अपने पास एक कुर्सी सरकाते हुए उसे कहा, ''आओ, बैठो पहले। तुम्हारा नाम सुषमा है न?''

सुमी हैरान-सी देखती रही। बहुत-से सवाल उठ खड़े हुए मन-ही-मन। ये मुझे कैसे जानती है? क्या विजय...? पर कहीं रोहिणी स्थिति न समझ ले सो झट बोल उठी, ''आपको मेरा नाम कैसे मालूम हुआ?''

''मिस्टर शर्मा ने बताया था एक बार आपका जिक्र आने पर।''

रोहिणी मेरे विभाग से सम्बन्धित नहीं थी। फिर भी रोहिणी से मेरी काफी घनिष्ठता थी। मैंने किसी समय उसे सुषमा के बारे में सभी कुछ बताया था। रोहिणी चूँकि खुद बहुत भावशील और सुलझे विचारों की है, यही वहज भी थी कि हम एक-दूसरे से दफ्तर के नाते अलग-अलग विभागों के होते हुए, हमारे काम में अन्तर होते हुए भी, काफी घनिष्ठ हो आए थे।

रोहिणी की बात से सुमी का कौतुहल शान्त न हो पाया, शायद इसीलिए वह एक और प्रश्न कर गई, ''पर आपने मुझे देखते ही यह कैसे जाना कि मैं ही सुषमा हूँ, कोई और नहीं? क्या कोई और जिक्र किसी का नहीं आया कभी?''

''आया तो कभी किसी का, कभी किसी का। पर आपका जिक्र कुछ इस तरह आया कि मैं जिन्दगी-भर न भुला पाऊँगी। और हाँ, मैंने कहा भी था मिस्टर शर्मा से कि कभी भी सुषमा जी को मैं पहचान लूँगी। मैं समझती हूँ मेरा दावा गलत नहीं था।''

''जी नहीं, बिल्कुल गलत नहीं था। मैं ही सुषमा हूँ विजय द्वारा आपकी परिचिता, जिसे आप देखते ही पहचान गईं।''

''आपसे मिलने की इच्छा बहुत दिनों से थी। दो-एक बार कहा भी शर्मा जी से कि हमें मिलाएँ आपसे। पर वे टालते रहे। हाँ, यह जरूर कहा कि इस समारोह पर आपसे अवश्य मिलना हो सकेगा। अच्छा, आपको कार्ड पहुँचा या नहीं?''

''हाँ, समारोह का निमन्त्रण पत्र मिला था। पर मैं उस दिन न आ सकूँगी। मेरे स्कूल में एक छोटा-सा कार्यक्रम है, उसमें व्यस्त रहूँगी सारे दिन।''

''खैर, आपसे मिल ली अब समारोह में आपके आने का इन्तजार मेरे लिए तो नहीं रहा। पर आप आइएगा जरूर। समारोह तो शाम को है। आप खुद आकर

देखिएगा कि हमारे शर्माजी कैसे व्यस्त जीव हैं।''

'हमारे शर्माजी।' सुमी को लगा जैसे उसकी चीज कहीं बाँटी जा रही है। गौर से रोहिणी की ओर देखा भी उसने एक बार। पर वो समझ न ले कहीं यह ख्याल कर जल्दी ही निगाहें हटा लीं।

रोहिणी को यह समझते देर न लगी और वह जल्दी ही कह भी गई, '''हमारे' में मैंने शायद शर्माजी का बँटवारा सा कर दिया। क्षमा चाहूँगी। मेरा मतलब अफसर की हैसियत से ही है।'' कह तो गई पर कुछ अनुचित-सा लगा सो झट आगे बोली प्रसंग बदलने को, ''पर शर्माजी तो अभी हैं नहीं।''

बड़ा गुस्सा आया सुमी को रोहिणी पर। अजीब लड़की है ये भी कि शर्माजी तो नहीं हैं और ये है कि बताने में इतनी देर लगा दी। खामखाह मुझे बैठाया। उठने को हो आई सुमी कि अचानक ध्यान आया नाम तक तो पूछा नहीं इसका।

''क्या मैं आपका नाम जान सकती हूँ?'' कहते-कहते सुमी लगभग उठ ही पड़ी कुर्सी से।

''मुझे रोहिणी कहते हैं।''

''अच्छा रोहिणी, मैं चलती हूँ। विजय आएँ तो उन्हें कह दीजिएगा मैं समारोह में आने की कोशिश करूँगी।''

''कह दीजिएगा के मायने क्या हुए? क्या आप रुक नहीं रही हैं?''

''मुझे जरा जल्दी है और फिर शर्माजी भी तो नहीं हैं।''

''आते ही होंगे। वे जरा प्रेस गए हैं। बेचारे एक महीने से एक लेख की वजह से अधर में लटके हुए थे। आज ही तो छुटकारा मिल रहा है उससे और फिर वे होते तो क्या आप इतनी जल्दी जा पातीं।''

जाने क्या था रोहिणी के बात करने में कि जाती-जाती सुषमा फिर रुक गई। उसके मन में इस लड़की से बातें करने की इच्छा बल पकड़ने लगी। अप्रत्याशित रूप से इस तरह परिचित निकलना, अनपेक्षित उत्तर देना और लगता है विजय से नजदीकी भी है कहीं किसी धरातल पर। सुषमा फिर बैठ गई।

रोहिणी ने अपना टिफिन उसके आगे कर दिया। लंच का टाइम हो गया था। बहुत नहीं-मनाही के बाद सुमी राजी हो सकी रोहिणी को भूखा रखने के लिए। जब दोनों लंच लेने लगीं तब दोनों ही ने देखा सारे दफ्तर की निगाहें उनकी ओर थीं। हाथ भले ही अपने-अपने टिफिन पर रहे हों।

हर टेबल पर एक प्रश्न था। कौन है ये लड़की? बेचारी! हाँ, शायद बेचारगी भी अन्य अनेक भावों में से एक था उस समय उनके साथ। सुमी के श्वेतवसना होने से। सभी अटकलें लगा रहे थे।

''लीजिए, आपको भूखा रखने का काम शुरू करती हूँ,'' कहकर सुमी ने लंच बाक्स खोल दिया।

घर के बने मद्रासी ढंग से डोसे देखकर सुषमा समझ ही न सकी ये क्या है। बाजार में डोसा खाया था कई बार, पर वो ऐसा कभी नहीं रहा। डर रही थी कि कहीं अण्डा तो नहीं। आमलेट होता है ऐसा तो। हाथ नहीं पहुँच रहा था टिफिन तक।

रोहिणी ने समझ लिया दिक्कत कहाँ आ रही है। कैफियत के लिए बताया, "मैं खुद सात्विक ब्राह्मण हूँ। डरने की जरूरत नहीं। ये सादा डोसा है, बला नहीं है। देखिए एक ही दूँगी आपको। इस विश्वास से खाइए कि ये फालतू था। मैं भूखी नहीं रहूँगी।"

"क्यों फालतू कैसे?"

"ये डोसा शर्माजी के हिस्से का है। रोज ही लाती हूँ। मेरा मतलब जब कभी डोसा लाती हूँ, एक फालतू लाना होता है।"

"क्यों, दफ्तर की तरफ से निर्देश है क्या?"

"दफ्तर के ऐसे निर्देश तो नहीं पाल सकती और दफ्तर ऐसे निर्देश देता भी नहीं। पर जब कोई स्नेह से कुछ चाहे तो देना ही होता है, है न?"

अब जब बातें चल ही निकलीं तो कह नहीं सकते कौन पहले अघाए। पर हाँ, ये जरूर हुआ कि दोनों ही बातों से काफी नजदीक हो आईं। लंच टाइम खत्म होने पर रोहिणी ने एक किताब सुमी को लाकर दे दी, चूँकि उसे अपने काम में व्यस्त हो जाना था।

इसी बीच मुझे आवश्यक काम से दफ्तर फोन करना हुआ। फोन पर मैंने अपने आफीसर से बात करनी चाही। फोन जिनकी टेबिल पर होता है वे सज्जन जरा जोर से बोलकर बिना कुर्सी से हिले या चपरासी को कहे जिस किसी के लिए फोन आया हो उसे आवाज देते हैं। मेरा फोन पहुँचने पर भी उन्होंने जोर से आवाज लगाई, जो इधर मुझे फोन पर सुनाई दी। "जैन साहब, विजय का फोन है।" आवाज इतनी जोर से दी गई कि केबिन में बैठे जैन साहब के पास पहुँच जाए। और जब आवाज वहाँ तक पहुँची तो रोहिणी, जो उनसे तीन सीट आगे ही बैठी थी, के पास भी पहुँची। जैन साहब के आने से पहले ही रोहिणी ने फोन उठा लिया।

"हैलो, शर्माजी बोलते हैं क्या? मैं रोहिणी बोल रही हूँ।"

रोहिणी के इस तरह फोन पर आने का मैं कोई मतलब न लगा सका। चूँकि जैन साहब के विभाग में रोहिणी नहीं थी। फिर जैन साहब ने इन्हें फोन क्यों दिया, मैं यही सोचता रहा।

"हाँ, मैं विजय हूँ। जैन साहब से बात करनी है।"

"अच्छा, जैन साहब आ रहे हैं, बात कीजिए। पर हाँ, यहाँ बात कर चुकने पर जरा दूसरे नम्बर पर भी फोन करना। मुझे बहुत जरूरी बात करनी है।"

"भई फोन जरूरी है क्या? मैं आ तो रहा हूँ दफ्तर," मैंने कहा तो पर जवाब

में मुझे सुनने को मिली जैन साहब की भारी-भरकम आवाज। कान एकदम इस बदलाव के लिए तैयार नहीं थे। गनीमत रही कि जैन साहब ने समझा होल्ड रखने की बात होगी। मैं मन-ही-मन डर रहा था। कहीं जो अभी फोन पर कहा उसे सुन तो नहीं लिया इन्होंने।

जैन साहब से बात कर मैंने आपरेटर से दूसरा नम्बर माँगा। दूसरी तरफ घण्टी बजते ही रोहिणी ने फोन उठा लिया। शायद वह देर से फोन के पास खड़ी इस क्षण का इन्तजार कर रही थी।

''हाँ, शर्माजी, मैं रोहिणी। देखिए आप दफ्तर कितनी देर में पहुँच रहे हैं?''

''यही पूछना था तो बाहर से भी पूछ सकती थीं, फिर इस फोन पर बात करने की क्या जरूरत आ पड़ी?'' मुझे कुछ झुँझलाहट-सी हो आई कि देखो न समझती ही नहीं कि मैं कितनी परेशानी में हूँ। पर रोहिणी को इस सबकी चिन्ता न थी, उसने फिर वही सवाल दुहराया।

''कोई खास वजह है क्या? ऐसा क्या काम आ रुका है?''

''नहीं, बात ये है कि बाहर वाले फोन पर तो लोग सुनते। आप जानते ही हैं कि हमारे यहाँ कैसे-कैसे लोग हैं। फिर हाँ, आज मैं डोसा लाई और वह बेकार नहीं गया। भला ये मैं बाहर कहती तो क्या होता जानते हैं? लोग तो पहले ही कहते हैं शर्माजी का टिफिन मैं लाती हूँ, फिर फोन पर यह कहने पर तो...पता नहीं क्या होता। अच्छा देखिए, आप जल्दी ही पहुँचिए। न हो तो काम कल पर छोड़कर ही। आपके लिए बहुत अच्छी चीज रोक रखी है मैंने। बैरंग थी, वापस हो जाती अगर मैं न रोकती तो।'' कहकर रोहिणी, जो बीच में रुआँसी-सी हो आई थी, फोन पर खिलखिलाकर हँसने लगी। और इस हँसी के सुनते-सुनते ही मुझे कट की आवाज सुनाई दी, तब कहीं मैं फोन रख सका।

मैं समझा कोई आवश्यक चिट्ठी आई होगी। रोहिणी ने उसे ले लिया, शायद पढ़ भी लिया, तभी कहती है। मुझे याद आया, एक बार सुमी का पत्र भी पढ़ लिया था और मुझसे सब कुछ जानकर मानी थी। मैं अन्दाज लगाता रहा कई, पर ज्यादा देर वहाँ न रुक सका। प्रेस को कहकर कि दूसरा प्रूफ दफ्तर में पहुँचा दें, मैं वहाँ से दफ्तर के लिए चल पड़ा।

पहुँचते ही मैंने रोहिणी से जानना चाहा कि क्या बात है? कहाँ से पत्र आया है? पर मुझे देखते ही उसके चेहरे पर मुस्कराहट दौड़ गई। उसने एक भी सवाल का जवाब न दिया। बस मेरी तरफ देखती और मुस्करा देती। ज्योंही मैं उसकी ओर मुखातिब होता वह टाइप करने का स्वाँग करने लगती। ऐसे, जैसे बहुत जरूरी ही टाइप करना हो और पूरा होने पर ही दम लेगी। मैं देख रहा था उसके हाथ स्वाभाविक ढंग से नहीं चल रहे थे टाइप पर। दो-तीन बार रबड़ का इस्तेमाल किया फिर भी मुझ पर रोष नहीं दिखाया। कुछ था भीतर जो रोष आने ही नहीं दे रहा था। विघ्न

मैं था उसके लिए, ऐसा भी नहीं लगा। कनपटियों के कोर से मेरी ओर देखती और फिर टाइप करने लगती। मैं हार कर वहाँ से बिना कुछ जाने हिला। मन-ही-मन सोचता रहा, हँसी हुई मेरे साथ।

अपना केबिन खोलकर जैसे ही भीतर पाँव रखा, देखा कोई मेरे केबिन में पहले से ही विराजमान है। मेरी कुर्सी की ओर मुँह किए। दरवाजे से पीठ ही दिखती थी। मैं हैरान। कौन है जो मेरे इन्तजार में बैठा है? और इन्तजार भी ऐसा कि पता नहीं कब तक बैठना पड़े। सारा दफ्तर जानता है मैं आज लौटूँगा ही ऐसा आवश्यक नहीं, पर फिर भी कौन इन्तजार करने का निश्चय कर बैठा? ज्योंही सामने की ओर पहुँचा कि देखता-भर रह गया। कुछ कहने का अवकाश ही न मिला।

''आ गए? मैं समझी आज साँझ तक यूँ ही बैठना होगा।''

यही तो होता है मेरे साथ। सुमी बोलने का मौका ही नहीं देती। मैं दरवाजे से पहचान नहीं पाया था। सुमी किताब पढ़ने में व्यस्त थी। मेरे आराम से आने-भर से उसने समझ लिया मैं ही हूँ। जब तक मैं सामने पहुँचा दरवाजा स्वतः बन्द हो गया वरना मेरे चेहरे की वह मुद्रा किसी की निगाहों में पड़ती तो न जाने क्या-क्या न सोच लेता।

''कब आईं सुमी और कैसी हो?''

''आए तो बहुत देर हुई। जा रही थी कि रोहिणी ने रोक लिया। बड़ी अच्छी लड़की है विजय। बेचारी ने खाना भी खिलाया। बातें भी बहुत करती है। उसकी बातों से लगा तुमसे भी बहुत बातें होती हैं।''

''अच्छा, तभी कहती थी फोन पर कि डोसा खराब नहीं गया। अच्छा सुमी, विनय कैसा है? माफ करना मैं आ न सका। एक अड़चन आ पड़ी। आज ही...।''

''हाँ, बताया रोहिणी ने। मैं भी सोचती थी कि आखिर कोई-न-कोई काम आ गया होगा। फिर सोचा, ऐसा भी क्या काम जो आ ही न सको। एकाध बार ये भी ख्याल आया कि शायद बाहर न गए हो। पर तुम्हारा भेजा कार्ड मिला तो वह बात भी सही न रही।''

''नहीं सुमी। असल में इस समारोह की तैयारी में उलझा रहा। पर तुम आज कैसे आ निकलीं?''

''आज एक मिनिस्टर गुजर गए हैं न, सो स्कूल में छुट्टी हो गई। अम्मा जी भी घर पर ही थीं आज। सोचा तुम्हारे दफ्तर को ही देख लें।''

''अच्छा, कैसा लगा दफ्तर? और हाँ अब हमारी व्यस्तता तो देख ही ली। कभी शिकायत तो नहीं रहेगी भविष्य में। तुम्हीं देखो न, मैं तो अब तक खाना भी नहीं खा सका।''

सुनकर सुमी का चेहरा कैसा तो हो आया कि अचानक दरवाजा खुला और

रोहिणी दरवाजा पकड़कर खड़ी हो गई ताकि बन्द न हो जाए। पलभर पीछे ही चाय की ट्रे लिए चपरासी भीतर आया। मैं कुछ कहना चाहता था, पर चपरासी के जाने का इन्तजार करता रहा। ज्योंही चपरासी गया रोहिणी बोली, ''माफ कीजिए मिस्टर शर्मा! आप शायद बातों में भूल गए कि मेहमान की खातिर भी करनी होती है।''

''ओह, रोहिणी, थैंक्यू! पर तुमने अब कर ही दिया सब कुछ। अच्छा बैठो फिर, तीनों चाय पीते हैं।'' कहकर मैंने रोहिणी को बैठने लिए इशारा किया।

''नहीं, मैं माफी चाहूँगी बीच में आने की। पर अब ज्यादा देर न रुक सकूँगी।'' कहकर रोहिणी जाने को हो आई कि सुमी ने उसे हाथ पकड़कर पास की कुर्सी पर बैठा लिया।

''अच्छा सुमी, मैं रोहिणी से तुम्हारा परिचय करा दूँ। ये रोहिणी हैं। अभी ज्यादा दिन नहीं हुए हैं हमें परिचित हुए, पर परिचय हमारा ज्यादा दिन पुराना-सा हो गया है। जानती हो इनकी छोटी बहन ने दिल्ली हायर सैकेण्डरी में हिन्दी में सबसे अच्छे नम्बर पाए हैं। है न हैरानी की बात? एक साउथ इण्डियन लड़की ठीक मध्य भारत के केन्द्र, दिल्ली में आकर ताल ठोककर बैठे और बाजी मार ले जाए उस क्षेत्र में—जिसकी मातृभाषा हिन्दी है, तो फिर तुम बताओ, तुम्हारा मास्टर होने का क्या फायदा रहा।''

''तो क्या हम देखें कि कौन साउथ का है, कौन नार्थ का? और कहीं साउथ वाला बाजी न मार ले, सो उसे हिन्दी के पीरियड से बाहर करे दें?''

रोहिणी सुनकर हँसने लगी। हँसती रही, बधाई देती रही सुमी को।

''सच ही आपने सही बात कही। शर्माजी जब देखो बस यही कहेंगे भई हम तो बहुत शर्मिन्दा हैं। अरे, अगर मेरी बहन बाजी मार गई तो क्या हुआ। और हाँ, सुषमाजी, आपको एक बात बताऊँ।''

''क्या बात?''

''शर्माजी से पूछिए कि रात बारह बजे तक उसे तैयारी कौन कराता था। पूछिए कि जनवरी से मार्च तक की आधी रातें इन्होंने किसके घर काटीं। पूछिए तो सही।'' कहकर सुमी को उकसाने के ढंग से कोहनी मारती रही कुछ देर। फिर सुमी को उत्साहित न होते देख खुद ही बोली, ''आप नहीं पूछतीं तो मैं ही बताए देती हूँ। शर्माजी का इशारा है कि भई कुछ मेरी तारीफ तो करो। आखिर सुषमाजी को बताओ कि मैं क्या हूँ। क्यों शर्माजी?''

सुमी इस सब में कुछ भी न समझी। सहज ही उसने पूछा, ''पर शर्माजी इस सब में कहाँ से आ टपके?''

''बात यह है सुषमाजी कि एक दिन मैंने यूँ ही कहा कि मेरी छोटी सिस्टर हायर सैकेण्डरी में बैठ रही है। ये बोले कि तैयारी कैसी चल रही है? डिवीजन तो फर्स्ट ही आएगी न? मैंने कहा, नहीं, हिन्दी में बहुत कमजोर है। क्या करें पड़ोसी

तक तो साउथ के हैं। लगता है हिन्दी डिवीजन बिठा देगी। मुझसे पढ़ाते बनता नहीं और वो मुझसे पढ़ती भी नहीं।''

रोहिणी बात कर ही रही थी कि फोन आया कहीं से। आपरेटर ने बताया जी. एम. बात करना चाहते हैं। लाइन मिलने पर मैं बात करने लगा। वे दोनों चुप बैठी रहीं। रिपोर्ट माँगी थी जी. एम. ने मेरी। खुश हुए जानकर कि मैंने चेयरमैन का भाषण छपने ही नहीं दिया बल्कि एक प्रूफ भी पढ़ आया हूँ। अभी फोन पर बात कर ही रहा था कि प्रेस से आदमी आ पहुँचा। मैंने बताया जी. एम. को कि दूसरा प्रूफ भी आ पहुँचा। और कल सवेरे तक मैं खुद आप तक छपा हुआ भाषण पहुँचा दूँगा। फोन करके मैं प्रूफ पढ़ने लगा। कुछ ही देर में जी. एम. का फोन फिर आया। उन्होंने केबिन में बुलाया था। वे खुद एक बार भाषण सुन लेना चाहते थे। मैं सब साजो-सामान लेकर उनके केबिन की ओर जाने लगा।

''मैं अभी आता हूँ, तुम जरा इन्तजार करना। और हाँ रोहिणी, तुम भी जरा इनके पास बनी रहो, वरना ये क्या सोचेंगी कि दफ्तर में अकेले ही बैठना पड़ा।''

''आप निश्चिन्त होकर जाएँ शर्माजी। मैं यही हूँ। अभी तो हमें बहुत-बहुत-सी बातें करनी हैं।'' मुझे आश्वस्त करती हुई रोहिणी फिर सुमी की ओर मुखातिब हो रही।

मेरे जाते ही रोहिणी ने फिर अपनी छोटी सिस्टर की बात करनी शुरू कर दी।

''जब मैंने ये शर्माजी को कहा तो बोले कि कोई-न-कोई इन्तजाम होना ही चाहिए। भला ये भी कोई बात हुई कि दिल्ली में रहकर लड़की हिन्दी की वजह से पिछड़े। अच्छा देखो, तुम मुझ पर यह जिम्मेदारी छोड़कर निश्चिन्त हो रहो। मैं कोई अच्छा इन्तजाम करूँगा। और भी बहुत-सी लम्बी-लम्बी बातें हुईं। पर खैर।

''दो दिन बाद मैं क्या देखती हूँ कि शर्माजी हमारे यहाँ से आने वाली बस की ओर बढ़े आ रहे हैं। मैंने सोचा कि किसी से मिलने आए होंगे सवेरे-सवेरे। मैं लाइन में आगे थी। भीतर जाते ही मैंने बस में एक पूरी सीट घेर ली। ज्योंही शर्माजी बस में चढ़े मैंने आवाज देकर अपने पास बुला लिया। बैठने पर पूछा कि क्या किसी से मिलने आए थे। सुनकर हैरान रह गई मैं। आप भी आश्चर्य में आ जाएँगी।''

''क्यों, क्या कोई अप्रत्याशित बात कही?'' सुषमा ने सहज ही पूछा।

''हाँ, वही तो। शर्माजी बोले, 'भई क्या करें रोहिणी, तुमसे प्रामिस किया था। कोई इन्तजाम न होता दिखा तो मैं खुद ही शिफ्ट हो गया। सोचा, सवेरे-शाम दो-एक घण्टे रागिनी को पढ़ाया करूँगा। भई किसी जिम्मेदारी को लेना भी कितना भारी हो जाता है मन पर।

''मैं हैरान-सी देखती रही शर्माजी को। मेरी इतनी-सी बात और ये हैं कि उसे इतना महत्त्व दे बैठे। बोरिया-बिस्तर समेत यहाँ आ डटे। जबकि यहाँ से प्रेस

वगैरह जाने में कितनी परेशानी होगी ये मैं जानती थी। देखो न, जहाँ ये रहते थे वहाँ से प्रेस के लिए सीधी बस थी। पर अब आ ही गए थे। मैं उसी दिन से शर्माजी की ऋणी हो रही। मेरे घर पर जब अम्मा-पिताजी को शाम मैंने बताया कि कल से शर्माजी खुद आएँगे तो वे भी कम अचंभे में नहीं रह सके। इतना महत्त्व भला कब, कौन देता है किसी को?

"बात दो घण्टे की थी पर जब शर्माजी शाम या कहिए रात नौ बजे के लगभग प्रेस वगैरह से निबटकर हमारे यहाँ पहुँचते तो कई बार स्विच आफ करके इन्हें सोने पर मजबूर करना पड़ता। ऐसे भी क्या पढ़ाना कि रात बीत गई पता ही न चले। धीरे-धीरे मैंने देखा कि रागिनी भी, सोने के लिए कहो तो बुरा मान जाती। जनवरी और लगभग आधी फरवरी इसी तरह बीती। रोज तो शर्माजी न आते पर दो-तीन रोज में एक दिन अवश्य आते और बस हमारे ही यहाँ के हो रहते। फरवरी में जब हमारा समारोह हो गया और दफ्तर में काम हल्का हो चला तो मैं भी रागिनी के साथ बैठने लगी। उन्हीं दिनों मैंने जाना कि शर्माजी इतनी चीजें क्यों जान सके इतनी कम उम्र में। आपको एक बात बताऊँ, शर्माजी मुझसे छोटे हैं एक वर्ष। हमारे दफ्तर में सबसे कम उम्र के हैं, पर देखो आफिसर रैंक में आते हैं। जानती हैं इसकी वजह? अरे, मैं भी आपसे क्या प्रश्न कर निकली। माफ करना। आप न जानें फिर तो हो लिया सब। तो मैंने देखा कि पढ़ाना ऐसे चल रहा है जैसे अध्ययन-अध्यापन न हो रहा हो बल्कि वह बात, वह प्रसंग बीत रहा हो वर्तमान से होता हुआ। शिक्षक और शिष्य दोनों उसी में रचे-पचे हैं। ख्याल नहीं कि एक और वर्तमान है जिसके मुताबिक अब रात का डेढ़ बज चला है। सच जानिए मैं उन दो महीनों में हिन्दी सीख गई और मेरी बहन का तो आपने सुना ही, उसने दिल्ली हायर सैकेण्डरी में सबसे अधिक नम्बर हिन्दी में पाए हैं। मेरा तो समूचा परिवार कृतज्ञ है। रागिनी की तो कुछ न पूछिए, वह तो बेचारी धन्यवाद देने तक में संकोच करती है।

"ये सब तो हुआ, पर शर्माजी को देखिए। उसकी परीक्षाएँ होते न होते फिर मकान बदल लिया। मैं कुछ कह तो न सकी चूँकि जानती थी इन्हें वहाँ रहने में तकलीफ ही ज्यादा है, पर आदमी का इतना भी क्या खुदगर्ज होना कि अपना दायित्व समझा तो पढ़ाने चले आए और जब दो बातें करने के दिन आए तो साहब नदारद!"

हम पास के ही एक रेस्टोरेंट में जा बैठे। ज्यादा देर बैठना न हो सका। रोहिणी जल्द ही इजाजत ले चली गई।

रोहिणी चली गई। रेस्टोरेंट से बाहर आ हम बरांडे में टहलने लगे। पैर उठते, गिरते। आवाज कानों को छूती रही। हर आवाज से अन्दाज लगता अब कुछ सहज हो आए हैं हम। पर फिर पैर उठते, गिरते। कनखियों से देख लेता मैं सुमी को।

बातें शुरू करने में पहल कौन करे। बात भी बहुत कुछ नई नहीं कहनी थी। वही पिछला प्रसंग जो मैं पत्रों में कई बार लिख चुका था और जिसके लिए सुमी ने अपने घर इशारा किया था। जब हम लगभग दो बरांडे पार कर गए, मुझे लगा कि सुमी को बात कर पाना मुश्किल लग रहा है तो मैं ही कह चला, "क्या रहा सुमी?"

"कहना ही होगा क्या?" कहकर सुमी रुकी और मेरी ओर देखने लगी, पर निगाह मिलते ही नजर झुका ली। बड़ी मुश्किल से बात शुरू की थी और अब फिर छोर छूटता-सा लगा। अपने आप पर बड़ा गुस्सा आया कि तरीके से बात तक न कर सका। भला ये भी कुछ कहने की बात थी। पर कहने की नहीं थी ये भी तो नहीं कहा जा सकता। सुमी के उस क्षण-मात्र के देखने में स्पष्ट था कि उसकी ओर से इन्कार नहीं है। पर आग्रह भी नहीं।

"अच्छा तुम आ रही हो न दस को।" कुछ और न कह मैं अगले तीन दिन बाद आ रहे समारोह की बात कर निकला।

"आ जाऊँगी। कहाँ बताया, हाँ विज्ञान भवन में।" कहते समय लगा सुमी को कुछ और सुनने की सम्भावना बनी हुई थी।

बस स्टैण्ड आते ही सुमी को अपने सामने बस में बैठाकर मैं आगे चला आया। रीगल में तपस्या फिल्म चल रही थी। लाख फिल्मी कहानी हो, उसमें एक टीस थी, एक आशा भी। यूँ ही टहलता हुआ मैं चलता रहा, कुछ ही देर में बस आ गई और मैं घर आ गया।

मैं घर आ गया। कितनी विचित्र बात लगती है। घर कैसा? जिन तत्वों से मिलकर घर बनता है, उन सबका यहाँ सर्वथा अभाव है। आज से नहीं, प्रारम्भ से ही। खुद के बल पर जो सब करना पड़ा। बहुत से लोग रहते हैं इस मकान में पर मेरी अस्थिरता इतनी कि तीन वर्ष से मैं यहाँ हूँ और आज तक लोगों से परिचय नहीं हुआ। बस, एक नेम प्लेट लगी है परिचय के नाम पर बाहर। मकान में एक हिस्सा मेरे पास है। मकान के दूसरे हिस्से में जाने-आने की जरूरत ही नहीं हुई कभी। कमरे की एक अलमारी किताबों से भरी पड़ी है। आधा वेतन किताबों की खरीद पर जाता है। समीक्षाएँ लिखने से कुछ समीक्षार्थ भी आई हैं। खाना बनाना, बरतन धोना ये काम पड़ोस की एक वृद्धा करती हैं। उनके घर में तीन बड़ी-बड़ी लड़कियाँ रज्जो, कम्मो, सिब्बो हैं। घर में कमाने के नाम पर सिर्फ उनके पति। ये खुद कई घरों में खाना वगैरह बनाकर कुछ कमा लेती हैं। बहुत दिनों से आ रही हैं सो रिश्ता भी बन गया।

चाई जी रोज सवेरे आ जाती हैं। चाय बनाती हैं, खाना बनाती हैं और फिर शाम को खाना बना जाती हैं। मेरे मकान की एक चाबी उनके पास है। अभी काफी

दिनों से उनकी लड़की रज्जो आने लगी है शाम को। उन्हें पता है कि मैं देर से लौटता हूँ सो कोई भी आकर बना देता है। पहले चाई जी ही आती थीं। चाई जी ने मेरे बारे में अपने घर में बहुत कुछ कहा। मसलन, मैं बहुत मूडी हूँ। यदि जल्दी आता हूँ तो इसलिए कि कुछ लिखना रहा होता है। मेरी कहानियाँ छपती हैं अखबारों में। जब देखो कागजों की काटा-पीटी करता रहता हूँ। मेरे अलावा सभी गलत लिखते हैं।

इसका विरोध कोई करे तो वे कहती हैं फिर मैं हर कागज पर कुछ-न-कुछ काट क्यों देता हूँ। उन्होंने मुझे कभी ऐसा छपा कागज लाते नहीं देखा जिसे मैंने काटा नहीं हो। हाँ ऐसा भी नहीं कि मैं कम पढ़ता होऊँ। उनके हिसाब से मेरी मेज हमेशा कागजों से भरी रहती है। कहने का मतलब ये कि ऐसी ही बातें कर-करके सब में उत्सुकता जगा दी। मैं इतवार को भी अक्सर बाहर रहता हूँ। कुछ-न-कुछ काम रहता ही है। अगर कुछ काम न हुआ तो किसी से मिलने ही चल दिया। मेरे कमरे पर बैठकर चाई जी सपरिवार टेलीविजन देखती हैं। कभी बीच में मैं आ पहुँचा तो इतना सुख हो जाता है कि उस शाम खाना गरम मिल जाता है।

एक दिन मैं समय से काफी पहले आ पहुँचा। हुआ यों कि उससे पहले दिन पत्र मिला आकाशवाणी से। मेरी कहानी उस दिन शाम सवा आठ बजे प्रसारित होनी थी। सोचा, घर जाकर सुनूँगा। चिट्ठी टेबल पर ही रखी छोड़ गया था। शाम को चाई जी ने उसे पढ़ लिया। अगले दिन मैं जल्दी करते-करते भी साढ़े आठ बजे घर पहुँचा। देखता हूँ कि गैस पर चावल रख छोड़े गए हैं और चाई जी बड़े इत्मीनान से रेडियो पर कहानी सुनने में तल्लीन हैं। मैं आया हूँ ये तक उन्हें नहीं पता। बड़ी खुशी हुई देखकर कि मेरी रचना को इतने ध्यान से सुना जा रहा है। कभी ज्यादा बात न की थी सो कुछ कहने की हिम्मत नहीं हो रही थी। कहानी खत्म हुई तो ध्यान तुरन्त चावलों पर जा अटका। मैं क्या करूँ, क्या न करूँ, सोच ही रहा था कि अचानक मुँह से निकला, "भई मुझे तो भूख लग आई है।"

चाई जी स्तब्ध। मैं कब आया यही प्रश्न था मन में उनके। तभी बोल उठा मैं, "मेरे मकान की रखवाली तो ठीक नहीं हो रही।"

वे शायद कुछ कहतीं कि चावलों की गन्ध से ध्यान बदल गया।

"कुछ तो बोलो।" आखिर मैंने हारकर और इस ख्याल से कि कहानी पर ही बात को ले आऊँ, कहा।

पहले तो वे फुसफुसाहट करती रहीं मन-ही-मन, फिर बात होंठों से आँखों के सुपुर्द कर दी गई। आँखों ने अकेले निर्णय लेने से मना किया तब यह भार कानों पर सौंपा गया कि हवा का रुख बिगड़ा तो नहीं जरा सुनकर पता लगाओ। बात कान ने दूसरे कान से कही सो बीच में मस्तिष्क आ टपका। उसने झट नाक को यह भार सौंपा कि सूँघकर बताओ वातावरण कैसा है। नाक ने ज्योंही साँस भीतर

को ली कि हवा मुँह में भर गई और यह काम फिर मुँह पर आया तो उसे खुलना ही हुआ।

"तुम्हारी कहानी अच्छी थी। पर विजय, ये सुषमा कौन है?" उन्होंने पूछ लिया। मैं कुछ भूमिका बाँधता कि वे ही कह उठीं, "और ये विजय, ये तुम्हारा नाम है?"

"नहीं चाई जी, ये तो कहानी है। इसका जरूरी नहीं कि किसी जीवित व्यक्ति से किसी स्तर पर सम्वन्ध हो। यह तो सब कल्पना करके एक स्थिति तैयार की जाती है।" कह तो गया पर मन कुछ खिन्न-सा होता रहा। सोचा कह ही दूँ हाँ, मैं ही हूँ। पर किस-किस को कहता ये सब। बस मन में कुछ उथल-पुथल-सी मच गई।

"मैंने एक दिन देखा एक कहानीनुमा पत्र रखा था तुम्हारी मेज पर, किन्हीं सुमी के नाम।" कहकर लगा, वे मुस्करा रही हैं।

अब शेष ही क्या रह गया था जो कहानी हो। मैं बिषय बदलना चाह रहा था और इसी अभिप्राय से कहा कि आज पहली बार इतनी बात हुई और आप तो मेरा पोस्टमार्टम-सा करने चल निकलीं। इतने में चाई जी की लड़की आ पहुँची और उन्हें घर ले गई।

मैं फिर अकेला हो आया और बहुत देर तक यही सब सोचता रहा। नैष्कर्म की उपासना करना भी आवश्यक था हालाँकि कुछ लोग सोना भी एक कर्म ही मानते हैं और मै वही करने की तैयारी करने लगा।

अगले तीन दिन दिन यों ही भाग-दौड़ में गुजर गए। पता ही न चला। दस को समारोह होना था। मैं सवेरे से ही समारोह-स्थल पर तैयारी कराने में व्यस्त था। बहुत-सी उठा-पटक होनी थी। दस बजते-बजते लगभग सभी लोग आ पहुँचे दफ्तर के। काम जल्द करना था क्योंकि लगभग तीन बजे हमारे चेयरमैन वहाँ आने को थे। तैयारियाँ दो-ढाई के करीब समाप्त हुईं। तभी रोहिणी ने आकर कहा कि मैं लंच कर लूँ। एक कमरे में सबके लिए लंच का बन्दोबस्त था। मैं लंच करने जा ही रहा था कि हमारे समारोह की नाटक मण्डली में जो श्रीमती जी नायिका बनने जा रही थीं उन्होंने मुझे आ पकड़ा। एक तो मैं सभी कामों में अगुआ बना फिर रहा था और दूसरे मैं ही वहाँ उपस्थित लोगों में इनसे सबसे अधिक परिचित था सो उन्होंने मुझे अपना एक काम सौंप दिया। उनका काम आसान नहीं था।

नाटक वाले जो ड्रेसें लाए थे उन्हें उनमें से कोई भी ड्रेस पसन्द नहीं आ रही थी। इसलिए उनका अनुरोध था कि मैं काव्य-नाटिका की नायिका के उपयुक्त ड्रेस बाजार से लाकर दूँ। इतना तय था कि यदि ड्रेस पर ही उनका मन खराब रहा आया तो वे अपने पार्ट को अच्छी तरह नहीं कर पातीं। यही सोचकर मैं फौरन बाजार

जाने को तैयार हो गया।

रोहिणी ने जब यह सब तमाशा देखा तो उसे कुछ बुरा-सा लगा। शायद मेरा यह व्यवहार उसे बर्दाश्त न हुआ। वह बहुत ही खीझकर बोली, "क्या है शर्मा, तुम खाना भी नहीं खा सकते क्या? सब लोग वहाँ लंच ले चुके होंगे और अब मैं भी लंच तभी ले सकूँगी जब कोई और हो वरना क्या सोचेंगे सब।" दोनों बातों में से कोई एक फौरन तय करनी थी। समय बचाने के लिए मैं सब भुगत रहा था। मैं कुछ तय ही कर रहा था कि हमारे दफ्तर के एक सज्जन वर्माजी आ गए। आते ही उलाहना-भरे लहजे में कहने लगे कि मैंने उन्हें ऐसे काम में उलझाया कि अब तक लंच न ले सके।

"तो तुमने भी अभी लंच नहीं लिया? अच्छा ऐसा करो तुम और राहिणी लंच करो, मैं जरा बाजार होकर आता हूँ" कहकर मैं चला गया।

बाजार से आने में मुझे ज्यादा देर नहीं लगी। जब लौटा सभी तैयारियाँ पूरी हो चुकी थीं। अब तो समारोह के समय का इन्तजार हो रहा था। मैं ड्रेसें लेकर नाटक की नायिका के पास जा पहुँचा। उन्हें मेरी लाई ड्रेसें भी पसन्द न आईं, पर चूँकि मैं चार ड्रेसें लाया और उन्हें सौभाग्य से चारों में से एक-एक चीज पसन्द आ गई सो मुक्ति मिल गई। जब कोई काम न बचा तो भूख उठ आई। सवेरे से कुछ भी नहीं खाया था। तिस पर ढेर सारा काम। सोचा चलकर कहीं आस-पास कोई रेस्टोरेंट ढूँढ़ूँ। यही सोचकर हॉल के बाहर आया।

बाहर आते ही हमारे दफ्तर के वर्माजी ने बताया कि रोहिणी मुझे दो-तीन बार पूछ चुकी है। मैंने सोचा, हो न हो उसने कुछ लंच बचाकर रखा होगा। इधर-उधर देखा पर रोहिणी न दिखी। मैं काउण्टर पर इन्तजार करने लगा। काफी देर इन्तजार नहीं करना पड़ा। कुछ ही मिनट हुए थे कि सामने हॉल से रोहिणी आती दिखी। सुमी भी उसके साथ थी।

"अरे, सुमी, तुम कब पहुँचीं!" मैंने अचानक सुमी को देखकर पूछा।

"मुझे आए तो काफी देर हो गई। तुम शायद कहीं चले गए थे।"

"माफ करना मुझे बहुत जरूरी काम से जाना पड़ा। अच्छा चलो, कहीं बैठकर बातें करेंगे!"

"बातें तो होती रहेंगी, पर पहले किसी रेस्टोरेंट में चलते हैं। तुम कुछ खाना वगैरह खा लो। रोहिणी ने बताया कि तुम अभी तक खाना भी न खा सके और सुना प्रोग्राम रात दस बजे तक चलेगा।" कहकर सुमी मेरी ओर देखने लगी। मुझे भूख बहुत जोरों से लग रही थी सो मैं उन्हें लेकर कनाट प्लेस के एक रेस्टोरेंट में चला गया।

जब हम वापस आए तब दर्शक आने लगे थे। मैं झट स्वागत स्थल पर जा खड़ा हुआ। रोहिणी को कह दिया कि सुमी का ख्याल रखे। वे दोनों अन्दर हॉल

में जाकर बैठ रहीं। कुछ ही देर में प्रोग्राम शुरू हुआ। मुझे कार्यक्रम के समय स्टेज के आस-पास रहना था। नाटक जो सबसे आखिर में होना था तब के लिए मैंने सोचा था कि उन लोगों के ही पास जाकर बैठ जाऊँगा। पर उस समय तक हॉल इतना भर गया था कि लोगों को जहाँ पैर रखने की जगह मिली खड़े हो गए थे। बहुतों को तो क्षमा-याचना सहित वापस भेजना पड़ा। ऐसी हालत में मेरा उनके पास जाना न हो सका।

रात तकरीबन साढ़े दस पर कार्यक्रम पूरा हुआ। अब समस्या आई कि जाना कैसे हो? लोगों को भेजने आदि में कुछ और समय लग गया। हमारे जी. एम. को पता लग गया था कि मेरे मेहमान आए हैं और अब उन्हें भेजने की समस्या है। उनकी लड़की श्वेता जो दोपहर में सुमी से परिचित हो चुकी थी और अब पूरे समय रोहिणी और सुमी के साथ ही बैठी थी समारोह में, उसने आकर आग्रह किया कि सुमी को भी उनके साथ चलना चाहिए। सुमी तैयार न हुई। घर पर माँ जी अकेली थीं और वैसे भी सवेरे स्कूल जाने में देर हो सकती थी।

बहुत देर यही सब चलता रहा। मैं सुमी को जी. एम. की कार से घर पहुँचा आऊँ यह तय हुआ पर पहले कार जी. एम. के घर जानी थी। मुझे सामान भी समेटना था। मैं इधर व्यस्त हो रहा। रोहिणी के परिवार के लोग भी आए हुए थे, पर वे सब रोहिणी को प्रोग्राम के बाद मिले। चूँकि सबने आने से मना किया था इसलिए उनकी तलाश करने की भी बात नहीं थी, पर सुना अचानक उनका प्रोग्राम आने का बन गया। कहीं बाद में टैक्सी न मिले इसलिए एक टैक्सी उन्होंने रोक ली थी।

रोहिणी ने अपने परिवार से सुमी का परिचय कराया। तय किया कि शनिवार को सुमी उनके यहाँ आएगी। रात वहीं रहेगी और वहीं से सवेरे जी. एम. के यहाँ जाएगी। इतवार को जी. एम. के यहाँ आने का वायदा लेकर ही श्वेता गई थी। कार जी. एम. के परिवार को पहुँचा कर लौट आई। थोड़ी देर में हम सुमी के घर पहुँच गए।

कार से उतरे तो दरवाजे पर माँ जी खड़ी थीं। मैंने उन्हें देखते ही कहा, ''माँ जी, मैं विजय प्रणाम करता हूँ।'' और उनके चरण स्पर्श किए।

''खुश रहो बेटा, सुखी रहो। बड़ी देर लगा दी।'' मेरी पीठ पर हाथ फेरती हुई बोलीं, ''विनय तो सो गया अभी-अभी।''

''हाँ माँ, कुछ तो देर से समारोह खत्म हुआ और फिर कुछ देर बातों में, कार के इन्तजार में भी हो गई।''

''कैसा रहा प्रोग्राम?''

''अच्छा रहा।'' सुमी कहकर भीतर चली गई। उसके जाते ही माँ जी मुझे बताने लगीं, ''बेटा, पिछले दो-तीन साल में यही मौका रहा जब सुमी कहीं गई है। वरना बस स्कूल, घर और विनय।'' और भी कुछ कहतीं माँ जी पर तभी भीतर

से सुमी आती दिखी। उसे देखते ही माँ जी चुप हो गईं, पर उनकी आँखों और चेहरे पर सन्तोष और खुशी दौड़ आई थी। उनके चेहरे के भाव ने वह सब कह दिया जो सुमी के आने से वह मुँह से न कह पाई थीं। कुछ देर और ठहर कर मैं इजाजत ले वापस चला आया।

गाड़ी वापस जा रही थी और मैं खुश था मन-ही-मन। कहा था न माँ जी ने—दो-तीन वर्ष में सुमी कहीं भी नहीं गई आज के अलावा। मैं, हाँ आज भी मैं ही कारण रहा सुमी की खुशी का और शायद केन्द्र भी। मैं उस दिन का ख्याल करने लगा जब सुमी और विनय दोनों अपनी-अपनी निजता को पा चुके होंगे।

"बाबू जी किधर से चलना होगा?" अचानक ड्राइवर ने पूछा और मैं अचकचा कर रह गया। संयत होने पर बताया कि बंगाली मार्केट होते हुए चलना है।

मैं जी. एम. के मकान से दो फर्लांग दूर रहता हूँ। जी. एम. को जब कभी रात-बिरात काम करना रहा होता है वे मुझे अपने ही यहाँ रोक लेते हैं। एक कमरा इसी काम से खाली रख छोड़ा है। वे चाहते हैं मैं फिर यहीं आकर रहूँ, पर व्यक्तिगत स्वतन्त्रता का खयाल कर आग्रह को आदेश में नहीं बदल पाते। दूसरे यह भी वजह है कि मैं पहले दो वर्ष यहाँ रह चुका हूँ और...पर वह सब समय आने पर।

जब हम घर पहुँचे लगभग सभी लोग सो चुके थे। मैंने ड्राइवर को कहा कि चाबी ऊपर दे आए।

"मिस्टर विजय, आपको आज यहीं रुकना है!" ऊपर से श्वेता की आवाज आई। वह शायद गाड़ी की आवाज सुनते ही खिड़की पर आ गई थी।

"पर डेडी तो आराम कर रहे हैं। और मैं सवेरे जल्दी आ जाऊँगा।" कहकर मैं चलने लगा कि तभी श्वेता बोली, "नहीं भाई! डैडी ने कहा था कि आज यहीं रुकना होगा। डैडी शायद आज चार बजे उठ जाएँगे।" कहकर श्वेता इन्तजार करने लगी कि मैं ऊपर जा रहूँ। लाचार होकर मुझे वहीं रहना हुआ। ऊपर जाकर देखा कमरा बिलकुल ठीक-ठाक किया हुआ है जैसे अभी कुछ देर पहले तक वहाँ कोई रहता रहा हो। मैं यह सब देख ही रहा था कि श्वेता चाय लिए ऊपर आ पहुँची।

श्वेता और मैं लगभग हमउम्र हैं। श्वेता सात-आठ माह ही बड़ी है मुझसे। सही और अपेक्षित वार्तालाप, मृदुभाषी, सहृदय श्वेता इस पूरे परिवार की सबसे अच्छी सदस्या है। शुरू से ही मुझे हर काम में सहयोग करती रही है। एक बड़े परिवार की लाड़ली बेटी है, यह बात उसे छू तक नहीं गई। अगर खाना समय पर न मिले तो आया को झिड़के, इसके बजाए खुद रोने लगती है अब भी। आया का बाबा, ड्राइवर की छोटी बेबी, जब मैं इस घर में आया मुझे अपना रिश्ता बनाने से पहले ही कह गई एक दिन 'मिस्टर शर्मा, मैं श्वेता हूँ। भ्रम और नकाब न ओढ़ें। मेरा नाम सिर्फ श्वेता है।'

यही श्वेता चाय मेज पर रख खुद भी सामने बैठ रही। रात तकरीबन बारह

का समय, दिन-भर का थका मैं सोने की इच्छा मन में दबाए चाय खत्म होने का इन्तजार कर रहा था। श्वेता के होंठ बार-बार खुलते और बन्द हो रहते। मुझे लगा कहीं चाय ज्यादा गर्म तो नहीं। पर मेरी चाय गर्म नहीं थी सो यह शंका निराधार रही। हम दोनों ही बैठे चाय पी रहे थे। मैं समारोह के बारे में पूछना चाह रहा था कि मुझे याद आया श्वेता ने एक नृत्य का कार्यक्रम दिया था समारोह में। मैं व्यस्तता में देख तो न सका अच्छी तरह उसके कार्यक्रम को, पर कई रिहर्सलें देखी थीं।

"तुम्हारा नृत्य बहुत अच्छा रहा। भई हमारी कम्पनी की ओर से तुम्हें बधाई।" पर सुनकर जैसे टाल दिया श्वेता ने बात को। न कोई धन्यवाद, न खुशी।

"अच्छा विजय, ये सब कैसे हुआ?"

"क्या श्वेता?"

"देखो, तुम इतने नासमझ नहीं हो कि मैं तुम्हें और विस्तार में बताऊँ। मैंने रोहिणी से भी जानना चाहा, पर शायद उसे भी कुछ खास मालूम नहीं है। देखो है तो तुम्हारा यह व्यक्तिगत मामला, पर आज जब से मैं सुमी से मिली हूँ बार-बार यही बात मन में उठती है, वो क्यों नहीं हुआ जो अच्छा होता। फिर क्या वो श्वेतवसना हो सकती। देखो विजय, तुम्हें कसम है जो बात को छुपाया तो।"

"छोड़ो भी श्वेता। किन बातों में उलझ रही हो।"

"नहीं, विजय, मैं ही नहीं, मम्मी-डैडी भी इसी तरह से सोचते रहे। मैंने डैडी से इजाजत ले ली है तभी यहाँ यह प्रश्न लिए बैठी हूँ। पूरी तरह जानकर ही जाऊँगी।" ऐसे कह गई श्वेता मानो अतीत नहीं फाइल पलटनी हो मुझे।

"अच्छ फिर कभी बताऊँगा, अभी तो नींद आ रही है। और वैसे भी कोई ऐसी बात नहीं जो बताने लायक हो।" कहकर मैं पूरी तरह सँवरे बिस्तर को फिर से सँवारने में व्यस्त हो रहा।

"विजय, यह सच है कि अब तुम्हें नींद नहीं ही आने की और मुझे भी कुछ ऐसा ही समझो। एक बार कह डालो तो शायद कुछ हल्कापन हो आएगा।"

"श्वेता, बात इतनी सीधी नहीं है वास्तव में। पर अब, जब तुम्हें जानना ही है तो बताओ क्या बताना होगा?"

"मैं शुरू से जानना चाहती हूँ। कब से तुम्हारा परिचय है? कब सुमी का विवाह हुआ, क्यों और कैसे हुआ? अब यह स्थिति कैसे आई और आगे तुम क्या इरादा रखते हो? और देखो, मैंने कसम दी है यह सब तुम्हें बताना होगा सही और पूरी तरह।" श्वेता और जमकर बैठने का उपक्रम करती हुई खाली हो आए कपों को एक ओर रखने लगी। इस बीच मैं अपने को कुछ कह पाने की स्थिति में लाने का प्रयत्न करता रहा।

"श्वेता, अतीत को कुरेदने से कुछ हासिल तो न होगा फिर आग्रह क्यों कर?" मैं कहता रहा और श्वेता सुन रही है या नहीं देखता रहा। बात पूरी कर या कहिए

प्रश्न पूरा कर मैं चुप साध गया। श्वेता कुछ देर इस इन्तजार में रही आई कि शायद मैं अब बोला, अब बोला। पर ज्योंही पूर्ण विराम का आभास हुआ, श्वेता ने निगाह ऊपर की। मैं उसकी निगाहों में देखता न रह सका। इतना अनुनय, इतनी सहानुभूति एक साथ दो आँखों में देखने का लालच मुझे सारी उम्र रहा, पर जब-जब ऐसा अवसर आया मैं कतराया हूँ, और वही किनाराकशी मैं आज भी कर गया।

श्वेता ने अपने बड़े होने का प्रमाण तुरन्त दिया। मेरी ठोड़ी पकड़, ऊपर उठाते हुए वह बोली, "विजय, मुझे खुद को क्या कम महसूस हो पा रहा है तुम्हारे अन्तर का? क्या तुम ऐसा सोचते हो? मैं क्या तुम्हारा दिल दुखाने के लिए यह सब जानना चाहती हूँ? विजय, यदि तुम ऐसा ख्याल जरा भी रखते हो तो निश्चय कर लो कि मुझे कुछ न बताना। पर विश्वास करो तो एक बात कहूँ।"

"क्या?" मैं बहुत धीरे से बोला।

"मैं चाहूँगी कि, मैं नहीं जानती, जो कुछ मुझे, जिस तरह मालूम हुआ है कितना सही है, चूँकि यह सब मुझे न तुमसे मालूम हुआ और न सुषमा से। पर अगर बात वही है तो मैं चाहूँगी सबको बता सकूँ कि सुखी देखने का बहाना करके भी लोग जिम्मेदारी से बच जाते हैं।"

लगा नहीं कि श्वेता बात इजाजत लेकर कह रही है। इतना आक्रोश में बोलना मुझे अच्छा न लगा। पर मैं कर क्या सकता था। मेरा वश चलता तो श्वेता को सब कुछ कह गया होता अब तक, पर मैं स्वयं उद्विग्न था मन में। कहीं भरता हुआ घाव अचानक फट पड़ा था सुमी की आज की स्थिति को देखकर। सुमी समारोह में जब से आई सामान्य रहना चाहती रही, पर मिलने वाले उससे कुछ ही देर में ऐसे पेश आने लगे कि उसे अच्छा न लगा। मैं याद करता रहा सुमी की बातें जो उसने मुझे बहुत अर्से बाद मिलने पर एक दिन अपने घर कही थीं कि वह सहानुभूति नहीं चाहती। इससे 'यह कमजोर है' का भाव नजर आता है उसे सबकी बातों में। और यही सोच-सोचकर मैं तड़प रहा था। पर लोक-व्यवहार का तकाजा है कि अपनत्व दिखाओ तो दुःख की बात पर शोक भी रिसता रहे। बहुत उलझ गया मैं अपने में सुमी को समारोह में बुलाने भर की बात लेकर। मैंने उसे बुलाकर कोई गलती तो नहीं की थी। और फिर बात यह भी रही कि रोहिणी ने सुमी से परिचय कराते समय यही कहा कि सुमी मेरी मित्र है। मेरी मित्र और इस लिबास में! घटित को उजागर करने की और आवश्यकता ही न हुई।

अब श्वेता वही बात कर रही है। चाहती है मैं भी उस स्थिति को सहानुभूतिपूर्ण दृष्टिकोण से देखूँ और बयान करूँ। पर...पर वह नहीं जानती यह एक विषम स्थिति नहीं मेरा एक अधूरा काम है। सो मैं कैसे काम के अधूरेपन में आ रही अस्थिरता को स्वीकार कर लूँ? क्या इतना भर कहने से हो जाएगी सन्तुष्टि उसे, जो निद्रा को मना कर आ बैठी है यहाँ।

"श्वेता, मुझे गलत न समझो, यह कल्पना ही न करना कि जिम्मेदारी से बचना चाहा था मैंने। देखो मुझे कुछ तो समय दो। तुम नहीं समझ पा रही हो शायद कि मैं खुद...।" कहते-कहते मेरा मन रो पड़ने को हो आया। तभी श्वेता मेरी पीठ पर हाथ रख थपकियाँ देने लगी। मैं भी कुछ सरल हो चला। ऊपर की ओर देखा, श्वेता, जो इस बीच उठ खड़ी हुई थी, अब खड़े रह पाने की स्थिति में नहीं है।

"माफ करना विजय, वास्तव में मैं ही अनुचित प्रसंग छेड़ बैठी थी। मैं जानती हूँ तुम कुछ भी छिपाना नहीं चाहते मुझसे। पर मैं शर्मिन्दा हूँ कि समय का ख्याल न रख सकी।"

"श्वेता, मैं खुद भी क्या यह नहीं समझ रहा हूँ कि तुम क्यों सब जानना चाहती हो। पर विश्वास करो मैं खुद उस स्थिति तक पहुँचने को तत्पर हूँ। पर, पर मैं समझ नहीं पा रहा हूँ। मैं यह भी जानता हूँ कि तुम्हें सब बता देने से सहूलियत ही पाऊँगा। फिर भी कुछ समय तो चाहूँगा ही। भले ही वह केवल आज रात-भर ही का क्यों न हो।"

"अच्छा विजय, कोशिश कर देखो शायद नींद आ जाए। मैं जाती हूँ और विश्वास दिलाकर कि मुझे अब जानने की इच्छा उतनी नहीं रह गई जितनी एक सन्देह से थी। तुम्हारे कुछ न कहने पर भी मेरा सन्देह जाता रहा। अच्छा, शुभ रात्रि।" कहकर दोनों कप साथ लिए श्वेता चली गई।

श्वेता चली गई, पर मैं वैसा ही बैठा रहा आया। न कुछ सूझता था न नींद आती थी। यह बात और परेशान कर रही थी कि श्वेता नाखुश होकर गई है। वह भी सो न सकेगी। काफी देर उधेड़बुन-सी होती रही अन्तर में। अनन्तर मैं खुद नीचे आ पहुँचा। देखा श्वेता के कमरे की लाइट जल रही है। कोई चीज हिलती-डुलती लगी पर्दे के दूसरी ओर। ज्यों ही कमरे का पर्दा हटाकर देखा तो श्वेता को उस कमरे में उद्विग्नावस्था में टहलते पाया। मैं पर्दा थाम खड़ा रहा। याद आईं वे बातें जो कई बार श्वेता की भाभी मुझे उन मौकों पर सुना चुकी थीं जब मैं जी. एम. के साथ उनके घर दफ्तर के कामकाज में शाम को उलझता। हम रात काफी समय तक काम करते रहते। अक्सर जी. एम. बारह-एक बजे के करीब सोने चले जाते, और मैं बचा हुआ अधूरा काम निपटाता रहता। पता नहीं चलता कब तीन बजे या कभी-कभी तो सुबह भी हो जाती। और सुबह नाश्ते की मेज पर भाभी बिगड़तीं—

"भई विजय, तुम डैडी के साथ न आया करो। तुम्हारा कोई घर नहीं सो जहाँ गए वहीं के हो रहे। पर यह तो ख्याल रखना चाहिए कि घर में और लोग भी रहते हैं।"

"क्यों, क्या मैं किसी के लिए परेशानी की वजह बनता हूँ?" मैंने उनके पहली बार उलाहना देने पर कहा।

"और नहीं तो क्या?"

“कैसे?”

“यही कि यहाँ तुम काम करते रहे रात-भर और उधर श्वेता सारी रात कमरे में टहलती रही।”

मैंने श्वेता की ओर देखा। सामने की कुर्सी पर बैठी श्वेता बोल उठी, “नहीं भाभी, वो मैं तो पढ़ती रही। इसमें इनको क्यो दोष देती हो।”

“हाँ, हाँ, मैं सब समझती हूँ, पढ़ रही थी या होड़ लगा रही थी।”

पर मेरा आना जब आम बात हो गई तब ऐसा नहीं कहा जाता था। मैं अक्सर ही देर तक काम करता रहने लगा और कुछ बाद में तो मैं यहीं आकर रहने लगा। तब भाभी जी की बात का जवाब देने की न कभी मुझे जरूरत पड़ी न श्वेता को। बस हर बार भाभी झिड़क देतीं और मैं, श्वेता सुन लेते।

एक बार सुना, श्वेता ने जी. एम. को समझाया कि वे इतनी देर तक काम न किया करें घर आकर। पर जी. एम. ने बात को हँसकर और यह कहकर टाल दिया कि ‘होड़ छोड़कर सोने की आदत डालो।’ पर जब मैं यहीं रहने लगा तो जी. एम. मेरे कमरे में बैठकर ही काम करने लगे। बाद को पता लगा उन दिनों कमरे की लाइट जलती रहने से श्वेता सो न पाती थी।

आज इस तरह श्वेता को टहलते देख मुझे जी. एम. की बात याद आ गई और मैंने भी वही वाक्य दोहराया, “श्वेता, या तो होड़ छोड़कर सोने की आदत डालो या फिर चलो यहाँ लाइट बन्द करो ताकि बाकी लोग सो सकें और आकर मेरे कमरे में बैठो।”

मैं यहाँ खड़ा हूँ, श्वेता को अब जाकर पता चला। मेरी बात सुनकर उसने मेरी तरफ देखा भर। कुछ देर बाद कमरे की लाइट बन्द कर वह ऊपर मेरे कमरे में आ बैठी।

मैंने सोचा बातों के इस परिवर्तन से वातावरण कुछ हल्का हो आया है, पर श्वेता ने इसमें जरा भी उत्साह न दिखाया। वो तो चुपचाप आकर कुर्सी पर बैठी तो तभी उठी जब मैंने काफी देर बाद यह देखा कि श्वेता कुर्सी पर ही सिर टेक कर सो गई है। मैंने आहिस्ते से श्वेता को जगाया और उसे अपने कमरे में जाकर सो रहने को कहा। नींद कुछ गहरी हो चली थी उसकी सो मैं खुद भी साथ-साथ नीचे उसके कमरे तक आया। उसे सुलाकर लाइट, दरवाजा बन्द कर मैं ऊपर अपने कमरे में चला आया।

मन में वही बात घुमड़ती, मथती रही कि क्यों मैंने श्वेता को परेशान किया? क्यों नहीं सुमी के बारे में सब कुछ कह सुनाया। पर बहुत विचारने पर भी मुझे नहीं लगा कि मैं सब कुछ बता सकता था। और यह सम्भव होता भी कैसे? क्या वे क्षण जो मेरे निजी हैं, जो मेरी अब तक की थाती हैं, मैं बाँट पाता?

मैं बिस्तर पर हो लिया इस अभिप्राय से कि देर-सवेर ही सही, नींद तो आएगी।

कहीं अचेतन में लगा श्वेता फिर आई है पूछने कि क्या बताऊँगा मैं वह सब, जो अतीत हो गया है?

मैं न जाने किस भावावेश में कह उठा—

''नहीं, नहीं, कभी भी, किसी को भी नहीं बताऊँगा।''

इस बार-बार की 'नहीं बताऊँगा' ने सुप्त बातें फिर जगा दीं और मैं याद करने लगा वे दिन जो भूला तो नहीं था और न जिन्हें अतीत ही मान पाया था। जो समाप्त हो जाए उससे सम्बन्धित बातें ही अतीत होती हैं, यह धारणा है मेरे मन की। और मेरी तो समाप्ति अभी नहीं हुई थी फिर अतीत क्यों कहूँ? पर वर्तमान का जो अंश समय के घेरे से उतर गया, उस अतीत नहीं, अनातीत को, मैं फिर से याद कर चला।

हाँ, उस साल मैंने हायर सैकेण्डरी किया था। अच्छे नम्बर आए थे और अच्छे कॉलेज में एडमिशन भी मिल सकता था। पर मैं चाहता था कोई ऐसा कॉलेज हो जिसमें रोज आना जरूरी न हो। मैं मेहनत करके पास हो जाऊँगा इतना विश्वास अपने पर था। इस पास होने और मेहनत से कहीं ज्यादा जरूरी था कि मैं पढ़ने के साथ-साथ नौकरी करता रह सकूँ। इसी वजह से मैंने जून के अन्त तक कहीं एप्लाई नहीं किया था। सात जुलाई को एक विज्ञापन देखा अखबार में, एक नया कॉलेज खुल रहा था। पता लगाने पर यह भी मालूम हो सका कि वहाँ क्लासें सवेरे आठ से एक तक लगा करेंगी। एक स्वामी जी की प्रेरणा से वह कॉलेज खोला जा रहा था। संयोगवश स्वामीज़ी से मैं परिचित था। घर से किसी तरह की मदद मिलने की आशा नहीं थी। पिताजी की सामर्थ्य न थी मुझे आगे पढ़ाते रहने की। यह बात हालाँकि उन्होंने कभी मुझ पर जाहिर तो न की थी, पर मैं तभी समझ गया था जब आठवीं में फर्स्ट डिवीजन आने पर भी पिताजी ने साइंस लेने से मना कर आर्ट्स लेने का सुझाव दिया था और तभी से मैं नौकरी करके कुछ-न-कुछ खर्च उठाता रहा अपना। एक और वजह रही कि आठवीं तक की पढ़ाई के लिए मुझे छात्रावास में रहने की जगह मिली हुई थी, पर जब मैं नवीं में पहुँचा तो छात्रावास टूट गया था। फिर दिल्ली शहर में मकान का एक बड़ा किराया, तिस पर साइन्स की पढ़ाई के खर्चे। और अब तो घर की स्थिति ऐसी रही भी नहीं कि मेरे चाहने पर मदद मिल सकती। सो मैं इसी बात को सोचकर स्वामीजी से मिलने की बात सोचता रहा। मुझे विश्वास था कि स्वामीजी अवश्य मदद करेंगे।

एक दिन मैं स्वामीजी के पास जा पहुँचा। काफी देर इन्तजार करते रहना पड़ा। और भी इन्तजार करना पड़ता, पर अचानक स्वामीजी की नजर मुझ पर पड़ी और पहचानते ही उन्होंने मुझे अपने कमरे में बुला लिया। मैंने अपनी पूरी समस्या

उन्हें कही। मुझे अचरज हुआ यह सुनकर कि स्वामीजी खुद चाहते थे कि मैं उन्हें मिल सकूँ। मेरे पिछले दो-तीन वर्ष पहले के एक समारोह और जुलूस में किए गए काम की वजह से उन्हें मैं याद रहा और उनका अनुमान था कि मैं अवश्य ही इस वर्ष हायर सैकेंडरी कर गया होऊँगा। स्वामीजी ने मुझे अगले ही दिन वहीं कॉलेज के साथ बने छात्रावास में आ रहने को कहा। मुझे तो मानो चाँद ही हाथ आ लगा। जरा भी समय न लगा एडमिशन लेने वगैरह में। न फीस देनी पड़ी, न साक्षात्कार। मैं खुशी में झूम उठा और कल्पना करने लगा मैं तो स्नातक हो गया समझो।

मैं जिनके यहाँ उन दिनों काम करता था उनसे इजाजत चाही। वे खुद भी बड़े खुश हुए और उनकी धर्मपत्नी ने आशीष के दो शब्द भी कहे। बोलीं, ''बेटा, मन लगाकर पढ़ना ताकि घर वालों को खुश कर सको।'' और भी बहुत कुछ कि ''समय निकालकर कभी-कभी घर आते रहना। ये भी तुम्हारा ही घर है और जिस चीज की जरूरत हो लेते जाना। पर इस बात का ख्याल रखना कि जैसा व्यवहार यहाँ तुम्हारा रहा वैसा ही वहाँ रखना। आज तुम जा रहे हो यह बात हमें दुःख नहीं सुख पहुँचा रही है। हालाँकि इन्हें कल से पढ़ने-लिखने में तकलीफ रहेगी।''

माँ होने के दायित्व की वे सभी बातें जो वे ऐसे ही मौके पर अपने बच्चों को कह सकती थीं, कहीं। इन्हीं के लड़के की कार में सामान रख मैं स्वामी जी के यहाँ आ रहा।

कॉलेज इसी साल से शुरू हो रहा था। प्रवेश के लिए जमघट मचा रहता। स्टॉफ कम था इसलिए स्वामी जी ने मुझे भी कुछ काम सौंप दिए कि जब तक विधिवत् कक्षाएँ शुरू नहीं होतीं मैं दफ्तर के कामों में सहयोग दूँ। मुझे भी इसमें कोई आपत्ति न थी। मैं नए फार्मों की छाँट-बीन का काम करने लगा। लड़के आते, अपने फार्म देते, मैं सर्टिफिकेट वगैरह को गौर से देखता और रोज ही नए फार्मों में से कुछ छाँटकर आगे कार्यवाही के लिए दे देता। तय हुआ कि मुझे इसके लिए कुछ पारिश्रमिक भी दिया जाएगा।

''आपको स्वामी जी बुला रहे हैं और अभी आने को कहा है।'' चपरासी ने मुझे आकर कहा। मेरे सामने बहुत-से लड़के फार्म जमा कराने के लिए खड़े थे। फार्म जमा कराने का आखिरी दिन था। मैं यह कहकर कि मुझे जितना समय ऊपर लगेगा उतनी ज्यादा देर तक मैं ऑफिस खोले रखूँगा, ऊपर स्वामी जी के कमरे की ओर चल दिया। कमरे में उनके सामने एक सज्जन बैठे थे। एक और किनारे पर दीवार से टेक लिए एक लड़की बैठी थी। दोनों ही मेरे वहाँ पहुँचते ही मुझे देखने लगे। मैंने समझा स्वामी जी के भक्त लोग हैं, दर्शनों के लिए आए होंगे। मैं कमरे के बाहर जूते उतारते हुए यह सब देख गया। ज्योंही मैं कमरे में पहुँचा आदतवश स्वामी जी के चरण स्पर्श किए और हाथ जोड़ सामने खड़ा हो गया।

''हाँ विजय, देखो ये शर्मा जी हैं और ये इनकी सुपुत्री। इन्होंने इस साल

हायर सैकेण्डरी किया है और शर्मा जी इन्हें इसी कॉलेज में भर्ती कराना चाहते हैं।'' कहकर स्वामी जी शर्मा जी की आरे मुखातिब हुए, ''शर्मा जी, यह आपको मदद करेगा। इससे सब बातें कर लें। और हाँ,'' यकायक मुझे हाथ पकड़कर अपनी ओर करते हुए स्वामी जी बोले, ''इन्हें यहाँ भर्ती करना है। मैं यह पहली और आखिरी सिफारिश कर रहा हूँ।'' फिर शर्मा जी की ओर इशारा कर स्वामी जी ने कहा, ''इन्हें अपने साथ लेते जाओ।''

मैं इन सबके बीच कुछ न बोल सका।

''चलिए।'' कहकर मैं कमरे से बाहर आ गया। शर्मा जी उठकर बाहर आने लगे तो स्वामी जी ने उन्हें रोककर कहा, ''रामरतन जी, लड़के से जिद न करना। अगर सम्भव हुआ तभी आपकी लड़की भर्ती हो सकेगी। इस समय सब कुछ इस पर सौंपा हुआ है मैंने। पर आप विश्वास रखें आपको सहयोग जरूर देगा।''

''बहुत अच्छा स्वामी जी। पर आप ध्यान रखिएगा। आपका आशीर्वाद जब मेरे ऊपर है तो तर ही जाऊँगा।'' कहकर शर्मा जी मेरे साथ चलने के लिए कमरे से बाहर आ गए। मैं अब तक जूते पहन रहा था। कुछ ही देर में मैं, शर्मा जी और उनकी लड़की दफ्तर में पहुँच गए। अपनी दराज से मैंने शर्मा जी को एक फार्म लाकर दिया साथ ही यह ताकीद कर दी कि आप जाएँ नहीं। मैंने उन दोनों को मंत्री जी के कमरे में बैठाया और अपने काम में आ लगा।

अभी दिन के ढाई बजे थे और मुझे लड़कों के फार्म लेने में चार बज गए। जब मैं मंत्री जी के कमरे में पहुँचा तो देखा शर्मा जी मेज पर सिर टेककर सो गए हैं। उनकी लड़की एक किताब पढ़ रही है। दोनों को पता ही न लगा कि मैं वहाँ आ गया हूँ। मेज पर एक ओर फार्म रखा था। मैंने फार्म उठा लिया और फार्म को अपने साथ लिए कमरे से बाहर आ गया। चपरासी को कुछ ठण्डा और नाश्ता लाने को कहा फिर वहीं मंत्री जी के कमरे में जा बैठा और फार्म पढ़ने लगा।

नाम : सुषमा शर्मा

शिक्षा : हायर सैकेण्डरी

श्रेणी : तृतीय

''आप हायर सैकेण्डरी में थर्ड डिवीजन लाई हैं?''

अचानक किसी को कमरे में बोलता पा, सुषमा का ध्यान किताब से हटा और मुझे वहाँ देखकर असमंजस में रह गई। अपने पिताजी की ओर हाथ बढ़ाया जगाने को कि तभी मैंने उसे ऐसा करने से रोक दिया, ''रहने दीजिए। गर्मी है, फिर आराम करने में हर्ज क्या है।''

मेरी बात मानकर उसने अपने पिताजी को जगाने का विचार छोड़ दिया।

''हाँ, तो मैं पूछ रहा था आपने थर्ड डिवीजन ली है?''

सुषमा ने बात को अनसुना करना चाहा पर यह मुमकिन न हो सका। तब

एक छोटी-सी आवाज सुनाई दी कमरे में, "जी हाँ।"

"फिर आप कैसे सोचती हैं कि आप ग्रेजुएशन कर लेंगी?" मैंने दूसरा प्रश्न कर दिया। अब बोल चुका था पर सोच रहा था यह नहीं पूछना चाहिए। सुषमा को भी बुरा लगा मेरा यह प्रश्न। पर वह ऊपर स्वामी जी से सुनकर आई थी कि मुझे ही निश्चय करना है कि इनका फार्म लिया जाए या नहीं।

"जी, दरअसल मैं इतनी कमजोर हूँ नहीं। तीन महीने बीमार रही और मुझे तो यह उम्मीद ही नहीं थी कि पास भी हो जाऊँगी। यही बहुत रहा कि मैं पास हो गई।" कहकर सुषमा चुप हो रही। शायद ख्याल बना रहा कि कुछ और पूछा जाएगा। पर मुझे चुप देखकर उसे शंका हुई अनर्थ की, इसलिए वह फिर खुद ही बोली, "आपको विश्वास नहीं आता तो मेरी परीक्षा लेकर देख लें।"

यह बात सुनकर मेरा अविश्वास (जो था ही नहीं) जाता रहा।

"देखिए, जहाँ तक परीक्षा लेने का प्रश्न है वह तो उन सभी की होनी है जिन्हें एडमिशन के योग्य समझा जा रहा है। आप निश्चिन्त रहें। मैं फार्म को आगे बढ़ा दूँगा। आपको भी रिटिन टैस्ट में बुलाया जाएगा। यहीं तक मेरा वश चल सकता है। और इसमें मेरा सहयोग आपको अवश्य मिलेगा। और...!"

"फिर आप विश्वास रखिए मैं पास हो जाऊँगी।" मेरी बात पूरी भी न हो पाई कि सुषमा बोल पड़ी बीच में ही। मैं जो आगे कहना चाहता था वह कहना जरूरी भी नहीं था। फिर यह भी ख्याल आया कि क्यों अभी से इसके समकक्ष अपने को ला खड़ा करूँ।

चपरासी ने आकर नाश्ता वगैरह रख दिया। तब मैंने सुषमा को कहा कि वह अपने पिताजी को जगाए। वे लोग कुछ देर वहाँ और बने रहे। मैंने यह कहकर कि टैस्ट की सूचना उनके घर पहुँच जाएगी, उन्हें विदा किया।

रिटिन टैस्ट के लिए लड़कों की तीन श्रेणियाँ बनाई गईं। तीसरी श्रेणी और दूसरी में भी कुछ सन्देह बना रहा मुझे, इसलिए मैंने सुषमा शर्मा को पहली लिस्ट में ही रखा।

बीस जुलाई आ गई। सवेरे आठ बजते न बजते कॉलेज में विद्यार्थियों का आना शुरू हो गया। झुण्ड के झुण्ड आते। सभी तैयार। इस तरह मानो युद्ध पर जाना हो। सभी अपरिचय के दायरे से निकलने को उद्यत। दो-दो, चार-चार के ग्रुप बनने लगे। नए-नए परिचय होने लगे। सभी सोचते हम भर्ती हो जाएँगे। कोई पहली बार कम्पिटीशन में बैठ रहा था, कोई पहले कहीं और बैठ आया था, किसी को कहीं और जाना था। कुछ को आज ही दो-दो जगह जाना था। वे सोच रहे थे यहाँ टैस्ट दिया जाए या दूसरी जगह।

तरह-तरह के सवाल वहाँ पनप रहे थे। क्या पूछा जाएगा, क्या लिखेंगे। अगर रह गए तो? एडमिशन दो-चार दिन और चलने थे। एक अगस्त से सभी जगह पढ़ाई

शुरू हो जानी थी। लड़कियों के ग्रुप भी जगह-जगह नजर आते थे। कहीं हँसी, कहीं सादगी, कहीं जोश और कहीं शंका देखी जा सकती थी। एक-दूसरे पर छींटाकशी, भावी प्रोग्राम बन रहे थे।

दस बजते न बजते कॉलेज ग्राउंड विद्यार्थियों से पट गया। जिनका टैस्ट लिया जाएगा वे आए थे, जिनका नहीं वे यह जानने आए थे कि कैसे टैस्ट लिया जाएगा। यहाँ क्या प्रश्न होंगे। हमारा नम्बर भी आएगा या नहीं। कुछ लोग बोर्ड पर लिस्ट देखते। दफ्तर में लोगों से तरह-तरह के सवाल करते। कितनी सींटे हैं? आज कितने लोग बुलाए गए हैं। ये सब फारमल है या प्रैक्टिकल। इन सब बातों के जवाब बोर्ड पर न थे। जिनके थे कुछ लोग वे सवाल भी दफ्तर में पूछते। ज्यादा उत्सुक, शंकालु खुद मिलकर बात करके जान लेना चाहते थे। और इस सबके बीच पहली घण्टी बज उठी।

अपने परिचितों के दायरे से निकल सभी लोग जिन्हें टैस्ट में बैठना था, मैदान से हॉल की तरफ चल पड़े। अब दो तरह के ग्रुप बन गए। एक जो बाहर थे, एक जो अन्दर आ गए। बाहर वालों को हम वहीं छोड़कर भीतर चलते हैं।

यहाँ यह पता लगने पर कि कौन-कौन साथ बैठ रहे हैं दूसरे सवाल होने लगे। आपने कहीं और एप्लाई किया है? एस. आर. में चांस नहीं मिला। के. एम. में भी नहीं। नहीं, इससे तो वह कहीं अच्छा है। क्या स्टॉफ है, क्या कॉलेज है! नहीं, यह ज्यादा अच्छा होगा। नया है। गन्दगी नहीं होगी। कोई बोला, हाँ अनुभव भी शायद न हो। इस पर कुछ लोग हँस पड़े। हम भी नए हैं। यहाँ अच्छा रहेगा। कॉलेज का माहौल हम तैयार करेंगे। पुराने लोग थोड़े ही आएँगे।

दूसरी घण्टी पर सभी अपने-अपने डैस्क पर पहुँच गए। सब परीक्षा के लिए तैयार थे।

''मिस्टर विजय, आप!''

अचानक मुझे अपने पास किसी लड़की की आवाज सुनाई दी। मैं चौंककर उधर को देखने लगा। मेरे डैस्क से टेक लगाए सुषमा शर्मा खड़ी बड़ी हैरानी से मुझे देख रही थी। उसे विश्वास नहीं हो रहा था कि मैं यहाँ हो सकता हूँ।

मैंने उसकी परेशानी को समझते हुए कहा, ''जी हाँ, सशरीर विजय शर्मा। आपको हैरानी हुई। क्यों!'' फिर बिना उसे बोलने का मौका दिए आगे कहा, ''क्या मैं पढ़ने लायक नहीं लगता?'' मैं खुद ही प्रश्न करता जा रहा हूँ यह देख सुषमा सहज न रह सकी। उसके चेहरे पर शर्मिन्दगी-सी छाने लगी।

''मेरा मतलब यह नहीं था। मैं तो समझती थी आप दफ्तर में काम करते हैं और शायद बी. ए. वगैरह कर चुके होंगे।'' अपनी बात कहकर सुषमा फिर चुप लगा गई।

''जी नहीं, मैंने भी पाँच वर्ष की अवस्था से पढ़ना शुरू किया था। अभिमन्यु

की तरह नहीं,'' यह कहते हुए मैं हँस दिया।

''तो क्या अपनी उम्र भी बताना चाहते हैं।'' कहकर सुषमा भी हँस दी और ''अच्छा बेस्ट ऑफ लक'' कहकर अपनी सीट पर जा रही।

मैं अभी आकर बैठा ही था कि सुषमा ने इस तरह चौंका दिया। मुझे परीक्षा हॉल में पाकर और भी बहुत-से विद्यार्थी मेरे पास आ-आकर पूछने लगे कि मैं भी टैस्ट दे रहा हूँ क्या। कुछ जो सकुचाते रहे अपने अड़ोस-पड़ोस में कहते रहे, ये तो वो है न जिसे हमने फार्म भरकर दिए थे। कुछ कह रहे थे, भई इन्हें तो एडमिशन मिलेगा ही। कुछ आवाजें ऐसी भी थीं—यहाँ तो लगता है सिफारिशबाजी नहीं होगी। देखो जिसे हम फार्म देते समय कुछ और समझ रहे थे वो भी यहाँ बैठा है। इन्हें कम्पिटीशन से सलैक्ट किया जाएगा। इसी तरह की ढेर सारी बातें पेपर शुरू होने से पहले तक होती रहीं। चन्द ही मिनटों में पेपर ने सब पर एकाधिकार कर लिया।

छात्रावास की व्यवस्था हो रही थी। दस कमरों में लड़कों को और पाँच में लड़कियों को रखना तय हुआ। छात्रावास के लिए फार्म भरे जा चुके थे। कुछ लोग बिस्तर-बोरिया लेकर दूसरे शहरों से आ भी चुके थे। दो अलग-अलग बिल्डिंगों में दोनों छात्रवासों की व्यवस्था थी। कैंटीन का ठेका जिन्हें दिया गया मैं उन्हें कैंटीन वाला पोर्शन दिखाने ले गया। सारी बातें समझा दीं कि शाकाहारी भोजन रखें। चाय वगैरह का इन्तजाम रखें।

अभी हम बातें कर ही रहे थे कि चपरासी ने बताया मुझे स्वामी जी बुला रहे हैं।

मैं स्वामी जी के कमरे में पहुँचा। सामने वही स्थिति थी। उस दिन की तरह दीवार से टेक लगाए सुषमा बैठी थी और उसके पिताजी स्वामी जी के सामने बैठे थे। दोनों को देखने से पता लगता था प्रसन्न हैं। प्रसन्नता का कारण मैं जानता था। सुषमा टैस्ट में पास हो गई थी, उसे एडमिशन मिल गया था।

''रामरतन जी, यह आ गया विजय। धन्यवाद दे दीजिए।'' कहकर स्वामी जी हँसते हुए हाथ बढ़ा मेरे कान पकड़ने लगे। शर्माजी बोले, ''बेटा, मैं बहुत आभारी हूँ तुम्हारा। देखो मेरी बेटी बीमारी की वजह से थर्ड डिवीजन में पास हुई थी पर तुमने जो सहयोग दिया उसे मैं भूल नहीं सकता।'' और भी कुछ कहते शर्मा जी पर अपनी बेटी का चेहरा देख चुप हो गए। मेरा ध्यान भी उधर गया। देखा, सुषमा रोष में हो आई है। उसे अच्छा नहीं लगा अपने पिता का इस तरह बेवजह एहसानमन्द होना।

वातावरण को सहज करने के लिए मैंने कहा, ''जब स्वामी जी का आशीर्वाद आपके साथ है फिर मैं भला कौन चीज हूँ।'' कहकर मैं स्वामी जी की ओर देखने लगा।

"अच्छा बहुत हुआ। तो रामरतन जी हमारे आशीर्वाद से आप दूसरी बात भी कह दीजिए विजय को।"

"क्या रहस्यमयी बात है कोई?"

"नहीं ऐसी कोई बात नहीं है।" शर्मा जी ने उत्तर में कहा। वे फिर स्वामी जी की ओर देखकर बोले, "स्वाजी जी, आप ही कहिए।"

"ऐसी क्या बात है स्वामी जी, जिसके लिए इतनी भूमिका जम रही है?" मैं कुछ न समझ सका इसलिए स्वामी जी से पूछा।

स्वामी जी बोले, "भई, शर्माजी को अब पता लगा है कि कॉलेज सुबह आठ बजे से लगेगा। ये बड़ी दूर रहते हैं लड़की इतने सवेरे यहाँ नहीं पहुँच सकती।"

"तो क्या टाइम-टेबल बदलना है।" मैं स्वामी जी की बात पूरी होने से पहले ही बोला।

"पूरी बात सुनो पहले। ऐसा तो नहीं हो सकता, पर मेरी सलाह यह थी कि इनकी लड़की को छात्रावास में जगह दे दी जाए।"

"पर स्वामी जी, छात्रावास तो शहर से बाहर के लड़कों के लिए है। या फिर मुझ जैसे खानाबदोश के लिए।" मैंने बात में अपने-आपको इस तरह जोड़ा तो स्वामी जी हँसने लगे। हँसते-हँसते ही बोले, "क्या हम भी खानाबदोश नहीं हो गए तुम्हारे हिसाब से? अरे भई, तुम और हम एक जाति के हैं। कपड़ों का फर्क है बस। पर वह सब फिर कभी बात करेंगे। अभी तुम बताओ कि ये सामान लेकर कब यहाँ आ जाएँ। हो सके तो इन्हें कमरा वगैरह भी दिखा दो।"

"जैसी आपकी आज्ञा।" कहकर मैंने शर्मा जी को अपने साथ चलने के लिए कहा। वे मेरे साथ छात्रावास वाले भवन में गए। रास्ते में तो कुछ न बोले, अपनी लड़की से ही बातें करते रहे, पर ज्योंही हम एक कमरे में पहुँचे, बोले, "जैसे यह मेरी बेटी है, वैसे ही तुम मेरे बेटे हो। तुम खानाबदोश क्यों बोल रहे थे अपने को? मेरा घर अपना घर समझना अब से। जब कभी आना चाहो मेरे यहाँ स्वागत है। देखो मेरा अपना कोई लड़का नहीं है। पाँच लड़कियाँ हैं। उस दिन जब हम तुमसे मिलकर गए, मैंने सुषमा की माँ से तुम्हारा जिक्र किया। स्वामी जी तुम्हारे बारे में हमें सब बता चुके हैं। मेरी पत्नी ने भी तुम्हें याद किया है। कभी समय निकालकर सुषमा के साथ आना हमारे यहाँ।"

निमन्त्रण देकर शर्मा जी कमरे को देखने में व्यस्त हो रहे।

"आइए शर्मा जी आपको दूसरा कमरा दिखाऊँ।" कहकर मैं दूसरे कमरे की तरफ चलने लगा। उन्होंने अचानक मेरा हाथ पकड़ लिया और बोले, "मुझे मेरे बच्चे बाबूजी कहते हैं, शर्माजी नहीं।" और हाथ पकड़े हुए ही वे दूसरे कमरे में आए। किनारे वाले कमरे के साथ एक छोटा-सा कमरा था। उसमें दो बिस्तर ही आ सकते थे। सुषमा ने उसे पसन्द किया और शर्मा जी के आग्रह पर मैंने यह बात भी मान

ली कि इसमें सुषमा की रूम पार्टनर किसे रखना है, यह दो-एक दिन में कॉलेज की लड़कियों से परिचय हो जाने पर सुषमा स्वयं बता देगी। वे लोग थोड़ी देर बाद चले गए।

अगले दिन मैं वहाँ नहीं था और तभी शर्मा जी सुषमा का सामान वगैरह पहुँचा गए। स्वामी जी दो-चार दिन के लिए दूसरे स्थान पर जा रहे थे और मैं उनके साथ गया था। जब हम लौटे तब तक छात्रावास में लगभग सभी लोग आ चुके थे। सुषमा ने एक लड़की को अपने साथ उस कमरे में एडजस्ट कर लिया था और इसकी सूचना दफ्तर को दे दी थी। क्लासें शुरू हो गई थीं। स्वामी जी से मैंने यह अनुरोध किया कि अब छात्रावास वगैरह की व्यवस्था किसी अन्य को दे दें। हाँ उनके निजी या संस्था सम्बन्धी काम मैं अवश्य करता रहूँगा। दो दिन बाद ही कॉलेज की एक लैक्चरर को होस्टल वार्डन बना दिया गया। वे खुद भी बाहर से सर्विस करने आई थीं और शहर में कहीं मकान लेकर रह रही थीं। होस्टल वार्डन बनने पर वह यहीं रहने लगीं। मेरे कमरे के सामने एक कमरा अब तक खाली रख छोड़ा गया था। इसी कमरे में होस्टल वार्डन आ रहीं।

मेरा और सुषमा का सैक्शन अलग-अलग था पर हम दोनों ने ही आनर्स में एक ही विषय लिया था। इस पीरियड में काफी कम लड़के-लड़कियाँ होने से हमारा एक ग्रुप-सा बन गया। इसी पीरियड में कभी-कभी मैं सुषमा से बात कर लेता। कभी उसे नोट्स चाहिए होते, कभी किताब, तो कभी घर के ही हाल पूछ लेता। सुषमा शनिवार को कॉलेज बन्द होते ही घर जाया करती थी और सोमवार को सवेरे वापस आती। हर बार कुछ-न-कुछ मेरे लिए जरूर आता। कभी बाबूजी का भेजा, कभी अम्माजी का। एक बार उनकी अम्माजी भी कॉलेज आईं और ढेर सारी आशीषें दे गईं। ऐसे मौकों पर मैं बातों के मामले में मितव्ययी बना रहता।

कॉलेज की दिनचर्या सुचारु रूप से चलने लगी। होस्टल में सवेरे पाँच बजे सभी को जगाया जाता। थोड़ा घूमने-फिरने के बाद छह बजे से स्वामी जी का प्रवचन होता। आठ बजे से क्लासें शुरू होतीं। होस्टल में मेरे अलावा दर्शन का कोई विद्यार्थी नहीं था। दर्शन में हम पाँच लड़के और चौदह लड़कियाँ थीं। लड़कियों में से आठ होस्टल में रहती थीं। मेरे पास जो कमरा था उसमें मैं अकेला रहता था। लड़कों के होस्टल के बाक़ी नौ कमरों में आठ-आठ लड़के रहते थे। स्वामी जी ने यह कहकर कि मेरे पास उनके कागज-फाइल वगैरह होते हैं अलग कमरा दिलाया था। इसमें किसी को एतराज भी नहीं था। कॉलेज में जब कभी सुषमा के पिताजी आते वे मेरे ही कमरे में बैठते और वहीं सुषमा को बुलाकर उससे बातें करते। सुषमा यों भी कभी-कभी मेरे कमरे में नोट्स, किताबें वगैरह लेने चली आती। जब भी वो कोई सामान मेरे लिए घर से लाती, मुझसे कमरे की चाबी लेकर खुद ही वहाँ सामान रख आती। हालाँकि अभी ऐसा चार-छह बार ही हुआ कि सुषमा घर जा सकी हो।

किसी-किसी इतवार को कॉलेज में वाद-विवाद प्रतियोगिता या कोई और समारोह भी रहता, तब सुषमा घर न जा पाती।

सरस्वती पूजन के अवसर पर कॉलेज में समारोह मनाने की बात कुछ लड़कों ने की। हिन्दी के प्राध्यापक पर यह भार सौंपा गया कि वे समारोह की तैयारी करें। उन्होंने यह जिम्मेदारी मेरे ऊपर लाद दी और मैं लड़कों को तैयारी करने के लिए उत्साहित करने लगा। दो दिन पहले जब पूरी रिहर्सल होने लगी तो प्रश्न उठा सरस्वती की स्थापना कैसे हो। कुछ का कहना था कि किसी छात्रा को सरस्वती बनाया जाए। कुछ का मत था कि चित्र या मूर्ति रख दी जाए। हमारे प्राध्यापक डॉ. जैन ने यह कहकर कि वे किसी छात्रा को चुनकर सरस्वती बना देंगे, यह समस्या हल कर दी।

सरस्वती पूजन का दिन भी आ गया। सवेरे से तैयारियाँ होने लगीं। सबसे पहला कार्यक्रम सरस्वती वंदना का था। बहुत-सी लड़कियाँ सफदे परिधानों में इधर-उधर घूम रही थीं। किसी को बताया नहीं गया कि सरस्वती कौन बनी है। एक सरप्राइज देना चाहते थे डॉ. जैन। समारोह वाले हॉल के साथ लगे प्रिंसिपल के कमरे में सरस्वती का श्रृंगार हो रहा था।

ज्योंही डॉ. जैन ने कार्यक्रम शुरू होने की घोषणा की कि सरस्वती अपने आसन पर मंच के बीचोंबीच आ बैठी। पर्दा लगा हुआ था। चार-चार लड़कियों की कतार से सरस्वती घिरी थी। पर्दे के किनारों से देखने पर लड़कियाँ ही नजर आ रही थीं। रिकार्ड पर सरस्वती वन्दना की धुन बजने लगी। धुन के साथ-साथ पर्दा हटले लगा।

सुषमा सरस्वती बनी थी। चेरहे का हाव-भाव इतना शान्त, सौम्य मानो सरस्वती बनी न हो बल्कि सरस्वती ही हो। श्वेत परिधान गोरे रंग पर और निखार ला रहा था। एक हाथ में वीणा। हंस पर विराजमान सरस्वती। पीछे किसी और लड़की को इस तरह बिठाया गया था कि उसके हाथ ही नजर आते थे। और इससे सरस्वती सुषमा चार हाथों की हो उठी थी। देखकर आश्चर्यचकित रह गए सब। सुषमा दस-पन्द्रह मिनट तक इसी मुद्रा में रही, पर जरा भी परिवर्तन नहीं आया उसके चेहरे पर। हॉल में अँधेरा किया गया। बहुत-से ऐसे भी थे वहाँ जो अब तक पहचान ही न पाए कौन है। डॉ. जैन की बार-बार तारीफ करने को जी चाह रहा था। उनके चयन को दाद देता मैं मुग्ध-विमूढ़-सा बैठा देख रहा था एकटक। मेरा भी एक कार्यक्रम था बाद को। सभी कार्यक्रम अच्छी तरह पूरे हुए।

समारोह के बाद सुषमा घर चली गई। उसी दिन मैं कुछ और लड़कों के साथ फोटोग्राफर से समारोह के फोटोग्राफ लेने गया। फोटोग्राफर को भी सरस्वती वंदना का कार्यक्रम अच्छा लगा और उसने अपने अनुमान से उस कार्यक्रम के तीन प्रिंट ज्यादा तैयार कर लिए। होस्टल में आकर समारोह के फोटोग्राफ देखने में लग गए सभी। किसी को कोई प्रोग्राम अच्छा लगा, किसी को कोई। टीका-टिप्पणी चल निकली। किसी पर छींटाकशी, किसी की तारीफ।

'विजयेन सा वंदिता'

या कुन्देन्दु-तुषार-हार-धवला, या शुभ्रवस्त्रावृता,
या वीणावरदण्डमण्डितकरा, या श्वेत-पद्मासना।
या ब्रह्माच्युत शंकरप्रभृतिर्भि, देवै सदा वन्दिता,
सा पायाद् विजयेनवंदित पदा ज्ञानांधकारापहा।

मैं अपने सामने टेबल पर सरस्वती बनी सुषमा का चित्र रखे उस पर यह शीर्षक देकर पूरा श्लोक लिख पाया था कि अचानक किसी ने मेरे दोनों कानों पर हाथ रखकर सिर ऊपर को उठाने की कोशिश की। मैं कमरे में किसी को पा और इस तरह के व्यवहार पर असमंजस में पड़ गया। ज्योंही सिर उठाकर ऊपर देखा मैं संकोच में दब रहा। मेरे दोनों कानों पर हाथ रखे, सिर के ऊपर उठने की इन्तजार में सुषमा खड़ी थी। मैं इस रँगे हाथों पकड़े जाने की स्थिति पर झेंप-सा गया। मुँह से शब्द तक न निकल पा रहे थे। शर्म ने मुझे घेर-सा लिया। सुषमा भी न बोली। खड़े-खड़े ही उसने मेरी उँगली पकड़कर श्लोक के शीर्षक 'विजयेन-सा वंदिता' पर रख दी।

''बैठने को भी नहीं कहोगे।'' यकायक सुषमा ने उलाहना-सा देते हुए कहा।

''मैं, ...बैठो।'' मैं कुर्सी छोड़कर खड़ा हो लिया। आगे बोलने की सोचता रहा पर जुबान न खुली।

''अच्छा, तुम भी बैठो।'' सुषमा ने मेरे तख्त की ओर इशारा कर कहा। मैं चुपचाप तख्त पर बैठ गया।

''कोई काम था क्या?''

''नहीं, अभी घर से आई। तुम्हारे लिए अम्मा ने ये सामान भेजा है। सोचा चलकर दे आऊँ। यहाँ आई तो देखा दरवाजा बन्द नहीं है। भीतर तुम हो पर तुम्हारा ध्यान किसी चीज में इस तरह अटका हुआ है कि तुम्हें पता ही नहीं कोई आ रहा है। सोचा मैं भी देखूँ वो क्या चीज है।''

''देखा, क्या चीज दिखी?''

''हाँ, आश्वस्त हुई कि भीतर भी मैं ही थी।'' कहकर सुषमा हँसने लगी।

''एक मध्ययुगीन पुरुष..अच्छा खैर छोड़ो इस सबको।''

''वो, दरअसल बात यह है कि मैं कल फोटोग्राफर से फोटोग्राफ्स ले आया था और उन्हीं को देख रहा था।'' देखने की बात कहते न कहते सुषमा की ओर नजर उठ गई और मैं चुप लगा गया।

'विजयेन सा वंदिता' कहकर सुषमा फिर हँसने लगी।

''अच्छा लाओ यह फोटो मुझे दे दो।''

मैं कुछ कहता कि इससे पहले ही मेरे हाथ से फोटो छीनकर सुषमा कमरे से बाहर चली गई और मैं किंकर्त्तव्यविमूढ़-सा अपने कमरे में बैठा रहा बहुत देर

तक। अपनी ही करतूत पर सोचता रहा। यह क्या किया मैंने और फिर किया भी तो पकड़ा गया रँगे हाथों। क्या सोचती होगी सुषमा? अगर किसी को पता लग गया तो? पर मन ही से जवाब भी खोज लेता रहा—कुछ बुरा नहीं किया। सोचेगी क्या, भई लोगों को पता लगने से क्या होता है? क्या इस डर से कोई कल्पना में विचरण ही न करे? फिर तो हो लीं सब बातें। स्वामी जी की बातें याद आईं। वे संयम की बात करते हैं। पढ़ने के दिनों में पढ़ो केवल। और मुझे अच्छा समझते हैं।

मैंने क्या बुरा किया? स्वामी जी को पता लगेगा तो यही सोचेंगे न, कि देखो कैसा लड़का निकला। पर उससे क्या, मैं स्वामी जी को समझा दूँगा।

पता नहीं क्या-क्या बेसिर-पैर की बातें आ रही थीं मन में। इन सबसे बचने के लिए मैं बाहर आ गया कमरे से। पढ़ाई नहीं होनी थी आज इसलिए मैं होस्टल के एक और कमरे में जा बैठा। वहाँ पहले से ही बहुत-से लड़के बैठे बातें कर रहे थे। मैं भी उन्हीं में शरीक हो गया। सोचा, ध्यान बँटने से कम-से-कम दिमाग में वे सब ऊलजलूल बातें नहीं उठेंगी। और हुआ भी वही। कुछ ऐसा प्रसंग चल निकला कि बहस-सी छिड़ गई। जब हम लोग खाना खाने के समय उठे तो सुषमा वाला बाकया दिमाग से कोसों दूर जा चुका था। न भय बचा था, न दुश्चिंता, न शर्म, न नाउम्मीदी।

आज स्वामी जी नहीं थे। कहीं प्रवचन करने गए थे। खाना खा-पीकर सभी लड़के मैदान में आ डटे। वॉलीबाल का मैच होने लगा। अभी खेलते ज्यादा समय न बीता था कि होस्टल वार्डन ने सबको मना कर दिया खेलने से। सब अपने-अपने कमरों में आ रहे। मैं नहीं चाहता था कि मुझे एकान्त मिले इस समय, इसलिए मैं अपने साथ वाले कमरे में जा बैठा। इस कमरे में आठ लड़के रहते थे। इनमें से हेम और रामचन्द्र मेरे सैक्शन के थे, बाकी रमेश, विमल, राजेन्द्र, प्रेम और हरि दूसरे सैक्शन के। हरि यहाँ से पहले कुछ दिन बम्बई रह चुका था। हेम हरिद्वार। प्रेम और रामचन्द्र दोनों गाँव से अच्छे नम्बरों से हायर सैकेण्डरी करके आए थे। विमल आगरा का था। जब मैं उस कमरे में पहुँचा तो हरि कुछ देर चुप रहा, फिर मुझे बैठने को कहते ही अपनी बातें सुनाने लगा। मैं हरि के पास ही बैठ गया।

कुछ देर बातें और सुना पाया हरि कि तभी विमल ने रेडियो ऑन कर दिया। हरि को यह अच्छा न लगा। उसने कहा, "विमल भाई देखो ये गाने तो हम सुनना नहीं चाहते। बहुत दिन बम्बई रहे हैं। राजेन्द्र कुमार के नीचे।" हरि हर बात में बम्बई जरूर पहुँचता था। होस्टल में सभी लड़के एक-दूसरे को भाई जी कहते थे। विमल ने रेडियो बन्द नहीं किया बल्कि कुछ मन्द करके कहा, "हरि भाई, फिर बम्बई चलें यह हमसे नहीं होगा। सवेरे से सफर कर रहे हैं।" विमल हँसने लगा कहकर।

"छोड़ो भाई। ऐसा करते हैं कि अन्ताक्षरी खेलते हैं। क्यों विजय भाई, क्या राय है?" बात करने में हेम ने मुझे भी समेट लिया।

"हाँ ठीक रहेगा यह।" मैंने कहा। रामचन्द्र और प्रेम भी तैयार हो गए। तब हम लोगों ने दो ग्रुप तैयार कर लिए। मैं, प्रेम, विमल और हेम भाई एक तरफ। दूसरी तरफ हरि भाई, रामचन्द्र, रमेश और राजेन्द्र। अन्ताक्षरी में हिन्दी के पद्य और संस्कृत श्लोक बोलने को सही माना गया। फिल्मी गानों की मनाही कर दी गई। तीन-चार घण्टे बीत गए पर पता ही नहीं चला। अन्ताक्षरी जोरों पर थी। मुझे संस्कृत के श्लोक बहुत याद थे और मैं अपनी तरफ से अधिक बोल रहा था। स्कूल में कई बार अन्ताक्षरी खेलने पर मैंने यह देखा कि लोग ट वर्ग और थ पर अटक जाते हैं। मैंने ज्यादातर दोहे ऐसे रटे हुए थे जो इन शब्दों पर ही खत्म हों ताकि इन शब्दों पर ढूँढ़-ढूँढ़कर थक जाएँ सामने वाले। मैं अपनी बारी पर बोल सकूँ इसके लिए इनसे शुरू होने वाले दोहे भी रट रखे थे। इसी चाल से हम अब तक 12 अंकों से आगे चल रहे थे।

"बोलिए 'य' पर।" हरि की ओर देखकर उनकी पारी आने पर मैंने कहा। पर दूसरी ओर हरि वगैरह सोचने लगे। उन्हें याद नहीं आ रहा था कोई दोहा। "एक, दो, तीन, चार, पाँच, छह, सात, आठ," गिनती शुरू हो गई। दस तक पहुँचने में दो ही अंक गिनने थे कि हरि ने विमल की तरफ इशारा किया। विमल ने इस ओर ध्यान न दिया और दस तक पूरी गिनती खत्म कर उन पर एक और अंक चढ़ा दिया होता कि विमल के 'दस' कहते ही हरि ने उसके मुँह पर हाथ रख लिया।

"या कुन्देन्दु-तुषार-हार धवला, या शुभ्रवस्त्रावृता,
या वीणा-वर-दण्ड-मण्डित-करा, या श्वेत पद्मासना।
या ब्रह्माच्युत-शंकरप्रभृतिर्भि, देवै सदा वन्दिता,
सा माँ पातु सरस्वती भगवती, निःशेष जाड्यापहा।"

"बोलिए 'हा' पर।" हरि जोर से तालियाँ बजाने लगा। बाकी लड़के भी उसका साथ देने लगे।

"बोलिए विजय भाई।" हरि ने मेरी ओर देखकर कहा। पर मैं कुछ न बोला। जिन बातों को मन से दूर रखने के लिए यहाँ आ बैठा था वे ही बातें यहाँ फिर मन में उठ पड़ीं। ज्योंही हरि ने श्लोक शुरू किया मैं वहाँ से उठना चाहता रहा। अब, जबकि हरि ने टोका तो मैं यह कहकर कि 'भई, चलता हूँ अब' वहाँ से अपने कमरे में आ गया। वे लोग उसके बाद भी काफी देर तक अन्ताक्षरी खेलते रहे।

बरामदे से गुजरते हुए मैंने देखा होस्टल वार्डन के कमरे का दरवाजा खुला हुआ है। भीतर से उनकी आवाज आ रही है। जैसे किसी से हँसी-खुशी बातें हो रही हों। मैं अपने कमरे में पहुँचकर दरवाजा बन्द कर रहा था कि मेरी निगाह सामने उन पर पड़ी। मुझे देखते ही वे और जोर से हँसने लगीं और हँसते हुए अपने पलंग की ओर देखने लगीं। जिससे वे अब तक बातें कर रही थीं वो वहीं उनके पलंग पर रहे होंगे। मैं भी उत्तर में मुस्करा दिया और दरवाजा बन्द कर कुर्सी पर आ

बैठा। फिर होस्टल वार्डन के कमरे से जोर से हँसने की आवाज आई और साथ ही दरवाजा खुलने, बन्द होने की। उनकी हँसी से मेरा ध्यान उधर हो गया। इतने में ही मेरे कमरे का दरवाजा खुला। किसी ने कमरे में आकर पीछे से दरवाजा बन्द कर दिया। मैं तब तक किताब लेकर बैठ चुका था। किसी की आवाज न आई तो मैं समझा मेरा भ्रम था कि कमरा खोला गया है। बिना पीछे दरवाजे की ओर देखे मैं किताब पढ़ता रहा। तभी लगा कोई मेरी कुर्सी से टेक लगाए खड़ा है। मैंने ऊपर को मुँह किया। देखा, सुषमा शर्मा बड़े गौर से किताब की ओर देखती खड़ी है।

"सुष...मा..." मैं सुषमा...ही कह पाया कि मेरे मुँह में सुषमा ने कुछ रख दिया। गरम चीज रखे जाने से जीभ पर जलन-सी होने लगी। मैंने झट उस चीज को हाथ पर रख लिया। देखा तो हलवा था। मैंने मा कहने में मुँह बाया और टप से सुषमा ने हलवा रख दिया।

"अरे, यह क्या? मेरा मुँह जल गया होता तो।"

"अच्छा रहता, कम-से-कम बोलते तो नहीं।"

"पर मेरे बोलने से किसी को हर्ज क्या है?"

"जोर से बोलने में है। अभी दीदी को पता जो लग जाता कि मैं उनके पास से यहाँ चली आई हूँ।"

"अच्छा तुम्हीं थीं अभी मैडम के कमरे में।"

"हाँ, क्यों?"

"यों ही, असल में जब मैं कमरे में आ रहा था तो मैडम मेरी ओर देख कर जोर से हँसी थीं। मैं समझा मेरे बारे में बात हो रही होगी।"

"हाँ, तुम्हारे बारे में ही हो रही थी।"

"क्या?"

"वही, फोटो देख लिया उन्होंने।"

"कौन-सा?"

"वही विजयेन सा वंदिता।"

"क्या कह रही थीं मैडम?" मुझे न जाने क्यों डर-सा लगा। सुषमा मेरी हालत को समझ भी गई शायद। तभी उसने कहा भी, "डरने की बात नहीं। दीदी कहती थीं विजय अच्छा लड़का है। पर यह शरारत सूझेगी, मुझे विश्वास नहीं होता।" कहकर सुषमा मुस्कुराने लगी।

"पर मैडम तो संस्कृत जानती नहीं। उन्होंने कैसे समझा कि..." आगे मैं जो कहना चाहता था उसे कहने से सकुचा गया। इतना ही कहकर मैं सुषमा की ओर देखने लगा। सुषमा अब तक खड़ी ही थी। मैंने उसे तख्त की ओर इशारा किया बैठने को। वह बैठ गई। मैं भी कुर्सी को उसी तरफ घुमाकर बैठ गया।

"दीदी मेरे कमरे में आई थीं सूजी लेने। मैं थी नहीं कमरे में। उन्होंने कमरा

खोला तो मेज पर ही वह फोटो रखा था। मैं यहाँ से जाकर श्लोक का मिलान किताब से कर रही थी और वैसा ही छोड़कर दूसरे कमरे में चली गई थी। दीदी ने भी फोटो के श्लोक का किताब से मिलान किया। चौथी लाइन को बदला हुआ देखकर वे उसे ले गईं। कुछ देर बाद उन्होंने मुझे भी बुलाया। जब मैं उनके पास पहुँची तो बोलीं, 'कल तुमने समारोह में अच्छा काम किया था, पर मैं बधाई न दे पाई। अब यह लो हलवा बनाया है, मुँह मीठा कर लो।' उन्होंने एक प्लेट पर मुझे हलवा दिया।''

''मैं खाने लगी तो वे फिर बोलीं, 'अच्छा, ये सरस्वती वन्दना गाने में कितनी अच्छी है न? पर क्या उसका अर्थ भी उतना ही अच्छा है?'

''मैंने कहा, 'हाँ दीदी। सरस्वती वन्दना गाने में ही नहीं अर्थ में भी अच्छी है। सरस्वती का वर्णन बहुत अच्छा हुआ है इसमें।'''

''दीदी ने कहा, 'देखो सुषमा, मुझे संस्कृत आती नहीं। पर कल जब श्लोक पाठ हो रहा था तो सोचती थी मुझे भी संस्कृत आती होती तो उसका अर्थ समझ लेती आज। पर खैर।' इतना कहकर दीदी कुछ रुकीं और अचानक ही बोलीं, 'अच्छा सुषमा, तुम तो संस्कृत जानती हो। मुझे उस श्लोक का अर्थ समझा दोगी?'

''मैं कुछ न समझी। मैंने कहा, 'हाँ।' पहले मैंने उन्हें श्लोक सुनाया फिर उसका अर्थ। जब मैं पूरे श्लोक का अर्थ कह चुकी तो दीदी हँसने लगीं।

''मैंने पूछा, 'दीदी, इसमें हँसने की क्या बात है?' वह और जोर से हँसने लगीं। वह कुछ कहने ही जा रही थीं कि सामने से कोई जाता दिखा। बाद में पता चला तुम जा रहे थे और तुम्हें देखकर दीदी और जोर से हँसी थीं।

''फिर तुम्हारा दरवाजा बन्द होने की आवाज आई और दीदी हँसना छोड़कर बोलीं, 'ये सा मां पातु सरस्वती है या सा पायाद विजयेन वंदित पदा।' इतना कहकर दीदी मेरी ओर देखने लगीं। मैं झट सारा किस्सा समझ गई और गर्दन झुकाकर बैठ गई। तभी दीदी ने मेरी ठोड़ी ऊपर उठाते हुए कहा, 'अरे भई, अब शरमाने की जरूरत क्या है।' फिर वही कहा जो मैंने अभी बताया कि 'विजय अच्छा लड़का है।' मैंने जैसे ही उनकी तरफ देखा दीदी फिर हँसने लगीं। इस बार मैं भी उनकी हँसी में शामिल हो गई। मैं उठना चाहती थी कि तभी दीदी ने टोका, 'एक मिनट सुषमा।'

''वह कमरे के साथ बनी रसोई में गईं। एक कटोरी में हलवा लाकर दिया और कहा, 'मेरी तरफ से विजय का मुँह मीठा करा देना।' कहकर वह हँसने लगीं और मैं झट उनके कमरे से बाहर आ गई। उसके बाद तुम्हारे कमरे में आ पहुँची और अब तुम्हारे सामने हूँ।''

सुषमा मेरी तरफ गौर से देखते हुए अपनी पलकें झपकाने लगी। मैं यह सब सुनकर अस्थिर-सा हो आया। लगा, मैडम बाहर खड़ी हैं, सब सुन रही हैं। कभी लगता, मैडम मेरे सामने खड़ी हैं और मुस्करा रही हैं मन-ही-मन। एक प्रश्न है उनके

चेहरे पर। आँखें खिंची हैं। जैसे सब कुछ जानती हैं फिर भी नासमझ बनीं मुझसे सब जानना, सुनना चाहती हैं।

अचानक सुषमा ने मेरा कन्धा झिंझोड़ते हुए कहा, "क्या हुआ विजय?"'

"कुछ नहीं।" मैं जैसे सोते से जागा।

"फिर इस तरह क्यों हो गए?" सुषमा ने मुझे काफी देर गुम-सुम बैठे देखकर पूछा।

"अच्छा सुमी, क्या तुम्हें कोई एतराज है मेरे इस व्यवहार पर?" मैं जानना चाहता था कि कहीं सुषमा मुझे गलत तो नहीं समझ रही!

"अच्छा तो एतराज भी पूछते हैं और गलती-पर-गलती करते जा रहे हैं।"

"क्यों क्या गलती की मैंने!"

"क्या नाम लिया तुमने मेरा, सुमी।"

"सुमी!"

मुझे याद नहीं कैसे मेरे मुँह से यह नाम निकला। अब तक मैंने उसे सुषमा कहकर ही सम्बोधित किया था। पहली बार इस तरह कहा और सुषमा ने पकड़ भी लिया।

"क्यों? क्या मैंने सुमी कहा है?"

"नहीं, मैं ही बता रही थी कि मेरा घर का नाम 'सुमी' है।" कहकर सुमी हँसने लगीं। मुझे समझते देर न लगी कि मेरे मुँह से सुमी शब्द ही निकला है। और सन्तोष हुआ कि सुमी ने उसे सहज और स्वाभाविक तौर पर ही लिया।

"अब यह तो बताने की जरूरत नहीं न कि मुझे गलत लगा या नहीं?"

"नहीं, पर...!"

"अच्छा छोड़ो ये सब। कोई और बात करते हैं।" मैं कुछ कहने जा रहा था कि सुमी ने मेरी बात बीच ही में काट दी।

"क्या बात की जाए?"

"कुछ भी। एक दिन तुम्हारे बड़े भाई साहब की चिट्ठी देखी मैंने तुम्हारी टेबल पर।"

"तो?"

"तो क्या। तुम ये तो जानते हो हम पाँच बहनें हैं। मैं सबसे छोटी हूँ। पर तुमने अपने बारे में कभी नहीं बताया कि और कौन-कौन हैं तुम्हारे परिवार में।"

काफी देर तक सुमी मेरे घर-परिवार के बारे में ही पूछती रही। बड़े भाई क्या करते हैं? बहनें कितनी हैं? क्या यहाँ आएँगे कभी? मैं आगे क्या करने की सोचता हूँ? हम आगे भी यही सब बातें करते रहते कि तभी कमरे के दरवाजे पर किसी ने बाहर से थपकी दी। मैंने उठकर देखा तो सामने विमल था। दरवाजा खुलते ही विमल भी भीतर आ रहा। सुमी को मेरे कमरे में देख विमल कुछ असमंजस में पड़

गया, फिर सहमते हुए सुमी से 'हलो' कहकर वह मेरे तखत पर ही बैठ रहा। सुमी बिना कुछ कहे कमरे से बाहर चली गई। सुमी के बाहर जाते ही विमल मेरी तरफ देखकर मुस्कराने लगा।

इधर कुछ दिनों से विमल से मेरी मित्रता हो चली थी। आगरा से आया विमल एक स्वतन्त्रता सेनानी का मझला लड़का, स्वभाव से कवि प्रकृति का जीव। मैं छात्रावास में जब कभी देखता, विमल एक कोने के कमरे में अकेला बैठा मिलता। जब तक बात न पूछो उसकी वही मुद्रा बनी रहती। चुप्पी, बन्द मुँह, चेहरे पर निहायत भोलापन, बाल लम्बे पर रूखे भूरे बाल। सारे कॉलेज में एक भी मित्र नहीं, शत्रु नहीं। छुट्टी हुई और चला पार्क में। कुछ देर पहले तक मैं उसी के कमरे में बैठा था। अन्ताक्षरी में विमल और मैं एक तरफ थे। मुझे सूझ ही नहीं रहा था कि विमल से क्या बात की जाए। विमल ने मुझे बोलने का अवसर भी न दिया।

सुषमा के जाते ही बोला, "यह सुषमा शर्मा थी न?" विमल की बात पर मुझे लगा वह जान-बूझकर इस तरह बात शुरू कर रहा है।

मैंने कहा, "हाँ, तुम्हारे सैक्शन में तो है फिर भी याददाश्त पर जोर देना पड़ रहा है, क्यों?"

"नहीं, बात यह नहीं है।" विमल कुछ और कहता पर मैंने उसे मौका न दिया और बात छीनते हुए कहा, "पर मैं तुम्हारे सैक्शन में नहीं हूँ, यही न।"

सुनकर विमल हँसने लगा।

"है तो यही। पर इसमें मुझे असमंजस की स्थिति में रहने की गुंजाइश नहीं है।"

"क्यों?"

"क्यों के क्या मायने! भई देख तो रहे हो। यहाँ सभी बन्धकों से छूटकर आए हैं। सब जुदा-जुदा फिरते हैं। पर सुषमा को मैंने देखा कि...खैर छोड़ो ये सब। बस इतना ही कहना है, सफलता आपके कर में हो।" और फिर विषय बदलने को बोला, "हम अन्ताक्षरी में 18 अंकों से जीते।"

"अच्छा।"

कुछ देर इधर-उधर की बातें कह-सुनकर विमल विदा ले गया। विमल के जाते ही मैं फिर देर तक बे-सिर-पैर की बातें सोचता अकेला बैठा रहा। जब मन न लगा तो आकर स्वामी जी के पास बैठ रहा।

कुछ दिन यूँ ही गुजर गए। होस्टल वार्डन से जब-जब मेरा सामना होता वे मुस्करा देतीं और मैं कुछ शर्मिन्दगी-सी महसूस करता। उनसे कतरा कर इधर-उधर हो जाता। मैं डरता था कि लोगों को खामखाह बातें विचारने का विषय न मिले। अक्सर इतवार

को मुझे स्वामी जी के साथ नगर परिक्रमा के लिए जाना होता। स्वामी जी उपदेश देने यहाँ-वहाँ जाते थे। इतवार को मेरी छुट्टी होती सो उस दिन मुझे भी साथ ले जाते।

मैंने एक बार उनसे कहा था, ''स्वामी जी, आपके उपदेश सुनने इतने लोग आते हैं। पर मैं तो उसमें कोई जरूरी नहीं समझता जाना।'' इस पर स्वामी जी हँस दिए। उनका यही स्वभाव था। जब कोई बात हल्की-सी लगे तो पहले हँसते फिर जवाब देते।

''तुम्हारे सोचने से क्या। पर मैं तो निश्चिन्त हो रहता हूँ कि एक श्रोता तो है ही मेरे पास।'' अब हम दोनों हँस पड़े। स्वामी जी की यही सब बातें उनमें और श्रद्धा करने पर आमादा करती थीं। मैंने कभी नहीं ख्याल किया मन में ऐसा कि स्वामी जी का उपदेश तथ्यपूर्ण नहीं होता। मैं इस तरह के प्रश्न जान-बूझकर, पर उनके सामने बिल्कुल नासमझ बनकर करता था। और इसे स्नेह ही कहिए कि वे उत्तर देते। मेरे ऊट-पटाँग सवालों से ही स्वामी जी ने उपदेश को जाने की क्रिया का नया नामकरण किया था।

उस दिन शनिवार था। शाम के कोई आठ बजे होंगे। मैं और सुमी कमरे में बैठे बातें कर रहे थे। दरवाजा खुला था ताकि किसी को कोई आपत्ति न हो। बातें चल रही थीं स्वामी जी के बारे में। मैं सुमी को उनके बहुत-से वे उद्धरण सुना रहा था जो पिछले कुछ दिनों में मैंने स्वामी जी के उपदेशों में सुने थे। सुमी आई थी मेरे पास यह कहने कि उसके बाबूजी ने मुझे घर आने को कहा है, और मुझे जरूर उसके साथ कल चलना होगा। पर मैंने कहा कि मुझे स्वामी जी के साथ जाना होगा। बस इसी बात पर सुमी नाराज हो गई। उसे ख्याल न रहा कि बातें बहुत जोरों से कह रही है वो। उसने यह जानना चाहा कि आखिर स्वामी जी के उपदेशों में ऐसा क्या है जो मैं हर इतवार नदारद होता हूँ। उधर घर में हर इतवार बाबूजी एक ही सवाल करते हैं, 'विजय नहीं आया?'

सुनकर खुशी हुई थोड़ी-सी। पर मुझे सबसे पहले जरूरी लगा कि स्वामी जी के बारे में इसकी धारणा बदलूँ। इसीलिए मैं सुमी को स्वामी जी के उद्धरणों की व्याख्या करके सुनाने लगा। यही सिलसिला चल रहा था कि तभी किसी ने दरवाजे पर दस्तक दी। हम दोनों आश्चर्य में रहे आए कि दरवाजा खुला है फिर ऐसा क्यों किया किसी ने। मैं उठकर दरवाजे के पास आया तो देखा स्वामी जी दरवाजे के पास कुर्सी डाले बरामदे में बैठे हैं।

''स्वामी जी आप?'' कहकर मैंने झट चरण स्पर्श किए। स्वामी जी ने सिर पर हाथ रखकर आशीर्वाद दिया। इतने में सुमी भी बाहर आ रही। उसने भी स्वामी जी के चरण स्पर्श किए। स्वामी जी ने बजाए सिर पर हाथ रखने के उसका कान पकड़ लिया और कुर्सी से उठकर कान पकड़े-पकड़े उसे कमरे में ले आए। मैं कुछ डर-सा रहा भीतर ही भीतर। पर स्वामी जी मुस्करा रहे थे। उन्हें मुस्कराता देख मुझे

ढाढ़स बँधा। मैं फिर कमरे के बाहर जाने लगा कुर्सी लाने के लिए, पर ज्योंही दरवाजे की ओर मुँह किया तो देखा होस्टल वार्डन भी मुस्कराती हुई कुर्सी लिए चली आ रही हैं। मैंने उनके हाथ से कुर्सी ले ली और कमरे में ले आया। तब तक स्वामी जी कमरे में रखी कुर्सी पर बैठ चुके थे। सुमी को उन्होंने अपने सामने तखत पर बिठा दिया। दूसरी कुर्सी पर होस्टल वार्डन को बैठने का इशारा किया। मैं भी तब तक तखत पर आ बैठा।

"हमारे शिष्य और श्रोता को बर्गला रही थी।" स्वामी जी ने फिर सुमी का कान पकड़ लिया। सुमी चुपचाप सिर नीचा किए बैठी रही। उससे कुछ बोलना सम्भव न हुआ। मैंने बात अपने ऊपर लेनी चाही।

"नहीं, स्वामी जी, ये बात नहीं है।" मैं इतना ही कह सका कि स्वामी जी बोले, "तो क्या निमन्त्रण देने आई थी?" अब बारी मेरे चुप होने की थी। मुझे समझते देर न लगी स्वामी जी ने सारी बातें सुन ली हैं।

"आपको कैसे पता, क्या आपने सुना है?" स्वामी जी हँस दिए मेरे सवाल पर, फिर बोले, "अब यह बताने की जरूरत नहीं कि कैसे पता लगा। तुम्हारी शक्ल और प्रश्न बता रहा है कि ऐसी बात हुई है।" सुमी को अबतक चुप बैठा देख फिर उसका कान पकड़ते हुए बोले

"अब तक नाराज बैठी है। क्या तेरा निमन्त्रण स्वीकार नहीं किया इसने?"

"कैसे करते, आप बड़े या मैं।" सुमी अचानक जोर से बोली। फिर टकटकी बाँधकर स्वामी जी की ओर देखने लगी।

"क्यों, क्या सोचती हैं आप! किसे होना चाहिए बड़ा?" स्वामी जी ने होस्टल वार्डन की तरफ इशारा किया। वे अब तक कुछ बोली नहीं थीं। जब स्वामी जी ने उनसे पूछा तो बोलना हुआ, "बड़े भी आप, पहले भी आप।"

"अच्छा, तो हम बड़े होने की वजह से कहते हैं कि विजय कल हमारे साथ नहीं जाएगा, बल्कि तुम्हारे बाबूजी के पास जाएगा। अब तो खुश हो?" इस बार स्वामी जी ने ज्योंही सुमी की तरफ देखा, वह हँसने लगी।

"अच्छा तो विजय बाबू, कल तुम नगर परिक्रमा को नहीं जा रहे मेरे साथ।"

"नगर परिक्रमा?" मैं अचानक यह शब्द सुनकर कुछ नहीं समझा।

"अरे भई, तो क्या अब फिर दो घण्टे बहस करोगे। इसे उपदेश शब्द अच्छा नहीं लगता न। अब हम रविवार को नगर परिक्रमा को जाया करेंगे।" अभी बातों-बातों में सुमी ने उपदेश शब्द पर बखेड़ा खड़ा किया था, और इसीलिए स्वामी जी ने नगर परिक्रमा नाम दिया उसे।

अब तक सुमी सहज हो आई थी, वह बोली, "उससे क्या, बात तो वही है। नाम से क्या!"

इस पर स्वामी जी हँस दिए और बिना कोई उत्तर दिए उठकर कमरे से बाहर चले

गए। होस्टल वार्डन भी उनके साथ-साथ चली गईं और साथ ही सुमी को भी लेती गईं।

कुछ देर बाद ही सुमी अपना बैग लिए फिर कमरे में आ पहुँची। आते ही मुझे झटपट अपना सामान देने को कहा। मैंने जानना चाहा कि क्या सामान देना होगा और क्यों? इस पर उसने समझाया, "जाने की इजाजत मिल ही गई स्वामी जी से। तुम अपना जरूरी सामान दो ताकि मैं बैग में रख सकूँ और हम अभी रात में ही घर पहुँच जाएँ फिर कल सारा दिन घर रहेंगे।"

मैंने बहुत कहा कि सवेरे ही यहाँ से चलेंगे, पर उसने मेरी बात पर ध्यान न दिया। खुद ही ब्रुश, पेस्ट, कंघी, किताब जो भी मेज पर पड़ी मिली अपने बैग में रखने लगी। तौलिया वगैरह मैंने लाकर दिया।

हम अभी सामान रख ही रहे थे कि होस्टल वार्डन आ गईं। सब तैयारी देखते ही बोलीं, "स्वामी जी की इजाजत का मतलब क्या यह था कि तुम अभी चले जाओ?" और कोई उत्तर देने का मौका दिए बिना उन्होंने अपना कथन जारी रखा, "अच्छा फिलहाल ये यहीं छोड़ो और अभी जरा मेरे कमरे में आओ।" कहकर वे अपने कमरे में चली गईं।

कुछ देर हम दोनों यूँ ही गुमसुम सोचते रहे। सुमी ने कहा, "जब दीदी ने (सुमी उन्हें दीदी कहती थी) बुलाया है तो चलो।"

"हमें देर तो नहीं हो जाएगी?"

"हो जाएगी तो क्या। यहाँ से बस पकड़ेंगे। कनाट प्लेस से फोरसीटर जाते रहते हैं रातभर।" सुमी मुझे रास्ता समझाने लगी।

हम होस्टल वार्डन के कमरे में जा पहुँचे।

कमरे में पहुँच कर देखा वे वहाँ नहीं हैं। सुमी ने आवाज दी। कमरे के साथ बनी रसोई से उनकी आवाज आई, "बैठो, मैं चाय ला रही हूँ।"

हम दोनों वहीं बैठ रहे। थोड़ी देर में चाय की ट्रे हाथ में लिए वे कमरे में आईं। ट्रे में चाय के साथ-साथ कुछ मिठाई भी थी। हमारे सामने प्लेट रखते हुए उन्होंने कहा, "स्वामी जी के आदेश से तुम्हारी दीदी तुम्हें मिठाई खिला रही है समझे।" कहकर वे मेरी ओर देखने लगीं।

"पर किस खुशी में?" मैंने पूछा।

"अरे खाओ भी। पता नहीं है स्वामी जी ने मेरा कान कितनी देर पकड़े रखा। उन्होंने सोचा होगा बेचारी को दर्द हुआ होगा। इसलिए दीदी से मिठाई खिलाने को कहा है।"

सुमी ने इस उपलक्ष्य में मिठाई खिलाने को लिया यह जानकर वे हँसने लगीं। फिर बोलीं, "नहीं भई, उसके लिए तो स्वामी जी ने कहा है कि मैं सुषमा के कान की मालिश कर दूँ तेल से।"

हम दोनों हँस पड़े। वे भी हँसी में शामिल हो रहीं।

"पर दीदी, बात क्या है ऐसी जो इतना आयोजन हुआ?" मैंने पूछा।

मैंने देखा वे मेरी बात सुनकर कुछ देर मेरी तरफ ध्यान से देखतीं रहीं, फिर मुस्करा दीं।

"आज तो शुभ ही शुभ हो रहा है सब। स्वामी जी शुरू से ही मेरे कमरे में मौजूद थे। जब सुषमा आई तो वे बाहर की तरफ देखने लगे। उन्होंने सुषमा को तुम्हारे कमरे में जाते देखा। फिर तुम्हारी बातें सुनने की कोशिश की। जब सुषमा बहुत जोर से बोलने लगी तो स्वामी जी कुर्सी घसीट कर बरामदे में ले आए। वहीं बैठे बातें सुनते रहे। फिर जब तुम लोगों की बातें जरा बन्द-सी हुई तो उन्होंने दरवाजा खटखटाया। उसके बाद की बात तुम दोनों को मालूम ही है।"

"सोचता तो मैं भी यही रहा कि स्वामी जी ने सब बातें सुनी हैं, क्योंकि घर चलने की बात सबसे पहले हुई थी और स्वामी जी ने वह भी कह डाली। पर दीदी, वे नाराज तो नहीं हैं?"

"नहीं रे, नाराज क्यों होने लगे। नाराज होते तो क्या मिठाई खिलाने को कहते। वे तो बहुत खुश हैं। कहते थे ये दोनों ही समझदार हैं। देखो विजय को, मेरे समर्थन में कैसे बोल रहा था। कैसे लिया है उसने मेरी सब बातों को। और उस शर्मा की बच्ची को भी देखो। जब तक बात सही तरह न समझ जाए कैसे तर्क करती है। पर मानना होगा विजय ने मेरा प्रतिनिधित्व बखूबी किया है। फिर मुझसे पूछा कि मुझे तुम कैसे लगते हो। मतलब मैं क्या सोचती हूँ तुम्हारे बारे में। पर मेरी ओर से बिना कोई उत्तर सुने वे फिर अपनी बात करने लगे। बोले, जानती हो मैं खुद भी वैसे उत्तर न देता कई बातों के जो विजय ने दिए हैं। और फिर यह कि उन्हें खुशी है कि तुम उनकी बातों को समझते हो।" यह सब कहकर दीदी चुप हो रहीं। मैंने उनसे जाने की इजाजत चाही। उन्हें कोई आपत्ति नहीं थी।

मैं सामान उठाने कमरे में आया। बैग लेकर कमरे में ताला डाला, सुमी को साथ लिया और दीदी को धन्यवाद देते हुए हम होस्टल की सीढ़ियाँ उतर गए। सड़क पर आते ही बस मिल गई। रास्ते में ही रुकवा कर बैठ गए। तब रात के सवा नौ बजे थे, पर सेक्रेटेरिएट की तरफ जाती यह बस खाली थी। दो-पाँच सवारियाँ थीं। हम पीछे की सीट पर ही बैठ रहे। बैठते ही सुमी ने कहा, "मुझे बहुत अच्छा लगा जब तुमने दीदी को दीदी कहकर पुकारा।"

मुझे याद आया बातों में मैं उन्हें दीदी कह रहा था।

"तुम उन्हें दीदी ही कहा करो, और यह लो," इतना कहकर सुमी ने मेरी हथेली पर बर्फी का एक टुकड़ा रख दिया।

"अरे ये क्या? वहाँ से उठा लाई हो?"

"नहीं, उठा क्यों लाती, दीदी ने दिया है।"

"कब?"

"जब तुम बैग लेने कमरे में गए तो दीदी बोलीं कि विजय को मेरी तरफ से। मैं समझ गई उन्हें भी बहुत खुशी हुई है दीदी सम्बोधन सुनकर।"

"पर...!"

"पर क्या?"

"यही कि मुझसे तो कहा नहीं।"

"अरे भई, जब ज्यादा खुशी होती है तो कही नहीं जा सकती, समझे।" सुमी ने मुझे समझाते हुए कहा।

मैं फिर प्रतिवाद करना चाहता था।

"पहले इसे खा लो। जब मुँह मीठा हो जाएगा तो मीठी-सी बात कहना।" कहकर सुमी ने मेरा हाथ मुँह तक कर दिया। मैंने भी झट बर्फी का टुकड़ा दूसरे हाथ से आधा तोड़कर खा लिया और आधा सुमी की ओर बढ़ा दिया।

"लो, तुम्हारा कमीशन यह रहा।" और हम दोनों हँसने लगे। हमारे हँसने की आवाज कुछ इतनी तेज थी या शायद बस में भीड़ कम या बस के सभी यात्रियों का ध्यान हमारी तरफ होने की वजह से लगा सब हमारी हँसी में शरीक हो गए हैं। फिर हममें कोई बातें न हो सकीं।

जब सुमी के घर पहुँचे बाबूजी सो चुके थे। अम्मा ने ही दरवाजा खोला। फिर झटपट अन्दर चली गईं। पीछे से सुमी ने दरवाजा बन्द किया और मुझे कमरे में बिठाकर रसोई की तरफ चली गई। थोड़ी देर में अम्मा जी कमरे में आईं। मैंने उनके चरण स्पर्श किए। वे आशीर्वाद देकर बोलीं, "अब तक तुम भूखे हो। इतनी देर कहाँ कर दी?"

मैं कुछ जवाब देता कि सुमी ने कहा, "अम्मा, अभी बताया तो है। फिर विजय से क्यों पूछती हो।"

"अरे हाँ, अभी बताया तो था तूने। अच्छा बेटे, तुम इतने दिन से क्यों नहीं आ रहे थे? सुमी को तुम्हारे कॉलेज में पढ़ते तो कई महीने हो गए।"

"अम्माजी, वो दरअसल बात यह है कि मैं जरा..." और मैं फिर चुप हो रहा।

"अरे, बात कहाँ है इसमें। अम्माजी, दरअसल वो बात यह है कि मैं जरा..." मेरी बात दोहरा कर अम्माजी हँसने लगीं। सुमी भी उनके साथ हो ली, और बात को दोहराने लगी, "अम्माजी..."

अम्माजी ने उसे डाँट दिया, "अच्छा, तू चुप कर। तुम लोग पहले खाना खा लो फिर मैं चाय बनाती हूँ।"

इसी बीच सुमी ने मेज पर खाना परोस लिया था। मैं उठकर खाने की मेज पर आ रहा। सुमी भी बैठ गई। अम्माजी रसोई में जाकर रोटियाँ बनाने लगीं। गरम-गरम रोटी आती रहीं और हम खाते रहे। जब बहुत देर बात न हुई तो सुमी ने कहा, "अजीब आदमी हो।"

"क्यों?"

"क्या खाना कोई उठा रहा है। बात तक नहीं करते।"

"मुझे तो खाने के समय बातें करने की आदत नहीं है।"

"वो तो मुझे मालूम है। बहुत बार हमारी शिफ्ट में खाना खाते देखा है तुम्हें कैण्टीन में।"

"कैण्टीन में देखने से क्या। क्या मैं वहाँ लड़कियों से बातें करता?"

"पर हमेशा थोड़े ही लड़कियों के साथ खाते हो। तो क्या लड़कों की शिफ्ट में बातें करते हो?"

"कहा न, मुझे आदत नहीं है।"

"यही तो मैं कह रही हूँ कि मैं जानती हूँ आदत नहीं है।"

"पर तुम कैसे जानती हो?"

"जैन है न कैण्टीन वाला। एक बार हमारी शिफ्ट में जब तुम खाना खाकर चले गए तो सिरा ने कहा था उससे कि 'आप लड़कों को क्यों आने देते हैं?' तब जैन ने कहा था, 'सिरा जी, विजय के आने से क्या बिगड़ता है। वह कोई बातें थोड़े ही बनाता है तुम्हारे साथ।' इस पर सिरा को कुछ ऐसा लगा कि जैन ने उस पर आक्षेप किया है। तभी उसने कहा भी, 'पर अभी नहीं बनाता तो क्या हुआ। दो-चार दिन में बनाने लगेगा, जब घुल-मिल जाएगा। तब।'

"जवाब में जैन बोला, 'अभी तो वह लड़कों में भी नहीं घुला-मिला। इसलिए आप डरो नहीं। लड़कियों में घुलने-मिलने में तो बहुत समय लगेगा उसे।' जैन की इस बात पर सभी लड़कियों ने हँसना शुरू कर दिया। जैन ने महसूस किया कि सिरा को बुरा लगा है। तब उसने इतना और जोड़ दिया—'सिरा जी, बुरा न मानना मेरी बात का। विजय तो मेरे लड़के के समान है। पर मैं कहना चाह रहा हूँ कि उसे रोटी खाते में बोलने की आदत नहीं है। जो रख दो खाकर चला जाएगा।' वे कुछ और कहते कि तभी बैरा सब्जी परोसने आया। वह भी बोला, 'हाँ बहन जी, जैन साहब ठीक कह रहे हैं। हम तो सोचते हैं सारे लड़के ऐसे ही होने चाहिए थे।'

"उसका नाम चन्दर है न शायद। हाँ चन्दर ही। वही बोला। यह कहकर चन्दर जाने लगा तो सिरा ने उसे रोककर कहा, 'क्यों, तुम्हें क्या अच्छा लगा उसमें?'

"वे आते हैं, जो परोस दो खाएँगे। कभी थोड़ा भी छोड़ेंगे नहीं। ज्यादा लेंगे नहीं। हाँ एक खराबी है उनमें।' कहकर वह सिरा की तरफ देखने लगा। सिरा बोली, 'अच्छा, गनीमत है उन हजरत में खराबी निकली तो सही। मैं तो समझती थी वे अच्छाइयों के म्यूजियम पीस हैं।' फिर चन्दर को उत्साहित करने के लिए बोली, 'चन्दर बाबू, क्या खराबी है उनमें?' चन्दर ने देखा, सभी लड़कियाँ उसकी बात सुनने को उत्सुक हैं। सबके हाथ रुके हुए हैं जहाँ के तहाँ। वह हँसने लगा और हँसते-हँसते..." इतना सुनाकर सुमी हँसने लगी।

मैं इस तरह बात रोककर हँसने का मतलब न समझा। मैं कुछ कहता कि सुमी बोली, ''देखा, चौंका दिया न? इसी तरह उसने हमें चौंकाया आगे की बात कहकर।''

''क्या बात?''

''बोला, 'जैसे आप सब हाथ रोककर बातें सुनने लगीं वैसे ही वे खाते-खाते हाथ रोककर बैठ जाते हैं कभी-कभी।' अब सब लड़कियों का ध्यान उस ओर गया और सभी झेंपती-सी खाना खाने का उपक्रम करने लगीं। पर सिरा ने कहा, 'चन्दर, इससे क्या हुआ?' चन्दर बोला, 'वाह, कुछ नहीं हुआ? अरे हमें पता नहीं चलता कि कुछ चाहिए है या कोई कमी है।' इस पर सभी लड़कियाँ हँस पड़ीं और चन्दर अपनी हँसी उड़ते देख वहाँ से चल दिया। तभी किसी लड़की ने सिरा को कहा, 'विजय में भी दिलचस्पी।' उधर से दूसरी लड़की की आवाज आई, 'नहीं, दरअसल यह समझी विमल के बारे में बता रहा है चन्दर।' सिरा शरमा गई और मेरी तरफ देखने लगी।''

कहकर सुमी फिर मेरी तरफ देखनी लगी।

अम्माजी रोटी लिए कमरे में आती दिखीं सो हम दोनों खाना खाने लगे। फिर कोई ज्यादा बातें न हो सकीं। हमें रोटी नहीं लेनी थी। अम्माजी जल्दी जाकर फिर लौट आईं। उनके हाथ में चाय की ट्रे थी। चाय बनाकर उन्होंने कहा, ''बेटा, सर्दी ज्यादा होती जा रही है। तुम झटपट चाय पिओ और सो रहो।''

सवेरे जब मैं उठा बाबूजी टलहने जा चुके थे। आने पर फिर सारे दिन उनसे बातें होती रहीं। उन्हें मेरे बारे में पिछले इतवार तक की सब बातें मालूम थीं। सुमी अम्मा से ज्यादा बातें नहीं करती थी, पर बाबूजी से बहुत बोलती रहती थी। हँसी-खुशी दिन बीत गया। उसके बाद भी कई बार मैं उनके घर गया।

मई में जब हमारी परीक्षाएँ समाप्त हो गईं तो स्वामी जी ने महरौली के पास ही जंगल में बने एक उदासीन आश्रम में कुछ दिन ठहरने का कार्यक्रम बनाया। मैं उनके साथ वहीं आ रहा। और इस तरह जब तक हम वहाँ रहे मैं रोज ही सुमी के घर जाता रहा। कई बार रात देर हो जाने पर अम्माजी वापस आश्रम न जाने देतीं। उन्हें डर रहता कि जंगल का रास्ता है। पता नहीं क्या हो। ऐसे मौकों पर मुझे वहीं सोना होता।

छुट्टियों बाद फिर सुमी होस्टल में आ रही। दीदी (होस्टल वार्डन) अभी नहीं आई थीं। इसलिए मैंने सुमी को अपने कमरे में आने को मना कर दिया। जब दीदी आईं तो वे मेरे लिए ढेर सारे उपहार लाई थीं। कश्मीरी गर्म कपड़े, सूखे मेवे वगैरह। उन्होंने बताया कि हमारा रिजल्ट उन्हें पता लग गया था और 'फर्स्ट आया हूँ मैं' यह जानकर उन्हें बहुत खुशी हुई। इसी का पारितोषिक था ये सब सामान। सुमी के लिए भी वे एक शाल लाईं। विमल अब तक न आया था। दो दिन बाद वह

भी आ रहा। उसे भी बहुत खुशी हुई थी इस बात की कि मैं फर्स्ट आया हूँ। आते ही अपने कमरे में सामान रखकर वह सीधा मेरे कमरे में आया। बजाए कुछ कहने के उसने झट मुझे गले लगा लिया। अब कहने को कुछ बचा ही नहीं था। फिर उसने मुझे एक लिफाफा दिया। खोलने पर देखा 'सिरा की ओर से बधाई' लिखा था। मैं समझ गया सिरा की बधाई आगरा होती हुई पहुँची है। और इस तरह अब तक न कही बात विमल ने आज स्पष्ट कर दी। मुझे मालूम तो बहुत पहले से था। जब पहली बार सुमी के यहाँ गया था तभी सुमी ने कैण्टीन की घटना बताते समय कहा था कि सिरा को एक लड़की ने कहा, 'सिरा समझी विमल के बारे में बात हो रही है।' मैं तभी से सब समझ गया था, पर मैंने कभी विमल पर यह जाहिर नहीं किया था।

"भई, यह तो हद हो गई।"

"क्या हद हो गई?" विमल कुछ न समझा। मैंने और स्पष्ट करते हुए कहा, "यही कि इतनी-सी बात भी तुमसे बिना पूछे नहीं की जा सकी। सम्पादन कराने भेजा था क्या बधाई पत्र?" विमल कुछ असहज-सा हो आया पर बहुत थोड़ी देर को, फिर बोला, "कम-से-कम इतनी छूट तो है।" मैं समझ गया विमल का इशारा किस ओर है। मैंने कई बार कहा सुमी को कि विमल के आते ही भागा न करो। कुछ कहा करो, बात किया करो विमल से। क्या सोचता होगा विमल। पर उससे ऐसा न हो सका। क्लास में बातें करते हैं या नहीं न मुझे पता लगा न मैंने पता लगाया ही! बात को टालने के लिए मैंने पूछा, "कमरे में जगह तो मिल गई न?"

"क्यों, क्यों न मिलती।"

"अरे भई, इस साल तुम देर से आए हो, तुम्हें अभी पता नहीं है शायद कॉलेज का रिजल्ट अच्छा रहा इसलिए इस साल बहुत-से लड़कों ने प्रवेश चाहा था। मुझे तुम्हारा बड़ा इन्तजार रहा। सोचता था तुम जल्दी आ जाओगे तो कुछ काम में हाथ बँटाओगे। काफी परेशान रहा मैं इतने दिन। उधर होस्टल वार्डन भी नहीं आई थीं। पहले एडमिशन के घपले रहे फिर होस्टल के। स्वामी जी ने कह दिया और कमरे अभी बने नहीं हैं, इन्हीं से काम चलाओ। बड़ी मुश्किल से सब ठीक-ठाक कर पाया।"

"कैसे किया?"

"एक-एक कमरे में पाँच-पाँच की जगह सात-सात लड़के किए यही लड़कियों के कमरों का हाल रहा। पर तुम्हारे कमरे में शायद छह हैं। फिर भी देख लो जाकर।"

विमल गया और थोड़ी देर में आकर बोला, "वहाँ तो आठ हैं।"

"तुम सहित?"

"नहीं, मुझसे पहले ही।"

"अरे यह कैसे हुआ? अब?"

"अब क्या? मैं तो पुराना छात्र हूँ।"

"अच्छा तो ऐसा करो, तुम मेरे कमरे में आ रहो।"

विमल को जैसे आशातीत बात सुनने की मिली हो। भागा-सा गया कमरे से और भागता-सा वापस आया। साथ में अटैची थी। पीछे-पीछे दो लड़के उसका तख्त लिए चले आए।

मैंने यह सब देखकर कहा, "इतनी जल्दी क्या थी?"

"जल्दी थी।"

"क्या?"

"तुम अभी विचार करने बैठोगे और नतीजा मेरे पक्ष में नहीं होगा।"

"तो अधिकार कर बैठे मेरे सोचने पर।"

"कमरे पर भी।" इस पर जो लड़के तख्त लाए थे वे भी हँसने लगे।

इस तरह विमल का यह साल शुरू हुआ। फिर तो कुछ खुलना पड़ा सुमी को विमल के सामने। सिरा भी अक्सर आ धमकती कमरे में। यही सहूलियत पाने विमल मेरे कमरे में आने को उत्साहित हुआ था शायद।

मैं महीने के कम-से-कम एक इतवार सुमी के घर जरूर जाता। सुमी इससे सन्तुष्ट थी। इस साल मेरा समय ज्यादातर स्वामी जी के साथ ही बीतने लगा। स्वामी जी मेरे रिजल्ट से यह मान बैठे कि मेरा और भी उपयोग किया जा सकता है। उनकी एक योजना चल रही थी विश्व-स्तर पर एक सम्मेलन कराने की। इस व्यस्तता ने पता ही नहीं लगने दिया कि कैसे दिन गुजरते जा रहे हैं। हाँ, इस काम से यह जरूर हुआ कि हम जब बैठते तो दुनिया-भर की बातें करते। मुझे इस काम से और देशों, धर्मों का पता लगा और हम चारों, कभी-कभी दीदी भी आ बैठतीं और तब हम पाँचों इन्हीं पर बातें करते रहते। विमल कुछ नजदीक हो आया मेरे। जब कभी शनिवार को सुमी को रात जाने में किसी वजह से देर हो जाती तब विमल उसे घर पहुँचा आया करता और इतवार को सवेरे वापस आ जाता। वह किसी भी सूरत में मेरी तरह इतवार बिगाड़ने को तैयार नहीं होता था।

होस्टल के लड़के-लड़कियाँ विमल और सिरा को लेकर तरह-तरह की बातें करने लगे थे। कुछ तो विमल के सामने उसे टोक भी देते। सुमी के और मेरे विषय में भी कुछ-न-कुछ कानाफूसी चलती रहती। पर इस बात पर हर किसी का विश्वास न जमता। कारण था मेरा सभी से घुल-मिलकर और ज्यादातर व्यस्त रहना। मैं कॉलेज के सभी लड़कों के साथ हँसता बोलता। तरह-तरह के आयोजन होते और उन सब में किसी विशिष्ट व्यक्ति को बुलाया जाता। कॉलेज में समारोहों का ताँता-सा बँधा रहता। सुमी इन सब मौकों पर किसी प्रकार का उत्साह न दिखाती और न किसी तरह की प्रतियोगिता वगैरह में हिस्सा लेती। वास्तव में सुमी की यह अरुचि ही हमें अफवाहों से बचाए हुए थी। और लड़कियाँ बड़े चाव से कई प्रतियोगिताओं में भाग लेतीं। जब भी कोई हमारे सम्बन्धों की भनक किसी दूसरे को देता तो दूसरी ओर

से समर्थन न मिलता। बल्कि सुनने वाले कहते, “भई, उनके बीच अगर इस तरह का कुछ होता तो सुषमा शर्मा को आगे आने में विजय मदद न करता?” और बात वहीं दब जाती।

होली की छुट्टी होने वाली थी। मैंने सुमी को पहले ही कह दिया था कि वो घर जाना चाहे तो जाए। मैं होली नहीं खेलता। तब सुमी यह आश्वासन लेकर चली गई कि मैं होली के दिन उसके घर आऊँगा।

होली के अगले दिन इतवार था इसलिए मैं उसके घर जाने की बात टाल गया। सोचा कि कल सवेरे ही जाऊँगा और वैसे भी मेरा मिजाज कुछ ठीक नहीं था उस दिन।

मैंने सुमी से जो होली न खेलने की बात कही थी वह सच थी। पर होली के दिन अचानक वह बात न रह सकी। होली तो मैंने न खेली पर एक घटना घट गई ऐसी कि उसे लेकर मैं काफी उत्तेजित हो रहा।

कुछ लड़के दीदी के साथ होली खेलने उनके कमरे के आगे आ गए। बार-बार दरवाजा खटखटाने पर भी कमरा न खुला तो वे उनके आने के इन्तजार में वहीं बैठ गए। अभी थोड़ी देर ही हुई थी उन सबको बैठे कि दीदी आती दिखीं। दीदी ने जब उस झुंड को देखा तो वे अपना कमरा न खोलकर मेरे कमरे में चली आईं। उनके आते ही सब लड़के-लड़कियाँ भी कमरे में घुसे। पहले तो कुछ देर वे मना करती रहीं, पर फिर उन्हें हार माननी पड़ी और केवल गुलाल लगाने की इजाजत उन्होंने दी। कुछ लड़कों ने कहा कि सबसे पहले विजय गुलाल लगाए। दीदी और वे सब भी जानते थे कि मैं होली नहीं खेलता। पर उन सबने कहा कि रंग डालने वगैरह की बात थोड़े ही है। आना-कानी करने से जब काम न चलता दीखा तो मैंने गुलाल लेकर दीदी के माथे पर लगाया और उनके चरण स्पर्श किए। दीदी को यह अच्छा लगा और करीब एकाध मिनट तक वे मेरे सिर पर हाथ रखे रहीं। जब मैंने सिर उठाया तो देखा दीदी की आँखें गीली हो आई थीं। अब और लड़के भी इसी तरह गुलाल लगाने लगे। इनमें एक लड़का था लक्ष्मण। जब वह गुलाल लगाने को आगे आया तो उसका हाथ माथे पर न रुककर और ऊपर को जाता दिखा। पहले तो हम लोगों ने उसे उतावलापन समझा, पर फिर जब उसका हाथ दीदी के सिर पर उनकी माँग में गुलाल डालने को तत्पर हुआ तो मैंने उसका हाथ एक तरफ खींच लिया। इतना भर करने से मुझे सब्र न हुआ और मैं उसे पीटने लगा।

मुझे यह याद ही न रहा कि मैंने उसे कितना पीट डाला है। अगर दीदी खुद बीच में न आई होतीं तो शायद मैं उसे बेहोश करके ही दम लेता।

होली मनाने का प्रश्न तो अब रह ही न गया था। सभी लड़कों ने लक्ष्मण को भला-बुरा कहा। दोपहर को जब मैं खाना खाने न पहुँचा तब दीदी खुद मेरे पास आईं। मैं कुर्सी पर बैठा, माथे पर हाथ रखे कुछ सोच रहा था। उन्होंने मेरा सिर

सहलाना शुरू कर दिया। काफी देर बातें भी करती रहीं वे। उन्होंने खाना कमरे ही मँगाया।

अगले दिन सुबह अभी मैं टहल कर वापस आकर कैण्टीन में चाय पी रहा था कि तभी चपरासी ने आकर बताया मुझे स्वामी जी बुला रहे हैं। स्वामी जी के कमरे में पहुँचने पर देखा दीदी और सुमी के बाबूजी भी वहाँ मौजूद हैं। स्वामी जी मुझे बैठने को कहकर वहाँ से चले गए। उनके जाते ही बाबूजी ने पूछा कि कल मैं उनके घर क्यों नहीं आया और यह भी कि मैंने लड़ाई क्यों की। उन्हें दीदी ने बताया था या स्वामी जी ने मैं नहीं जान पाया। पर मुझे जवाब देने की जरूरत महसूस नहीं हुई। इतने में स्वामी जी भी आ गए। वे किसी आदमी को कुछ कहने गए थे। आते ही उन्होंने सवाल करने शुरू कर दिए, ''विजय, तुम दीवाली पर घर गए थे?''

''हाँ।''

''क्या रहा। तुमने अपने पिताजी से बात की थी?''

''किस सम्बन्ध में?''

''तुम्हारे और सुमी के बारे में रामरतन जी ने बात करने को कहा था न!''

''हाँ, पर वे तैयार नहीं थे।''

''अब भी नहीं हैं क्या?''

''अब का मुझे पता नहीं है। जब से मैं घर से आया हूँ पिताजी का कोई पत्र नहीं आया।''

''अच्छा, मैं तुम्हें सब कुछ बता दूँ। शर्माजी चाहते हैं कि मैं ही सब कहूँ।'' यह कहकर स्वामी जी ने मेरी तरफ, दीदी और बाबूजी की तरफ एक-एक बार देखा।

''शर्माजी को एक अच्छा रिश्ता मिला है। बहुत बड़े घर से। अच्छे व्यापारी हैं। लड़का बी. ए. तक पढ़ा-लिखा है। सुषमा वहाँ खुश रहेगी। मेरा मतलब है...और हाँ, शर्माजी जल्दी ही इस भार से निवृत्त होना चाहते हैं। फिर तुम्हारा अभी इरादा नहीं है। तुम्हें आगे पढ़ना है और सबसे बड़ी बात यह कि तुम्हारे परिवार वाले भी तैयार नहीं हैं। अब तुम बताओ तुम्हारी क्या राय है।''

मैं कुछ न बोल सका। मैं वहाँ बैठा-बैठा उस परमपिता या ईश्वरीय शक्ति को इस बात के लिए क्षमा करने का निश्चय कर रहा था जिसने मुझे अब तक बहरा न कर देने का अपराध किया था, इस शर्त पर कि अब भी समय है और समय रहते वह मुझे बहरा कर दे। पर इस तरह कब तक चुप बैठा जा सकता था। आखिर मुझे बोलना हुआ और मैं इतना ही कह पाया, ''मुझे खुशी होगी अगर सुमी को इतनी खुशियाँ मिलें तो।''

मेरी यह बात सुनते ही बाबूजी जाने लगे, पर जाते-जाते समझाना चाहा उन्होंने मुझे। कह भी गए कि वे ऐसा नहीं चाहते थे। उनकी राय दूसरी थी। पर मेरे पिताजी

का रुख देखकर ही वे अब इस नतीजे पर पहुँचे हैं। उन्होंने यह रिश्ता ढूँढ़ा नहीं था। वे मेरे पिताजी को ही मनाना चाहते थे। और यह भी कि चूँकि सुमी 19 की हो चली है। वे खुद रिटायर्ड होने वाले हैं, तिस पर उनका स्वास्थ्य भी ठीक नहीं रहता, इसलिए वे ऐसा कर रहे हैं।

उन्होंने अभी सुमी से इस बारे में बात नहीं की थी। दीदी ने मुझे बताया कि स्वामी जी ने सवेरे-सवेरे उन्हें बुलाया। वहाँ बाबूजी बैठे थे। फिर सुमी के रिश्ते की बात उठी। दीदी ने इसका विरोध किया। समझाया कि दोनों को पढ़ने दो अभी। कहीं और भी हाँ करने की जरूरत नहीं, पर जब बाबूजी ने और दिन रुकने की बात न मानी तब मुझे दीदी ने अपने आग्रह पर बुलवाया था।

स्वामी जी के पास से उठकर मैं चला आया था। कमरा खोला भी न था कि दीदी आ पहुँचीं। वे सब बताकर चली गईं। ज्यादा बात कर पाना दीदी के लिए भी मुश्किल हो रहा था तब। और मैं देर तक सोचता रहा—कितना बड़ा फैसला कर आया मैं अभी। यह क्या-से-क्या हो गया। मेरा जरा-सा बयान अनर्थ तो नहीं कर देगा। भीतरी शक्ति मुझे धिक्कार रही थी। एक वाक्य जो मैं बोल आया था उसने तो कहानी ही बिगाड़ दी। आखिर ऐसा क्या कहा था स्वामी जी ने। कितनी स्पष्ट बात की थी। मैं सोचता रहा—पिताजी ने भी तो कितना साफ उत्तर दिया था बात चलने पर। सुमी का गोत्र हलका है हमारे गोत्र से। सुमी के पिताजी ने भी अपनी तरफ से बात का निर्वाह किया। दीदी ने भी, फिर क्या मैं खुद कायर निकला? मुझे पूरा हक था उस समय अपने आपको प्रस्तुत करने का। फिर क्यों मैं भीरुता पर उतर आया? क्यों पलायन कर गया? ऐसा तो नहीं कि मैं स्वामी जी की बातों से अपने-आपको कमजोर पा गया होऊँ। स्वामी जी की बातों से ऐसा लगा मानो वे मुझे जिम्मेदार नहीं मान पा रहे थे। तभी तो न उन्होंने दूसरे किसी घर की बात में कहा था, 'अच्छे व्यापारी हैं।' और मैं अभी पढ़ रहा हूँ। घर वाले तैयार नहीं हैं।

अब दो रोज पहले की घटना याद आ गई मुझे। और मैं सोचने लगा कहीं विमल को यह सब पता लगा तो जरूर ही मेरी भर्त्सना करेगा वह। दो रोज पहले ही मैं और विमल एक फिल्म देखने गए थे। हाँ, 'पाकीजा' फिल्म थी वह। ठीक यही तो नहीं पर ऐसी ही कुछ स्थिति उसकी नायिका के सामने आई और उसने पलायन का रास्ता इख्तियार किया। इसी बात पर विमल से बहस हो गई। वह नायिका के रुख को सही मान रहा था और मैं गलत। उसकी दलील पिक्चर की पूरी कहानी थी और मैं उससे बाहर कुछ खोज रहा था। मैं कल्पना कर रहा था उस स्थिति की, जिसमें एक विद्रोह पनपता, एक नया अध्याय जुड़ता हमारे आदर्शों में परिवर्तन का। त्याग तो बहुत पुराना राग हो गया है, यही मेरी दलील थी। और फिर समाज के घिसे-पिटे मूल्यों को मान्य समझकर निर्णय लिया तो क्या खाकर इस हद तक

आए थे कि परिस्थिति यहाँ ले आई। विमल मानने को तैयार न था और उसने यह कहकर बात खत्म की थी, "जब ऐसा मौका आए तो अपने मन की करना।"

आज कुछ ऐसा मौका आया और बात विमल की सत्य निकली। मैं दो रोज भी अपनी विचारधारा को स्थिर न रख पाया। सच कहूँ तो मुझे समाज का भय न था। मैं बावजूद पिताजी के मना करने के कुछ भी कर गुजर सकता था। अपने अस्तित्व को बनाए रखने या मिटाने का अधिकार मुझे थे। पर मैं अपने को ओछा मान बैठा उस दूसरे परिवार की तुलना में जो मेरा अप्रत्यक्ष रूप से प्रतिद्वंद्वी बन आया था।

एक बार को मन में आया कि बाबूजी के पास जाऊँ और कह दूँ कि 'पिताजी तैयार नहीं हैं, मैं नौकरीशुदा नहीं हूँ, फिर भी आप इतना कमजोर न मानें कि सुमी का भरण मैं न कर पाऊँगा। आपको कहीं और बात करने की जरूरत नहीं है। मुझे केवल चार-छह महीने का समय दीजिए।' पर तभी अपनी कही पंक्तियाँ याद हो आईं। मैंने ही तो लिखा था सरस्वती बनी सुमी के चित्र पर—

'सा पायाद् विजयेन वंदित पदा, ज्ञानान्धकारापहा।'

सच ही मेरा निर्णय अन्धकार की तरफ ले जाता और सुमी को तो मैं अन्धकार समांप्त करने वाली मानता था। फिर, मन ने इस बहाने को खूब तूल दिया कि मैं अपनी व्याख्या के मुताबिक अपना निर्णय ऊपर सुना आया हूँ स्वामी जी को और सबको। मैं किसी अगले निर्णय पर इसके बाद न पहुँच पाया। और यह प्रसंग तेज रफ्तार से चलता हुआ बहुत आगे निकल गया।

एक सप्ताह बाद ही प्रिपरेशन लीव होने जा रही थीं। इस सप्ताह-भर सुमी कॉलेज नहीं आई। उसका रोलनम्बर दीदी ने लिया और खुद ही उसके घर दे आईं। मैं इन बातों से बहुत उद्विग्न-सा रहने लगा। मैं एक बार सुमी से बात करना चाहता था पर इसका अवसर न मिल रहा था। मैं बैठा-बैठा अनर्गल बातें सोचा करता। दीदी यह सब देख-समझ रही थीं। वह मुझे समझातीं। उन्हें डर था कहीं मेरा रिजल्ट न बिगड़ जाए। मेरा परीक्षा की तैयारी में मन न लगता। रह-रहकर गुजरे दिन याद आते। विमल को मैंने कुछ न बताया। उसने कई बार पूछा कि मैं पढ़ता क्यों नहीं, तैयारी क्यों नहीं करता? विमल को कुछ न पता होने से वह बातों के प्रसंग में सुषमा का जिक्र ले आता और मुझे उससे आगे बात करने तक का साहस न होता।

पहले पेपर के दिन सुमी कॉलेज आई। अभी पेपर होने में बहुत समय था। मैं और विमल कमरे में बैठे पेपर के बारे में चर्चा कर रह थे कि सुमी दरवाजा खोलकर कमरे में चली आई। आते ही उसने विमल को बाहर जाने को कहा। विमल ने सुमी की बात मान ली। विमल के बाहर जाते ही सुमी ने कमरा अन्दर से लॉक कर दिया। फिर तख्त पर बैठकर रोने लगी। मेरे लिए कुछ कह पाना सहज नहीं था उस समय। मैं किंकर्त्तव्यविमूढ़-सा सुमी को रोते हुए देखता रहा। फिर उठकर सुमी के सिर पर

हाथ फेरने लगा। मेरा स्पर्श पाते ही सुमी और जोर से रोने लगी। कुछ अस्पष्ट-से शब्द भी कहने शुरू किए। सुमी ने मेरा हाथ अपने दोनों हाथों से पकड़ झकझोरते हुए उलाहना-भरे शब्दों में कहा, "क्यों, क्यों राजी हुए तुम?"

"सुमी, जाने दो उन बातों को। मैं तुम्हें खुशहाल देखता रहूँ यह क्या कम है।" कहने को मैं कह तो गया, पर मेरी स्थिति भी सुमी जैसी ही थी उस समय। फर्क इतना भर रहा कि मैं रोया नहीं अब तक।

"पर क्या मैं ऐसे ही खुशहाल रहूँगी?"

"तो फिर कैसे? मेरे साथ तुम्हें पता नहीं...." आगे मैं कुछ न कह पाया। मेरा गला रुँध गया। अपने को सँभालते हुए मैंने कहा, "सुमी! हमेशा मन चाहा तो नहीं होता। कभी-कभी न चाहा ज्यादा सुखद होता है।"

सुमी कुछ कहने ही जा रही थी कि दरवाजा खटखटाने की आवाज हुई साथ ही दीदी की आवाज आई, "विजय, दरवाजा खोलो।"

मैंने झट दरवाजा खोला। दीदी के साथ-साथ विमल भी कमरे में आ रहा। दीदी ने विमल की उपस्थिति के कारण कुछ कहा नहीं और वह सुमी को अपने कमरे में ले गईं। विमल इस सब में कुछ भी समझ न पाया और मैं उसे कुछ समझाने की स्थिति में नहीं था। वह काफी देर तक मेरे सामने प्रश्नवाचक मुद्रा बनाए खड़ा रहा, पर मुझे बोलता न देखकर कमरे से चला गया।

दीदी से पता लगा कि सुमी की सगाई हो चुकी है। परीक्षाओं भर सुमी से मेरी खास बात न हो पाई। दीदी ने ऐसा मौका ही नहीं दिया। ज्योंही पेपर खत्म होता वे उसे अपने कमरे में ले आतीं फिर थोड़ी देर बाद विमल के साथ बस स्टैंड भेज देतीं। परीक्षाओं के बाद एक दिन विमल ही सुमी का सामान उसके घर पहुँचा आया और दो-एक दिन बाद विमल, दीदी अपने-अपने घर भी चले गए। परीक्षा पूरी होते ही मैं स्वामी जी के कामों में जुट गया। मई के पहले सप्ताह में स्वामी जी विश्व-स्तर पर एक धार्मिक सम्मेलन करने जा रहे थे। फिर पता न चला और देखते-देखते 10 मई आ गई।

स्वामी जी का सम्मेलन सफल रहा। पिचहत्तर देशों के प्रतिनिधि आए थे। तीन दिन कार्यक्रम रहा। क्रमशः भारत के राष्ट्रपति, प्रधानमन्त्री तथा उपराष्ट्रपति ने एक-एक दिन सम्मेलन की अध्यक्षता निभाई। कार्यक्रम 7 से 9 को हुए। फिर उन सब प्रतिनिधियों का वापसी कार्यक्रम चलता रहा। 16 मई की रात जब मैं होस्टल वाले कमरे पर, चूँकि मैं वहीं रहता था, लौटा, तो देखा विमल महाशय वहाँ मौजूद हैं। होस्टल के कमरे की एक चाबी विमल के पास थी। समारोह के दिनों मैंने समारोह स्थल के पास ही रहना शुरू कर दिया था। इधर कमरे पर लगभग 15 दिन से मैं गया ही नहीं था। विमल ने बताया कि उसे आए आज 10 दिन हो गए। उसके कुछ मित्र भी सम्मेलन देखना चाहते थे और वे पाँच-छः आदमी छः मई को यहाँ

पहुँचे थे। मैं बहुत व्यस्त हूँ यह सोचकर उसने मुझसे अब तक मुलाकात न की थी। विमल अपने दोस्तों को मेरा कुछ इसी तरह का परिचय भी दे चुका था कि मैं बहुत व्यस्त जीव हूँ और न मिलकर उसकी पुष्टि करना चाहता था। थोड़ी देर ही हुई थी हमें बैठे कि उसकी मित्र-मण्डली आ पहुँची। आते ही वे मुझे परिचय देने लगे। मेरा परिचय उन्हें मिल चुका था और वे मुझे तीन दिन लगातार देख भी चुके थे। मेरे कहने पर वे 20 तक दिल्ली रहे। चार दिन उन लोगों के साथ दिल्ली की सैर की। विमल ने उन्हें पहले भी कई जगह की सैर कराई और फिर मेरे साथ भी वे कई जगह गए। जाते समय पाँचों ही बहुत खुश थे। मुझे इधर यह मालूम हो गया था कि सुमी का विवाह 28 मई को होना निश्चित हुआ है, पर मैंने विमल को जाते-जाते तक इस बारे में कुछ नहीं बताया था।

अगले दिन सुबह अभी मैं कैण्टीन से चाय पीकर लौटा ही था कि कमरे में पहुँच कर देखा सुमी वहाँ पहले से मौजूद है। सुमी को देखकर मुझे हैरानी हुई। आठ दिन बाद सुमी की शादी होने जा रही है और यह यहाँ इस समय। भीतर कमरे में सुमी को बैठा देख मैं कमरे के बरामदे में खड़ा रहा, फिर बरामदे में ही चहलकदमी करने लगा। सोचता रहा, क्या बात की जाए। जिस दिन बाबूजी से मैंने 'हाँ' की थी उसी दिन से मैं सुमी से कतराने लगा था। मुझे डर लगा रहता मन में, पता नहीं क्या बात कह गुजरूँ। सुमी को मेरे बाहर होने की भनक लग गई।

बरामदे के दूसरे छोर से मैं कमरे की तरफ मुड़ा तभी दरवाजे पर आकर सुमी ने कहा, "क्या बाहर ही घूमते रहोगे?" दूर से यह सुनकर भी मैंने सुमी को कोई जवाब न दिया। मैं उसी तरह चलता हुआ उसके पास तक आया और कमरे में आ बैठा। सुमी कुछ देर दरवाजे पर ही खड़ी रही, फिर कमरे में आ बैठी।

"मेरा आना बुरा लगा क्या?"

"नहीं तो।"

"फिर?"

"पर तुम बुरा नहीं मानती इसे।"

"क्यों?"

"क्योंकि..."

"मेरी शादी होने वाली है, यही न?"

"हाँ यही।"

"तुम्हें निमन्त्रण देने आई हूँ।"

"काहे का?"

"डोली सजाने और कन्धा देने का।"

"मेरे कन्धे कमजोर हैं और जिन्दगी बेरंग, फिर कैसे संजाऊँगा और कन्धा दूँगा?"

"इसमें मैं क्या करूँ?"

"कर भी क्या सकती हो।"

"कर तो सकती थी।"

"देखो सुमी, पछतावा खाने से क्या होगा?"

"मैं पछतावा नहीं खा रही, स्पष्टीकरण चाह रही हूँ।"

"किस बात का?"

"तुमने हाँ क्यों कर दी?"

"क्योंकि इसमें दोनों का भला दिखा।"

"कैसा भला?"

"तुम सुखी हो जाओगी और बाबूजी निश्चिन्त।"

"तुम बाबूजी को दूसरी तरह भी निश्चिन्त कर सकते थे।"

"किस तरह से?"

"कह देते अभी रुकें।"

"किस भरोसे पर?"

"अपने भरोसे पर।"

"सुमी, तुम्हें मालूम नहीं है, जब मैं दीवाली पर घर गया था तब बाबूजी ने कहा था मैं अपने पिताजी से बात करता आऊँ।"

"तुमने बात की थी?"

"हाँ वही तो बता रहा हूँ। मैंने उनसे बात की थी और वे राजी न थे।"

"पर भैया-भाभी तो तैयार थे?"

"हाँ, पर उन्हें मालूम नहीं कि पिताजी राजी नहीं हुए।"

"क्या पिताजी बाद में राजी नहीं हो सकते थे?"

"हों या नहीं मैं नहीं जानता, पर इतना जरूर सोचा मैंने कि मेरे लिए ऐसी स्थिति कभी न उत्पन्न हो कि मैं तुम्हें किसी बात के लिए दोषी ठहराऊँ या तुम अपने को दोषी मानती रहो।"

"मैं कुछ समझी नहीं।"

"देखो सुमी, यों तो अब हम आगे बढ़ आए हैं, फिर भी मैं तुम्हें बता दूँ कि मैं सोचता हूँ अगर पिताजी के न करने के बाद भी मैं शादी की सोचता या करता तब या तो पिताजी को सहज रूप में इसे स्वीकारना पड़ता, यदि वे न स्वीकारते तो निश्चित रूप से मेरे घर से सम्बन्ध टूट जाते। और वैसी स्थिति में तुम अपने को दोषी जरूर समझने लगतीं। फिर इस तरह की जिन्दगी जीने से मिलता क्या सिवाए आत्मग्लानि के।"

"पर यह भी हो सकता था कि पिताजी मेरे व्यवहार से सन्तुष्ट हो हमें आशीष देते।"

"हाँ, पर वह 'पर' तुम्हारे इस 'पर' से कट गया।"
"इसे रोका जा सकता था।"
"एक अनिश्चित के लिए।"
"अनिश्चित कैसा?"
"जो 'पर' हो उसे अनिश्चित नहीं कहेंगे।"
"देखो, तुम अब बहक रहे हो, इसीलिए शब्दों के जाल बुनने लगे।"
"नहीं सुमी।"
"अच्छा, जो हुआ, अब यह बताओ मैं आगे क्या करूँ?"
"क्यों, ग्रेजुएशन पूरी करो।"
"अगर ससुराल वाले नहीं माने तो?"
"उनके मानने की बात ज्यादा मायने नहीं रखती।"
"क्यों?"
"मैं बाबूजी से कहूँगा कि विदा एक साल बाद रखें।"
"अभी कह देते न विवाह एक साल बाद रखें।"
"फिर वही।"
"अच्छा, यह लो निमन्त्रण पत्र।"
"28 को है न।"
"हाँ, पर बाबूजी ने कहा है तुम कल ही पहुँच जाना।"
"पहुँच जाऊँगा।"
"भाई साहब को भी कार्ड भेजना है?"
"नहीं, उन्हें मत भेजना।"
"क्या मेहमान की खातिर नहीं करोगे?"
"अरे!"
"भूल गए शायद।"
"आज ही हुआ है क्या ऐसा?"
"वही तो सोच रही हूँ।"
"क्या?"
"आज भी हुआ वैसा।"
"क्या करूँ। परवश हूँ।"
"मैं भी तो।"
"अब तुम मुझसे मुक्त समझो अपने को।"
"तुम मत समझना।"
"ठीक है।"
मैं कमरे से बाहर आ रहा। कैंटीन में आकर चाय वगैरह के लिए कहा फिर

वहीं खड़ा रहा। जब चाय लेकर बेरा चल पड़ा तब मैं भी उसके पीछे-पीछे कमरे में पहुँचा। सुमी जो अब तक भीतर रुलाई दबाए बैठी थी, किसी को कमरे में न पा रो उठी थी। जैसे ही बरामदे में पैरों की आहट हुई उसने आँखें पोंछ लीं। मैंने कमरे में पहुँचते ही देखा अभी भी उनमें गीलापन है। चाय बनाने का बहाना कर सुमी ने गर्दन नीची कर ली।

24 की सुबह मैं सुमी के घर पहुँच गया। उसकी दो बहनें भी दो दिन बाद आ गई थीं। शादी के एक दिन पहले बाकी दो बहनें भी आ पहुँचीं। दीदी की चिट्ठी आई कि किसी खास कारण से वे नहीं आ सकेंगी। 27 की शाम विमल और सिरा भी आ पहुँचे। दोनों को मैंने निमन्त्रण भेजा था। सिरा अपने रिश्तेदार के यहाँ ठहरी थी। विमल होस्टल में सामान रखकर सीधा सुमी के घर आ पहुँचा था। मैं उस समय कुछ सामान लेने बाजार जा रहा था। वह भी मेरे साथ हो लिया और पूरे रास्ते मुझे प्रताड़ना देता रहा। जितना भी अपनत्व था उसमें, सारा ही उड़ेल डाला उसने। पर मैंने कुछ भी कहना फिजूल जाना। समझाने का प्रयास करना व्यर्थ था। फिर जब हम घर लौटे तो सिरा भी वहाँ मौजूद थी। उसने भी वही सब कहा जो विमल अब तक कहता आया था रास्ते-भर।

अगले दिन सुबह विमल और सिरा फिर काम में हाथ बटाने पहुँच गए। बहुत अच्छी तरह सारा काम समाप्त हुआ। हँसी-खुशी शादी की सभी रस्में पूरी हुईं।

अभी सुमी के घर से हम आए ही थे कि कॉलेज में फोन आया। फोन पर अम्मा जी बोल रही थीं, उन्होंने सिर्फ इतना बताया कि, ''बाबूजी को हार्टअटैक हुआ है।'' मैंने ज्यादा बात न की। फोन रखकर मैं और विमल सुमी के घर चल पड़े।

मुझे शादी के समय सुमी के यहाँ सात दिन रहना पड़ा था। और इन सात दिनों में मैंने देखा था कि बाबूजी दिन-दिन अस्वस्थ से होते जा रहे थे। वे कोई काम करते-करते गुमसुम हो जाते। कभी किसी भी तरफ देखते रहते देर तक। घर पहुँचने पर देखा बाबूजी बिस्तर पर लेटे हुए थे। बहुत कमजोर हो आए थे वे एक ही दिन में। उन्हें सुमी की शादी की खुशी तो थी ही, पर यह भी सोचते थे कि अब घर सूना हो गया। और इस रीतेपन की कल्पना ने ही दिल का दौरा ला दिया।

उस दिन हम सुमी के घर रहे। सुबह होस्टल में दीदी की एक चिट्ठी आई थी। लिखा था, तीन जून को उनकी शादी है। मुझे बुलाया था। यह भी लिखा था कि अगर सुषमा की शादी पर विमल वहाँ आया हो तो उसे साथ लेते आना। हम दोनों ने जाने का फैसला कर लिया। सिरा को भी जम्मू ही जाना था। सिरा और दीदी एक ही शहर की रहने वाली थीं। हम तीनों एक जून को जम्मू के लिए चल पड़े।

दीदी की शादी के बाद विमल और सिरा ने चाहा कि मैं जम्मू दस-बीस दिन रुकूँ। सिरा के वर जाने पर उसके मम्मी-पापा ने भी यही बात कही कि जब यहाँ आए हो तो कम-से-कम जून तो यहीं बिताओ। पर मुझे ख्याल बना रहा कि मेरे दिल्ली से चलने के पहले ही बाबूजी को हार्टअटैक हो चुका है, इसलिए मैं दिल्ली वापस आना चाहता था। दीदी ने भी यही सलाह दी कि मैं शादी के बाद वापस चला जाऊँ। शादी के दो दिन बाद ही मैं दिल्ली आ रहा।

बाबूजी की तबियत ठीक थी। सुमी भी घर आ गई थी। मेरी आवश्यकता न थी वहाँ। सुमी ने बताया कि उसने चिट्ठी भी लिखी थी सिरा के पते पर। लिखा था कि अगर मैं कुछ दिन वहाँ रुकना चाहूँ तो रुक सकता हूँ। उसे विश्वास था इस बात का कि मैं जल्दी लौटने की सोचूँगा।

मैं यह देखकर कि बाबूजी स्वस्थ हैं बहुत आश्वस्त हो आया था। मैं फिर काफी व्यस्त रहने लगा। कई दिन तक सुमी के घर न जा सका और न फोन करके बाबूजी के हाल ही जान पाया। एक इतवार जब मुझे कुछ काम कम था मैं शाम को सुमी के घर पहुँचा। सुमी के पति भी वहीं मौजूद थे। सुमी ने हम दोनों का परिचय कराया। उसी समय बातों-बातों में अम्मा जी ने सुमी के पति को बताया, चूँकि बातें शादी के समय की हो रही थीं, अम्माजी बोलीं, "बेटा, मैं सोचती हूँ अगर मेरे एक और बेटी होती तो मैं उसके विवाह की तैयारियाँ विजय के जिम्मे छोड़ खुद वाहवाही लूटती।"

इस बात ने हमें कुछ नजदीक कर दिया, पर साथ ही एक सन्देह मेरी स्थिति के सम्बन्ध में सुमी के पति की आँखों में स्पष्ट झलका था। मेरी आगे की बात ने तो उन्हें सन्देह को सत्य मानने की हालत में ला दिया। मैंने इस बात को उस नजरिए से न लिया था। सहज ही मैंने पूछा, "क्यों शर्माजी, क्या सुमी को आगे पढ़ाएँगे?"

इस बात पर वे कुछ देर मुझे घूरते रहे। शायद उपयुक्त जवाब ढूँढ़ रहे थे। या नहीं कह सकता शायद वे मेरे प्रश्न का कुछ अन्यथा अर्थ लगा रहे थे। कुछ देर यूँ ही देखते रहकर वह बोले, "आप जानते ही हैं विजय जी, हमारे यहाँ पढ़ाई से क्या होना-हवाना है। मैं खुद ग्रेजुएट हूँ, पर लोहे का व्यापार है हमारा, सो ग्रेजुएशन किस काम की। और इन्हें भी कौन-सी नौकरी करनी है, इसलिए हम तो यही चाहते हैं कि अब पढ़ना छोड़ दें।"

"पर आप पढ़ाई को व्यापार, नौकरी से क्यों आँकते हैं? आप यह क्यों नहीं देखते कि पढ़ाई तहजीब भी सिखाती है।"

उन्हें मेरी बात फिर उल्टी लगी। वह भाग निकलने के ढंग से बोले, "फिर भी इनकी मर्जी हो तो पढ़ें।"

मैंने अपनी राय इस बारे में भी दी।

"कम-से-कम ग्रेजुएशन तो कह ही डालें।"

सुमी मेरी बात से सहमत थी और देर-सवेर उसके पति भी सहमत हो गए।

सुमी की ससुराल कॉलेज के पास ही थी। नए साल में सुमी अपनी ससुराल से ही कॉलेज आने लगी।

इधर इस साल दीदी ने भी कॉलेज छोड़ दिया था। उनके पति का अपना दवाई बनाने का कारखाना था। दीदी खुद भी एम. एस-सी. थीं। वे उन्हीं के काम में हाथ बटाने लगीं। स्वामी जी विदेश जाने की योजना बना रहे थे। वे इस साल के अन्त तक चले जाना चाहते थे। मैं कॉलेज में न के बराबर ही मौजूद रहता। दोनों साल फर्स्ट डिवीजन आने से स्वामी जी को मेरा अधिक उपयोग अपने कामों में करने की शह मिल गई। यों भी मैं खुद ज्यादातर कॉलेज में अनमना-सा बना रहता। विमल को साथ लेकर मैं अक्सर सुमी के घर जाता रहता। कभी-कभी दो-दो दिन वहाँ रहता। बाबूजी की तबियत इस बीच काफी खराब रहने लगी थी। जिस चाहे दिन चारपाई पकड़ लेते थे। वे किसी भी तरह नहीं भूल पाते थे कि बुढ़ापा उन्हें अकेले काटना है। मुझसे वह बहुत बार इस तरह की बातें कह चुके थे। तरह-तरह के डर उन्होंने भविष्य के सम्बन्ध में बना, बिठा लिए थे मन में। मैंने उन्हें समझाया। कई बार यह आश्वासन दिया कि मैं यहाँ आ रहूँगा अगले वर्ष से।

एक दिन वे ग्रीन पार्क अपने बैंक तक गए थे किराएदारों से मिले रुपए जमा कराने। लौटते समय बस न लेकर पैदल चल पड़े। अभी ज्यादा दूर न पहुँचे थे कि यकायक बारिश शुरू हो गई। आस-पास कोई स्कूटर तक न दिखा। वे बहुत भीगे हुए घर पहुँचे और बिस्तर पर लेट रहे। अम्माजी ने समझा सर्दी लग गई है। चाय पिलाकर उन्हें अच्छी तरह बिस्तर पर लिटाया। कम्बल ओढ़ाकर वे बारिश रुकने का इन्तजार करती रहीं। ज्यों ही बारिश बन्द हुई डॉक्टर के पास पहुँचीं। पर डॉक्टर के आने पर देखा तो अवाक् रह गईं।

बाबूजी जो कम्बल ओढ़कर सोए थे, उसी में श्मशान पहुँचाए गए। लोगों ने चाहा कि कफन ओढ़ाया जाए, पर अम्माजी न मानीं। उन्होंने कम्बल न हटाने दिया। बार-बार कहतीं, "न, इन्हें सर्दी लग जाएगी। कम्बल न हटाना!"

खबर मिलते ही मैं घर पहुँचा। अम्माजी मुझे देखते ही फूट-फूटकर रोने लगीं। बाबूजी का कोई लड़का न था, मैंने ही उनकी चिता को अग्नि दी। तेरहवीं के दिन तक बल्कि उसके भी दो दिन बाद तक मैं अम्माजी के पास बना रहा।

कुछ दिनों से मैं नौकरी की तलाश में था। सोचता था ग्रेजुएशन पूरी हो और वैसे ही नौकरी भी मिल जाए। आगे की पढ़ाई नौकरी के साथ-साथ करना चाहता था। स्वामी जी चाहते थे मैं कॉलेज में ही बना रहूँ। वह मेरी पूरी व्यवस्था करके जाने को तैयार थे। पर मैं यह नहीं चाहता था। एक तो मेरा मन वहाँ बेचैन-सा रहता और स्वामी जी भी बहुत जल्दी विदेश जाने की तैयारी कर रहे थे।

मुझे एक कम्पनी ने इन्टरव्यू के लिए बुलाया। मैंने कोई एप्लीकेशन नहीं भेजी थी वहाँ, उन्होंने खुद ही अपने योग्य आदमी की तलाश की थी। इसी सिलसिले में हमारे एक लेक्चरर ने मेरा नाम दिया था। मैं इन्टरव्यू देने गया। इन्टरव्यू में मुझे चुन लिया गया और हाथों-हाथ नियुक्ति-पत्र भी दे दिया गया। चूँकि मैं पढ़ रहा था इसलिए यह सहूलियत भी दी गई कि मार्च तक मैं पार्ट टाइम काम किया करूँ और उसके बाद पूरे टाइम।

बीस नवम्बर को मुझे काम शुरू करना था। उन्नीस की दोपहर मैंने कुछ खास मित्रों को दावत दी। इससे पहले तक किसी को खबर नहीं थी मेरी नौकरी के बारे में। सभी खुश हुए। शुभकामनाएँ दीं। परीक्षाओं के होते न होते मैं होस्टल से शिफ्ट हो गया। ये पाँच महीने बहुत व्यस्तता में बीते। एक तो फाइनल की पढ़ाई तिस पर नौकरी और सुमी की अम्मा की देखरेख। ज्यादातर मैं उन्हीं के घर रहता था।

बाबूजी के स्वर्गवास के बाद कुछ दिनों तक सुमी वहाँ रही। उसके बड़े जीजाजी भी अपना ट्रांसफर कराने में जुटे रहे। उनके कहने पर मैं परीक्षाओं के बाद वहीं आ रहा। जुलाई में उनका ट्रांसफर होने की सम्भावना थी। इधर हमारे जी. एम. शर्माजी मई से ही यह आग्रह करने लगे कि मैं उनके निवास के पास ही किसी जगह शिफ्ट हो जाऊँ।

जुलाई के शुरू में ही एक दुर्घटना हो गई। सुमी के पति का एक्सीडेन्ट हो गया। उस दिन वह अपने गोदाम में लोहे की सलाखों से लदा ट्रक पहुँचा रहे थे। दरवाजा खोलकर एक ओर खड़े थे ताकि ट्रक भीतर आ सके। ड्राइवर ने ट्रक की स्पीड कुछ ज्यादा कर दी। ट्रक उल्टा चला आ रहा था। उसे पीछे की तरफ कुछ दिखाई नहीं दिया। जब ट्रक रोककर मजदूरों के साथ वह गोदाम में पहुँचा तो देखकर सभी चीख पड़े। सुमी के पति दो सलाखों पर लटके हुए थे। सलाखें उनके पेट में बहुत भीतर तक निकल गई थीं। शायद सलाखें लगने के बाद दीवार से पीठ लगाकर बचने की कोशिश कर रहे थे कि ट्रक स्पीड के साथ पीछे हटा। ट्रक के शोर में उनकी चीख भी सुनाई न दी और जब ट्रक कुछ और पीछे हटा तो सलाखें उनके पेट में घुस गईं। चारों तरफ खून-खून हो गया। मुझे दफ्तर में ही फोन पर सब बताया सुमी के जीजाजी ने। मैं तुरन्त सुमी की ससुराल पहुँचा।

सुमी बाल बिखेरे बेहोश पड़ी थी। उसकी ननद ने कपड़े बदल दिए थे। देखकर मन कैसा तो हो आया। सभी बहुत घबराए हुए थे। एक तो जवान लड़के की मौत, तिस पर सुमी को आठवाँ महीना चल रहा था। डर था कहीं ज्यादा दुखी होने से नवजात शिशु की दुर्गति न हो जाए। जब मैं वहाँ पहुँचा, सुमी को होश में लाने की कोशिश की जा रही थी। मैं दूसरी तरफ आ रहा। वहीं सुमी के जीजाजी से मेरी भेंट हुई। हम बातें ढूँढ़ रहे थे करने को कि सुमी के देवर अशोक को अपनी ओर आते देखा। अशोक हमारे ही कॉलेज में पढ़ता था। इसी साल फर्स्ट-इयर किया था उसने।

बहुत पास आ जाने पर उसने मुझे अपने साथ चलने को कहा। मैं उसके साथ चल दिया। एक खाली कमरे में पहुँचकर वह रुक गया। मेरी तरफ कुछ देर अपलक देखकर उसने बड़े प्रार्थना-भरे शब्दों में कहा, "आप भाभी को बचा लीजिए।"...वह कुछ और भी कहता पर इतने में, उसके रुके आँसू बाहर आ रहे। बहुत कोशिश की उसने सहज होने की, पर न हो सका। मैं कुछ भी कहे बिना मूक-सा उसकी तरफ देखता रहा। अचानक मेरे कन्धों पर दोनों हथेलियों को टिका वह जोर से रोने लगा।

"मुझे सब मालूम है। सुमी भाभी ने मुझे सब बताया था।" अशोक रोता रहा, बोलता रहा।

मैंने उसके कन्धे पर हाथ रख उसे चुप कराना चाहा, पर मेरा स्पर्श पा वह और जोर से रोने लगा। फिर कोई एक वाक्यांश बोलता और रोने लगता। काफी देर तक मैं उसकी पीठ सहलाता रहा। धीरे-धीरे अशोक सहज हो आया। फिर मुझे उस कमरे में ले गया जहाँ सुमी थी। कमरे में सुमी की दीदी और डॉक्टर के सिवा कोई नहीं था। पलंग पर सुमी अचेत-सी पड़ी थी। शून्य को निहारती आँखें। सफेद कपड़े। गहने-सिन्दूर सब उतार दिया गया था। मैं खड़ा अवाक्-सा सुमी के पहले चित्र से अब का मिलान करने लगा। वे हाथ जो वीणा लिए थे तब, जो अभय मुद्रा में उठे थे वहाँ कुछ देर को, यहाँ शिथिल हुए पड़े थे, जगती को वाणी देने वाली भाव-मुद्रा आज वाणी के इस करुण सागर में मूक हो आई थी। वह शान्त मुद्रा यहाँ भयग्रस्त हो आई थी। कुछ ही देर में जब डॉक्टर बाहर जाने लगे, सुमी की दीदी भी बाहर चली गईं। अशोक मुझे कमरे में पहुँचा खुद कमरे के बाहर चला गया। सुमी की दीदी अशोक से बातें करने लगीं। दोनों की गीली आवाज मुझे कमजोर बना रही थी।

कमरे में किसी को न पा मैं सुमी के सिरहाने बैठ गया। उसके माथे पर हाथ रखा तो सुमी ने कुछ नजर घुमाने की कोशिश की। मैंने उसके चेहरे को अपनी ओर कर लिया। मुझे देखकर सुमी का चेहरा और मासूम-सा हो उठा। एक प्रश्न जो साफ-साफ नजर आया, वह था, 'अब क्या होगा?' मैंने सांत्वना देते हुए उसके माथे को सहलाया। बहुत कुछ कहना चाह रहा था, पर डरता रहा, कहीं मेरी आवाज कमजोर न पड़ जाए बीच में। सारी सहनशक्ति हाथ की क्रियाशीलता पर जुटा रखी। बँटवारे में कमजोर पड़ जाने की पूरी आशंका थी। मुझे वहाँ बैठे बहुत देर हो चली। जब काफी रात होने को हो आई तो सुमी ने सिर हिलाकर संकेत दिया कि मैं जाऊँ। सुमी नए जीव को आराम देने के लिए सोने की कोशिश करने लगी। कुछ देर बाद ही मैं वहाँ से उठ आया। बाहर के कमरे में अशोक बैठा था। उसने मुझे वहाँ आते देखा। वह मुझे दरवाजे तक छोड़ने आया।

इसके बाद मैं दो-तीन बार और गया उनके घर। फिर जाने की कोई वजह

न पा मैंने वहाँ जाना छोड़ दिया। इधर कुछ काम इतना बढ़ गया कि यों भी आना-जाना मुश्किल हो गया। अगस्त में कम्पनी के काम से मुझे अहमदाबाद जाना पड़ा। दो महीने वहीं रहा। जब लौटा तो मुझे पता लगा सुमी के लड़का हुआ है। व्यावहारिक तौर पर एक शुभाशीष का पत्र भेज दिया। काम बहुत अधिक था सो फिर उसी में रम रहा। अक्टूबर के बीच में ही फिर मुझे बाहर जाना हुआ। इस बार कई जगह जाना था। बंगलौर, मद्रास, बम्बई, अहमदाबाद और भावनगर। एक पत्र इस आशय का सुमी को भेज दिया जाने से पहले। तब मैं बम्बई में था कि एक दिन अशोक का पत्र मिला। यों मैं सुमी के बारे में कुछ दूसरे ढंग से सोचने लगा था, पर अशोक के पत्र ने मुझे और बल दिया। उसने लिखा था कि सुमी के जीजाजी का ट्रांसफर कैंसिल हो गया है। उन्हें फिर अपने हेड ऑफिस आगरा जाना पड़ा। सुमी मम्मी के यहाँ ज्यादा रहती है। और भी बहुत-सी बातें। बड़ी ही असम्भव अपेक्षाएँ की थीं अशोक ने। मैं पूरी कर सकूँ तो वह अपने मम्मी-डैडी से बात करना चाहता था।

इस पत्र का जवाब बहुत छोटा-सा दिया था मैंने अशोक को। मैंने स्वामी जी को भी एक पत्र लिखा था। कुछ दिनों में स्वामी जी का जवाब आ गया था। उन्हें मेरा सुझाव मंजूर था। अभी कुछ भी नहीं बिगड़ा था। उन्होंने लिखा था कि मेरा पत्र मिलते ही वह खुद सुमी के घर गए थे। प्रिंसिपल को कह-सुनकर यूनिवर्सिटी से स्पेशल रिकमंडेशन दिलाकर उन्होंने नवम्बर में ही सुमी को बी. एड. में एडमिशन दिला दिया था। सुमी दो दिन से कॉलेज आने लगी थी। आगे लिखा था कि सुमी तैयार नहीं थी इस सबके लिए। पर वह तो अचानक अशोक आया हुआ था वहाँ। उसे स्वामी जी ने मेरा पत्र दे दिया। बस अशोक ने कह-सुनकर सुमी को राजी कर लिया। अगले ही दिन अशोक का एक पत्र आया था मेरे पास। पूरे बड़े कागज पर कुल चार लाइन का पत्र—

श्री विजयजी,
मेरी शुभकामनाएँ।
इस दिशा में किए गए प्रथम प्रयास पर।
सादर,
अशोक!

दोनों पत्रों के जवाब मैंने बंगलौर से दिए। स्वामी जी को इस कृपा दान के लिए प्रणाम निवेदित किया था और अशोक से सहयोग की अपेक्षा।

मार्च में मुझे सागर पहुँचना था। पहले से अपने जी. एम. से तय कर लिया था कि परीक्षाओं के समय एक माह सागर रहूँगा। एम. ए. प्रीवियस की परीक्षा देनी थी। परीक्षाएँ देकर वापस लौटते हुए दो दिन दिल्ली रुका। प्रोग्राम के मुताबिक मुझे अहमदाबाद जाना था, पर इधर जी. एम. ने किसी और को वहाँ का काम सौंप

कर मुझे कलकत्ता भेज दिया। कलकत्ता में काम कुछ ज्यादा दिन चला। काम देखकर लगा तीन-चार महीने यहीं रहना होगा। हमारी कम्पनी का हेड आफिस पहले कभी कलकत्ता ही हुआ करता था। चेयरमैन और कुछ बोर्ड ऑफ डाइरेक्टर्स के मेम्बर भी यहीं रहते थे। स्वामी जी से पत्र-व्यवहार चलता था। सुमी के पत्र भी आते रहते।

जुलाई में स्वामी जी को मैंने लिखा कि कहीं कोशिश करके सुमी को अध्यापकी का काम दिला दें। सुमी ने बी. एड. पास कर लिया था। तेईस जुलाई को स्वामी जी का पत्र आया था कि उन्होंने सुमी को अध्यापिका बनवा दिया है।

अशोक के पत्रों से पता लगने के बाद कि सुमी के सास-ससुर अशोक के प्रस्ताव पर सहमत हैं, मैं और दृढ़ हो आया अपने निश्चय पर। एक-दो बार सुमी को लिखा, पर वह हर बार यही जवाब देती रही, "कैसे होगा?" फिर काफी दिनों तक मैं पत्र न लिख सका और सुमी ने इसका अर्थ ही दूसरा लगा लिया। बड़ा शिकायत-भरा पत्र आया उसका। तब मुझे बहुत विस्तार से सब लिखना हुआ—

सुमी,

स्नेह के अतिरेक में ऐसा होता ही है, पर तुम्हें इसका अर्थ यह नहीं लगाना चाहिए। मुझे विश्वास तो खैर क्या होता, पर सन्देह तक नहीं कि तुम ऐसा समझती हो कि मैंने तुम्हें भुला दिया। देखो न, जब सदा तुम्हारे ही बारे में सोचता हूँ तो यह विकार मन में आएगा ही किस तरह कि तुम अच्छी तरह नहीं हो। और जब तुम्हारा स्नेह मेरे साथ है फिर मेरे अच्छी तरह न होने का तो कारण ही नहीं। ये पत्र तो औपचारिकता की चीजें हैं।

मैंने तो तुम्हें पहले ही कहा था कि तुम्हारा सुखी होना ही मेरे लिए पर्याप्त है और यही चाह थी जिसने तुम्हें मुझसे दूर किया। मैं किस प्रकार यह स्थिति सहता रहा, मैं ही जानता हूँ यह बात भी नहीं है। तुम समझती हो और तुम्हें समझाने की जरूरत नहीं, यह विश्वास मेरे मन में पैठ गया है। फिर भी तुम्हें याद दिला दूँ, आज भी स्थिति बिगड़ी नहीं है। मैं आज भी यही चाहूँगा कि ईश्वर तुम्हें सदा ऐशो-आराम बख्शे। किस्मत को दोष देने से क्या हासिल होगा, पर हाँ अपनी स्थिति पर सोचता हूँ, काश मैं कुछ समृद्ध होता तो तुम्हें अपने साथ पा सकता। पर सुमी, मैं तुम्हें विश्वास दिलाता हूँ। हालाँकि यह भी मेरे अधिकार की बात नहीं, क्योंकि विश्वास का रूप मैंने सदा तुम्हीं में आँका है, सो बात तुम पर ही आ अटकी। अब तुम अपने में ही मेरे कथन की पुष्टि पा जाओ कि मैं आज भी तुम्हारा इन्तजार कर रहा हूँ या नहीं।

जमाना क्या कहेगा? इसकी चिन्ता मैंने न आज तक की और न भविष्य में करने का कोई कारण मान पाया हूँ। जहाँ तक पिताजी का प्रश्न है, उन्हें भी कोई ऐतराज न होगा ऐसा मेरा खयाल है। और अगर हुआ भी तो उन्हें मनाने का भी कोई-न-कोई रास्ता निकाल ही लेंगे।

तुम पत्र का उत्तर दोगी यह निश्चित है।

मेरे अब तक संचित सभी पुण्यों के परिणामस्वरूप ईश्वर तुम्हें खुशियाँ दे और हम दोनों के संचित पापों का प्रायश्चित मुझे, इसी कामना से।

—विजय

सितम्बर के शुरू में ही मैं दिल्ली आ रहा था। इसी बीच सुमी को एक दो पत्र और लिखे। अशोक का एक पत्र कलकत्ता होता हुआ दिल्ली आकर मिला। इधर आकर काम कुछ इतना सिर पर आ पड़ा कि कहीं आने-जाने का समय ही नहीं मिलता था। पहले सोचा इस हफ्ते ही इतना काम है, फिर इस महीने और फिर तो यह सोचने पर मजबूर होना पड़ा कि इस साल ही इतना काम है।

घर की व्यवस्था के नाम पर कुछ भी नहीं था। भैया-भाभी दो बार दिल्ली आने की बात लिख चुके थे पर उन्हें मैं अपनी ओर से आग्रह तो दूर सहमति तक न भेज सका। इस कदर बढ़ते काम ने कुछ सोचने, कुछ तय करने का समय ही नहीं दिया। दिल्ली में रहने पर भी लोकल परिचितों को फोन करके काम चलाना पड़ता। हाँ, इस बीच में एम. ए. हो गया। परीक्षा का ख्याल मुझसे ज्यादा श्वेता और अम्मा जी को था। मेरा रहना लगभग जी. एम. के घर में हो गया था। बीच-बीच मे मेरी किताबें वगैरह देख श्वेता को पता लगा कि मैं पढ़ भी रहा हूँ। और 15 फरवरी के बाद उन्होंने अपने डैडी को आगाह कर दिया मुझे कुछ दिन की छुट्टी देने को।

दस फरवरी को अशोक हमारे दफ्तर में आया। मैं वहाँ नहीं था। मेरे नाम एक चिट्ठी रख गया। बारह को मुझे अपने घर आने को लिखा था। उसकी शादी थी उस दिन। शादी के समय से कम-से-कम तीन घण्टे पहले पहुँचने की बात लिखी थी। मैं समय से उनके यहाँ पहुँचा। अशोक ने इस दिन बहुत स्पष्ट बातें कीं भविष्य को लेकर। उसके मम्मी-डैडी भी तैयार थे। लगता था वे सब पहले से तय कर चुके थे। केवल मुझे सुनाना भर बाकी रह गया था।

अगले ही दिन मैंने इस विषय में उन सबसे हुई बात सुमी को लिखी थी। काफी दिनों तक उसका कोई उत्तर नहीं आया। इधर स्वामी जी का विदेश जाने का कार्यक्रम अब टलते-टलते एक निश्चित तिथि पा चुका था। जाने से पहले वह एक और सम्मेलन करना चाहते थे। स्वामी जी का सन्देश मिला कि दो महीने के लिए मैं उनके पास आ रहूँ। हमारे जी. एम. स्वामी जी के भक्त। वह स्वामी जी का आग्रह न टाल सके और मुझे जुलाई के शुरू में ही उनके पास जाकर सम्मेलन के काम में जुट जाना पड़ा।

जुलाई के शुरू में ही मैंने सुमी को एक पत्र और लिखा। इसका जवाब बहुत छोटा और स्पष्ट दिया था सुमी ने। 8, 9, 10 को सम्मेलन था। सात को सुमी का

पत्र मुझे मिला। मैं जल्दी जवाब न दे सका। फिर तीन चार दिन अधिक काम भी रहा। सम्मेलन समाप्त होने पर जब दफ्तर पहुँचा तो रोहिणी ने पहली बार सुमी के बारे में मुझसे पूछा। मैं हैरान रह गया कि इसे सुमी का नाम कहाँ से पता लगा। मालूम हुआ कि किसी काम से मेरी मेज की दराज खोलने पर उसे सुमी के कुछ पत्र हाथ लग गए थे और धृष्टता ही कहिए उसने पढ़ भी लिए।

अक्तूबर की 17 को हमारे जी. एम. सपरिवार विदेश यात्रा को चले गए और 18 को स्वामी जी भी प्रस्थान कर गए। इधर पत्र पढ़ने की घटना के बाद रोहिणी से दो-चार बातें होने लगीं। अचानक एक दिन उसने अपनी छोटी बहन का प्रसंग छेड़ा और मैं फिर तीन महीने जनवरी से मार्च तक के लिए उनके घर का हो रहा। अप्रैल के शुरू में मैंने अपना छोटा-सा घरनुमा ताम-झाम जुटाया। अप्रैल से ही यह व्यवस्था भी अचानक ही हो गई कि पड़ोस की चाईजी मेरा खाना बनाने आने लगीं।

इन्हीं दिनों सुमी को एक बड़ा-सा पत्र लिखा था। उसमें मैंने यह सम्भावना प्रकट की थी कि अगर मेरे पत्र का जवाब नहीं दिया तो मैं खुद किसी दिन वहाँ आकर अम्मा से सब बातचीत कर लूँगा! और यह भी कि उनके पूछे जाने पर मैं कह दूँगा कि सुमी की सहमति भी मुझे मिल गई है। सुदूर प्रान्त से जितने महीने डाक आने में लग सकते थे उतने महीने मैंने उस पत्र के उत्तर का इन्तजार किया और फिर उत्तर न देने को ही स्वीकृति मान मैं सुमी के घर आ पहुँचा।

अचानक कमरे में किसी के चलने की आवाज आई। ज्योंही बिस्तर से उठने का उपक्रम किया तो देखा श्वेता खिड़की का पर्दा हटा रही है।

"अरे बहुत दिन निकल गया।"

"जी नहीं कुल एक बजा है दिन का।" कहकर श्वेता पलंग के ही पास रखी कुर्सी पर हाथ टिका खड़ी हो गई। मैं इतनी देर सोए रहने के लिए शर्मिंदा-सा हो आया। तभी कमरे में चाय की ट्रे लिए आया आ गई। उससे मेज पर ट्रे रखवा कर श्वेता चाय बनाने लगी। एक प्याला मेरी तरफ बढ़ा कर बोली, "क्या हो जाता अगर खुद न दोहरा कर मुझे सब बता देते?"

मैं अवाक् श्वेता की तरफ देखने लगा। मुझे अपनी तरफ देखते पाकर श्वेता बोली, "अच्छा ठीक है। जल्दी चाय खत्म करो। नीचे आपके लिए फोन है।" अपना प्याला मेज पर रख श्वेता वहाँ से उठ खड़ी हुई। मैं कुछ भी न कह सका इस सब में। फोन पर जी. एम. साहब का आदेश था कि मैं लंच लेकर दो बजे तक दफ्तर पहुँच जाऊँ।

महीने का दूसरा शनिवार था। हमारे दफ्तर की छुट्टी थी। सुबह कुछ देर जी. एम. के पास बैठे रहने के बाद मैं रोहिणी के घर जाने के ख्याल से घर से चला

था, पर सुबह कुछ देर के लिए बिठाने की बात तो दूर रही दोपहर एक बजे तक जी. एम. फाइलों में दबाए रहे।

जब मैं जाने को हुआ तो श्वेता भी साथ चलने को तैयार दिखी। सुमी से मिलने को उतावली श्वेता को, मैं चाहकर भी रोक न सका। हम दोनों जब रोहिणी के यहाँ पहुँचे, सुमी भी आ चुकी थी वहाँ। कुछ देर की आवभगत के बाद वे तीनों बातों में इस कदर व्यस्त हो रहीं कि मुझे अपनी उपस्थिति वहाँ व्यर्थ लगी। मैं बिना किसी से कुछ कहे वापस घर चला आया।

शाम को चाईजी जब खाना बनाने आईं तब मैंने उन्हें बताया कि कल यहाँ कुछ लोग आ रहे हैं। मैं कमरे की सफाई करने लगा। चाईजी ने पूछा, "ऐसा कौन आ रहा है जिसके लिए सफाई हो रही है?"

"चाईजी वो दरअसल..."

"अच्छा मैं समझ गई।"

"क्या समझ गईं?"

"रज्जो, कम्मो जिसका जिक्र करती हैं वही आ रही है न?"

"हाँ वही।"

भाई साहब की चिट्ठी आई थी। वे और भाभी बड़े दिनों की छुट्टी में दिल्ली आना चाहते थे। मैं तुरन्त उन्हें पत्र लिखने बैठ गया। एक पत्र पिताजी को भी लिख भेजा कि मार्च या अप्रैल में मैं घर पहुँचूँगा। भोपाल वाले छोटे भाई साहब को, झाँसी में रह रहे मझले भाई साहब को भी एक पत्र लिखा कि अप्रैल के शुरू में मैं उनके यहाँ पहुँचूँगा। इन सब पत्रों को लिखकर तभी लेटर बॉक्स में डालने चला गया।

अगले दिन सुबह आठ बजे ही सुमी श्वेता और रोहिणी के साथ मेरे घर आ पहुँची। सवेरे जी. एम. का ड्राइवर श्वेता को लेने रोहिणी के घर पहुँचा था। उसी ने मेरा घर देखा हुआ था। जी. एम. के घर से पहले मेरा घर पड़ता था इसीलिए पहले सब यहाँ पहुँचे। मैं बैठा हुआ अखबार पढ़ रहा था। चाई जी सुबह ही आ गई थीं आज। जैसे ही घर के बाहर कार के रुकने की आवाज सुनी वह रसोई से बरामदे में पहुँचीं। फिर मुझे खबर दी कि तीन जनी आ रही हैं। कुछ ही देर में तीनों भीतर आ पहुँचीं।

आते ही तीनों ने मकान की खाना-तलाशी लेनी शुरू की। कमरा, बैडरूम, गुसलखाना देख डाला। फिर जो रसोई की तरफ जाना हुआ तो अकेली श्वेता वहाँ से लौटीं।

"विजय, कुछ समय ऐसा जरूर निकालना कि हम बातें कर सकें।" मैं इस बीच फिर अखबार पढ़ने लगा था। श्वेता की आवाज सुनकर अखबार से नजर उठाकर देखा। श्वेता अपनी बात पूरी करती हुई सामने रखी कुर्सी पर बैठ गई।

"क्या खास बात है कोई?"

"हाँ।"

"क्या?"

"मुझे सुषमा ने सब बता दिया है।"

"अच्छा।" कहकर मैं बात से किनारा कर गया। कुछ देर रुककर वे तीनों जी. एम. के घर चली गईं। चाईजी ने यह वायदा जरूर करा लिया कि दोपहर का खाना यहीं आकर खाएँगी। उनके जाने के कुछ ही देर बाद वे भी दोपहर में आने को कहकर चली गईं। और मैं फिर घर में अकेला रह गया।

उस दिन कोई बात मैं श्वेता से न कर सका। दोपहर में चाईजी फिर आ गईं। वे चारों अपनी अलग खिचड़ी पकाती रहीं, सो मुझे किसी से कोई बात करने का मौका न मिला। अगले तीन-चार दिन इस व्यस्तता में बीते कि श्वेता से बात करने का मौका ही न लगा। शुक्रवार को कुछ ऐसा काम आ निकला कि मुझे रात जी. एम. के यहाँ रुकना पड़ा। जी. एम. आठ बजे ही सो गए। रात को दो बजे के करीब उठने का तय रहा। खाना खा-पीकर मैं कुछ देर श्वेता के साथ वहीं डाइनिंग टेबल पर बैठा रहा। तभी श्वेता ने हमारी योजना जाननी चाही। मैंने जो निश्चय किया था, मन-ही-मन, सब कह सुनाया। यह भी बता दिया कि परसों भइया-भाभी पहुँच रहे हैं। अगर ठीक समझो तो उनसे भी बात कर देखना।

श्वेता को हमारे साथ पूरी सहानुभूति थी और इसीलिए वह जल्दी ही इसके लिए तैयार हो गई।

बीस की सुबह भइया-भाभी दिल्ली पहुँच गए। सवेरे छह बजे गाड़ी पहुँची। मैं उन्हें स्टेशन लेने गया था। घर देखकर भाभी बहुत खुश हुईं। आते ही उन्होंने पूरे मकान का मुआयना किया और तब भैया से बोलीं, "भई, रहना इसे कहते हैं।"

"कभी हम भी ऐसे ही रहते थे।" भैया ने जवाब में कहा। सुनकर भाभी कुछ नाराज-सी हो आईं। तभी मैंने अपनी तरफ से जोड़ दिया, "पर अब और बेहतर ढंग से रहते हैं।" इस पर दोनों ही हँस दिए।

भइया-भाभी का यही झगड़ा रहता है। दोनों खासे पढ़े-लिखे हैं। घर को अच्छा और भरा-पूरा बनाना चाहते हैं। पर ट्रांसफर से परेशान हैं। अब जिस शहर में रहते हैं वहीं जमने की कोशिश में थे कि सुनने में आया उनका ट्रांसफर होने वाला है।

भइया-भाभी पहले भी एक बार दिल्ली आए थे जब मैं होस्टल में रहता था। आज वे मेरी हर चीज की तुलना उन दिनों से कर रहे थे। दो-तीन दिन वे दिल्ली घूमने में व्यस्त रहे। श्वेता से उनका परिचय हो गया इस बीच। श्वेता की मम्मी ने हर शाम उनके घर भोजन करने की ताकीद कर दी।

जी. एम. भी समय पर आ जाते, फिर खाना खाकर सबको बातों में लगा देख मुझे साथ लेकर कहीं-न-कहीं निकल पड़ते। रोज-रोज मैं देर से घर लौटता और

भैया-भाभी के सामने यह बात उजागर होती जाती कि मैं बहुत व्यस्त रहता हूँ। भैया की यह शिकायत कि मैं पत्र नहीं डालता हूँ, या उनकी बात टालता हूँ, या गाँव नहीं जाता हूँ, दूर हो जा रही थी। भाभी रोज कहतीं, "अरे विजय, तुम्हें तो देखकर लगता है मशीन हो।" और भैया उसमें जोड़ते, "पर बिना बिजली-पानी लिए चलने वाली।"

इतवार को मैं जी. एम. के साथ मेरठ गया था। इधर श्वेता ने रोहिणी और सुमी को घर बुला भेजा। भैया-भाभी पहले भी सुमी से मिल चुके थे। पर सुमी की इस स्थिति का उन्हें पता नहीं था। मैंने कभी लिखा भी नहीं इस बारे में। सोमवार की रात भैया को लौटना था। मैं इतवार को ही वापस आ गया। अगले दिन की छुट्टी ले ली दफ्तर से। दोपहर खाना खाने बैठे तो भाभी ने बात शुरू की—

"विजय, यह सुषमा के...सब कैसे हो गया?"

"अचानक ही हो गया एक दुर्घटना में।"

"पर इसकी शादी हुई हमें तो यह भी पता नहीं था।"

"हाँ, वह सब इतनी जल्दी में हुआ कि मैं लिख ही नहीं पाया आप लोगों को।"

"विजय, श्वेता कुछ कह रही थी।" अचानक भैया बीच में बोले। मैं कुछ जवाब न दे पाया।

"देखो, अपने यहाँ तो तुम जानते हो। फिर भी अगर तुम्हारी इच्छा यही हो तो मैं कोशिश करूँगा पिताजी को मनाने की।" मुझे कुछ न कहते देख भैया ही बोले।

"मुझे लगता है पिताजी मान जाएँगे।" भाभी ने राय दी।

"हाँ, समझाने पर मान जाएँ शायद।" कहकर भैया कुछ देर चुप रहे फिर मुझे सुनाते हुए कहा, "मैं सोचता हूँ विजय को दस मार्च तक घर पहुँच जाना चाहिए। हम भी तब तक घर पहुँच जाएँगे। और मैं उन दोनों को भी लिख दूँगा आने को।"

"हाँ, यह ठीक रहेगा। चारों भाई एकमत होकर कहोगे तो पिताजी सहमत हो जाएँगे।"

"ठीक है, मैं पहुँच जाऊँगा।" मैंने कहा। आगे इस सम्बन्ध में कोई बात न हुई।

रात जब हम स्टेशन पर पहुँचे तो भाभी बोलीं, "विजय, सुषमा का बच्चा बड़ा प्यारा है। उसे सामर्थ्य भर अधिकार देने ही होंगे।" मैं भाभी की ओर देखता रहा।

"देखते क्या हो?"

"कुछ नहीं।"

"अच्छा एक खुशखबरी सुनाऊँ।"

"क्या?"

"अप्रैल तक तुम्हें चाचा कहने वाला मौजूद होगा।"

"सच!" मैंने भाभी के कन्धे पर सिर रखते हुए कहा। भाभी मेरे बालों में उँगलियाँ चलाती बोलीं, "हाँ भई, और कितने साल इन्तजार कराती तुम सबको। आठ साल तो हो गए पूरे।"

मुझे उस समय कुछ न कहना था। मैं चुपचाप भाभी के कन्धे पर सिर रखे खड़ा रहा। तभी भाभी बोलीं, "तुम्हारे भैया बड़े चालाक हैं। जानते हो तुम्हें मार्च में घर क्यों बुलाया है?"

मैं अब तक उनके कन्धे से सिर उठा एकटक उनकी तरफ देखने लगा था। उनकी बात सुनकर मेरे चेहरे पर मुस्कुराहट दौड़ गई।

"अरे, वह बात तो है ही। पर ये सोचते हैं पन्द्रह-बीस दिन तक तुम्हें वहीं रोककर तुम्हारे साथ यहाँ दिल्ली भेज देंगे मुझे।"

"सच!"

"हाँ! और मैं आना भी चाहूँगी! आखिर सेवा करने वाले कितने मिलेंगे, सोचो तो।" कुछ ही देर में गाड़ी आ लगी और वे चले गए।

दो दिन बाद ही भैया की चिट्ठी मिली, वे सकुशल पहुँच गए हैं।

नौ की रात गाड़ी से जाने का तय करके मैंने रिजर्वेशन करा लिया। दस दिन की छुट्टी ली। गाड़ी में बैठ कुछ देर किताब पढ़ता रहा, पर मन न लगा। पिछली घटना याद आने लगी। जब मैं और सुमी कॉलेज में पढ़ते थे, उन्हीं दिनों मेरी दादी का स्वर्गवास हो गया था और मुझे तेरहवीं पर घर जाना पड़ा। तब सुमी के बारे में कोई बात नहीं चली थी। पर अम्मा के यह पूछने पर कि मैं शादी दिल्ली से करूँगा या अपने इलाके से, मैंने सुमी के बारे में बताया था। अम्मा ने यह सब पिताजी को कहा और तब पिताजी ने सुमी का गोत्र, घराना, उसके पिता का व्यवसाय, मूल निवास और न जाने क्या-क्या पूछा था।

सब कुछ पूछकर उन्होंने कहा था, "देखो विजय, अगर उनकी तरफ से कोई बात अभी तक नहीं हुई है तो ठीक ही हुआ है। और अगर भविष्य में कभी ऐसी बात हो तो तुम इन्कार कर देना।"

पिताजी की यह राय मुझे स्वीकार नहीं थी हालाँकि इस तरह की बात कभी होगी ऐसी कल्पना भी दिमाग में नहीं थी, पर मैं प्रश्न कर बैठा, "क्यों?"

"क्यों के क्या मायने?" कहकर पिताजी बिगड़ पड़े।

"हम अभी मरे नहीं हैं। कोई शर्म-लिहाज नहीं बची तुम में। अपने बाप से अपनी शादी के लिए बहस करते हो? दूसरी जात में शादी करेंगे?" और न जाने

क्या-क्या कहा पिताजी ने, पर मैं फिर भी कुछ न बोला।

पिताजी जब कुछ शान्त हो चले तो बाहर चबूतरे पर जा बैठे। उनके जाते ही अम्मा ने पूछा कि क्या ऐसा होने जा रहा है? मैंने बताया अभी कोई बात नहीं है, पर हाँ भविष्य में ऐसी बात उठ सकती है कभी भी। तब अम्मा ने सुमी का व्यवहार, शक्ल, आचरण सब जान लिया। वह सवाल करती गईं और मैं बताया गया। बस, अम्मा ने झट अपना आशीर्वाद दे दिया।

''बेटा, मैं समझा लूँगी इन्हें। तू फिक्र मत कर। जब ऐसा मौका आए लिख देना।''

दो दिन बाद मैं घर से चला। पिताजी से कहा, जब तक मैं खुद न इस बात को दोबारा छेड़ूँ आप भैया वगैरह को इस बारे में कुछ न लिखें। बाद को भैया से कहने की नौबत ही न आई। जब सुमी की बात दूसरी जगह चली, मैंने पिताजी को लिख दिया था। और यह भी कि कभी इस बारे में हमसे बातें हुई थीं यह भी किसी को पता न लगे।

इस पुरानी घटना की स्मृति ने मुझे गाड़ी में बैठे-बैठे ही हतोत्साह कर दिया। न जाने क्यों लगता कि पिताजी तैयार न होंगे। पर फिर...

इस 'फिर' का धुँधला-सा उत्तर सुमी को चिट्ठी लिखते समय ही पा गया था मैं। पर आज तो वह धुँधला नहीं बिल्कुल स्पष्ट हो गया था मेरे भीतर-ही-भीतर। मैं यही सोच रहा था कि भीतर-ही-भीतर रमे इस 'फिर' के उत्तर को मूर्त रूप देने की घोषणा करने ही मैं घर जा रहा हूँ।

सुनते ही पिताजी जैसे सोते से जागे हों। चारपाई से उठते हुए बोले, ''क्या कहते हो? विधवा से?'' भैया ने बहुत समझाया, पर पिताजी एक भी सुनने को तैयार न हुए।

''इसीलिए तुम सब यहाँ आए हो? पहले से तय करके? फिर मुझसे पूछने की क्या जरूरत थी? मेरी इजाजत की बात क्यों आ टपकी? तुम्हें मालूम है शरद्, इस रिश्ते की बात विजय ने चार-पाँच साल पहले मुझसे की थी। तब यह लड़की विधवा नहीं अविवाहित थी। और मैंने तब भी इस रिश्ते को स्वीकार नहीं किया था।''

इस प्रसंग का भैया वगैरह को पता न था। इसके बाद सभी बात को टालने लगे। अब स्थिति यह थी कि मेरा साथ देने को कोई तैयार न था। तीनों भाई और पिताजी एक जुट हो गए थे।

शाम को छोटी भाभी ने एकान्त में मिलने पर ताना दिया, ''जब वकील से वारदात छुपाओगे तो फैसला तुम्हारे हक में कैसे होगा?''

छोटी भाभी के इस तरह कहने से मैं समझ गया, अब मुझे अपना फैसला सुना देना चाहिए। मैंने शाम खाने के समय ही कह दिया कि मैं कल दिल्ली वापस जा रहा हूँ।

बड़ी भाभी मेरे साथ दिल्ली आईं। रास्ते में भाभी समझाने लगीं, ''दिल्ली पहुँचते ही ये बातें मत छेड़ना। थोड़े दिन इन्तजार करो। मैं तुम्हारे भैया को लिखूँगी। हो सकता है कुछ दिनों में पिताजी भी मान जाएँ।''

भाभी की बात रखने के लिए मैंने यहाँ पहुँचकर हू-ब-हू बात नहीं की। श्वेता के पूछने पर इतना कहा कि कुछ दिन ठहरने का विचार है।

अभी दो रोज हुए थे हमें घर से लौटे कि तीसरे दिन शाम को घर आया तो देखता हूँ सुमी आई हुई है। भाभी और सुमी बैठी बातें कर रही थीं। मैंने भीतर पहुँचते ही पूछा, ''क्या हो रहा है?''

''देवरानी से मेल-मुलाकात बढ़ा रही हूँ।'' कहकर भाभी हँसने लगीं। मैंने सुमी की तरफ देखा तो पाया कि वही सुमी जिसके आगे मैं ज्यादा बात नहीं कर पाता हूँ, जो ज्यादा बोलने का मौका देती ही नहीं, थोड़ी-सी गर्दन ऊपर उठा मुझे चुप होने पर आमादा कर देती है, आज सिर नीचा किए शर्माई-सी बैठी है।

''अरे भई इतना तो सोचा होता कि मैं यहाँ मौजूद हूँ।'' मुझे सुमी की तरफ एकटक देखते पा भाभी बोलीं। मैं सहज होने की कोशिश में इधर-उधर ताकने लगा। फिर सुमी से पूछा, ''कैसे आना हुआ?''

''यह भी कोई सवाल है?'' मेरी बात पर भाभी कुछ झुँझलाती-सी बोलीं, ''अरे अपने घर क्यों आते हैं लोग?''

''वो रोहिणी ने निमन्त्रण भेजा है। भाभी को लेने आई हूँ।'' सुमी ने, भाभी कुछ और कहें इससे पहले ही अपने आने का मकसद बताया।

''किस चीज का निमन्त्रण?''

''तुम्हें नहीं मालूम?''

''क्या?''

''यही कि 16 अप्रैल को रोहिणी की शादी है।''

''कमाल है, रोहिणी ने तो कुछ नहीं बताया पर तुम्हें कैसे मालूम हुआ?''

''भई, तुम उसके दफ्तर में काम करते हो। अभी शादी होने में एक महीना से ज्यादा दिन बाकी हैं। अभी से दफ्तर में बता देगी तो काम पर कैसे जा पाएगी।''

''अच्छा, पर भाभी को अभी से निमन्त्रण क्यों?''

''क्योंकि....विजय बाबू तुम समझोगे नहीं।'' मैं कुछ समझा नहीं और उनकी तरफ देखने लगा। मुझे अपनी तरफ देखते पा दोनों हँसने लगीं।

फिर सुमी बोली, ''बात यह है कि तब भाभी कहीं आने-जाने के काबिल जो न रहेंगी।'' कहकर सुमी ने भाभी के पेट पर थपकी दी। अब की बार मैं खुद भी

उनकी हँसी में शरीक हो गया।

कुछ देर और सुमी रुककर जाने लगी। मैं उसे बस स्टैण्ड तक छोड़ने आया तो रास्ते में समझाने लगी, "सुना है तुम अब भी घर देर से आते हो। जितने दिन भाभी हैं, टाइम से आने की कोशिश करनी चाहिए या और ज्यादा देर से आने की। न हो तो भाभी को मैं अपने यहाँ ले जाऊँ इतवार को। वहाँ रहेंगी, विनय है, अम्मा हैं, मन लगा रहेगा भाभी का।"

"पूछूँगा भाभी से।"

"मैंने भाभी से पूछ लिया है। वह कहती हैं विजय से पूछूँगी। अगर तुम तैयार हो तो मैं इतवार को आ जाऊँ। और ऐसा करो तुम खुद भी जब तक भाभी हैं वहीं आया करो शाम को।"

बस स्टैण्ड पर पहुँचते ही महरौली की बस आ गई।

"मिस रोहिणी को भेजना।" मैंने दफ्तर मैं पहुँचते ही चपरासी से कहा।

थोड़ी देर में रोहिणी मेरे केबिन में आ पहुँची।

"गुड मार्निंग मिस्टर शर्मा।'"

"चलो दफ्तर की औपचारिकता पूरी हुई। अब आप तशरीफ रखिए मिस रोहिणी।"

मेरे कहने में कहीं हँसी की झलक थी या रोहिणी की अपने ही बारे में सोचते रहने की, वजह जो भी हो, पर मैंने देखा रोहिणी बैठने में संकोच कर रही है।

"कांग्रेचुलेशन मिस रोहिणी। और हाँ तोहफा क्या लेंगी? ख़ुद ही पसन्द करेंगी या...?"

"अरे आप तो....।" रोहिणी अपनी खुशी न छिपा पाने से झट केबिन से दौड़ती-सी बाहर चली गई।

शाम को मैं जल्दी ही घर लौट आया। भाभी को अगले दिन सुमी के घर जाना था। सोचा तैयारी करनी होगी। शाम आकर भाभी से बात की। वह तैयार थीं जाने को। थोड़ी देर तैयारी करने में लगा रहा। हम खाना खाने बैठे थे कि तभी जी. एम. के ड्राइवर ने आकर खबर दी कि मुझे कल सवेरे जी. एम. के यहाँ पहुँचना होगा। मैं खाना खाकर सीधा जी. एम. के घर पहुँचा। उन्हें बताया कि कल मेरा प्रोग्राम कुछ और है। तभी मिसेज शर्मा बोलीं, "यह तो और अच्छा हुआ। सुमी को और अपनी भाभी को भी हमारा निमन्त्रण पहुँचा देना। कल दोपहर ड्राइवर उन्हें छोड़ आएगा कार से।"

"किस बात का निमन्त्रण? कल कोई त्योहार है क्या?"

"यह निमन्त्रण श्वेता की तरफ से है।"

“श्वेता की तरफ से?”

“हाँ।”

“किस खुशी में?”

“कल श्वेता की सगाई है और बीस को शादी।”

मैं इधर-उधर देखने लगा पर श्वेता नजर न आई।

“श्वेता की खोज जारी है, क्यों?” मिसेज शर्मा बोलीं।

“हाँ।”

“वो अपनी दीदी के घर गई है।” मिसेज शर्मा ने बताया।

इधर श्वेता की शादी की तैयारियों से जी. एम. के घर में काम बढ़ गया और मैं चार दिन तक सुमी के घर न जा सका। शनिवार को सुमी का फोन आया कि भाभी की तबियत ठीक नहीं है और उन्हें फौरन हस्पताल पहुँचाना होगा।

मैं जी. एम. की कार लेकर सुमी के घर पहुँचा। वहाँ से भाभी को लेकर हस्पताल आए। दफ्तर में भाई साहब का पता दे दिया और कह दिया कि टेलीग्राम कर दें। अगर वे आ सकें तो फौरन चले जाएँ।

अगले दिन सुबह भाई साहब भी दिल्ली आ पहुँचे। एक अप्रैल को भाभी ने एक प्यारे बच्चे को जन्म दिया। भैया दो दिन रुककर चले गए। दस दिन हस्पताल में रहकर भाभी घर आ गईं। मैं सोलह को रोहिणी की शादी में और बीस को श्वेता की शादी में गया। इधर तीनों भाइयों और पिताजी की चिट्ठियाँ आने लगीं। भाभी के मायके से चिट्ठी आई। सब भाभी को वापस घर भेजने को लिख रहे थे। पर टालता रहा मैं। तीस को बच्चे की उम्र एक महीने की हो गई। एक मई को मैंने अपने बहुत-से मित्र, परिचितों को निमन्त्रित कर बच्चे का नामकरण किया।

श्वेता ने बच्चे का नाम रोहित रख दिया। हम सबने इसी नाम को मान लिया।

सोलह मई को मैं भाभी को लेकर घर पहुँचा। दो भाइयों को छोड़ पूरा परिवार घर पर इकट्ठा हो चुका था। अगले दिन सवेरे भाभी ने मुझे जगाया और कहा, “पिताजी बुला रहे हैं।”

“और कौन है वहाँ?”

“कोई नहीं।”

“किसलिए बुला रहे हैं? आपने कोई बात की थी क्या?”

“हाँ। अभी मैं उनके पास से ही आ रही हूँ। चलने लगी तो पिताजी बोले, विजय को भेजना जरा।”

“कैसा रुख है?”

“सब कुछ मुझसे जान लोगे क्या? जाते क्यों नहीं, पिताजी इन्तजार कर रहे हैं।” भाभी के इस उत्तर से मैं कुछ भी अन्दाज न लगा सका।

“आपने बुलाया था?”

पिताजी आँखें बन्द किए बैठे थे। जैसे ही मैंने यह बोला, उन्होंने आँखें उठाकर मेरी तरफ देखा, फिर बोले, “हाँ, बैठो।”

कुछ देर चुप रहे पिताजी। फिर बोले, “देखो विजय, इधर बहुत दिनों से लोग पत्र दे रहे हैं। जिसे देखो कुण्डली माँगता है। तुम्हारी तीनों भाभियों के घर से भी कुण्डली माँगी जा रही है।”

“आपने किसी को भेजी तो नहीं?”

“नहीं, अभी तक तो यही कहता रहा कि शादी करने का इरादा नहीं है। पर अब क्या कहूँ?”

“अब भी यही कह दीजिए।”

“पर लोग पूछते हैं, क्यों नहीं है इरादा? अरे भई तुम पढ़ रहे थे तब तो यह कह देता था, पर अब तुम पढ़-लिख गए हो, नौकरी कर रहे हो, अब क्या वजह है इरादा न होने की?”

“अभी और अच्छी नौकरी चाहिए मुझे।”

“वह तो शादी के बाद भी मिल सकती है।”

“नहीं, शादी के बाद इस तरह का रिस्क नहीं लिया जा सकता। और फिर आजकल एक की कमाई से गुजर नहीं होती। फिर इधर की लड़कियों को दूसरे माहौल में अपने को बदलने में दिक्कत आती है। इसलिए मैं चाहूँगा कि जब भी शादी करूँ वहीं करूँ और वहीं की लड़की से करूँ।”

मेरी बात सुनकर पिताजी एकदम गुस्सा हो आए, चिल्लाकर बोले, “फिर मुझे क्यों कहते हो कि कहूँ अभी इरादा नहीं है शादी का? कल को जब शादी कर लोगे तब क्या जवाब दूँगा मैं लोगों को?”

“तब ठीक है, आप यही कहिए कि शादी वहीं से करने का इरादा है।”

“और वह भी विधवा से!”

“हाँ।”

“तब पाँच साल पहले ही क्यों नहीं कर ली?”

तभी बड़े भैया वहाँ पहुँचे और मुझे वहाँ से बाहर ले आए। रास्ते में डाँटने लगे, “चले आए अपनी शादी की बात बाप से करने। हम सब मर गए हैं क्या?”

मुझे दूसरे कमरे में छोड़ भैया फिर पिताजी के पास चले गए।

शाम होते न होते मैंने अगले दिन दिल्ली लौटने की घोषणा कर दी। इस पर भैया की डाँट खानी पड़ी। उन्होंने बताया कि दोनों भाई 25 मई तक घर आ रहे हैं इसलिए मैं पहली जून से पहले नहीं जा सकता। इतनी छुट्टी लेकर मैं नहीं चला था सो तभी चिट्ठी लिखकर भिजवा दी भैया ने।

25 मई को दोनों भाई आ गए। 26 को फिर पूरे मन्त्रिमण्डल की बैठक हुई।

पिताजी, अम्मा, बड़ी भाभी, छोटी भाभी, बड़े भैया, मझले भैया, छोटे भैया, जीजाजी। बैठक काफी देर तक चली। मैं बाहर चबूतरे पर बैठा कार्यवाही समाप्त होने का इन्तजार कर रहा था।

तभी छोटे भैया कमरे से बाहर आते दिखाई दिए। देखते ही देखते वह मेरे सामने आ खड़े हुए। मुझसे चप्पलें माँगकर पहनीं और सीधे गली में निकल गए।

कुछ देर बाद वे एक पंडित का बस्ता लिए घर में घुसे। पीछे-पीछे पंडित जी महाराज भी आते दीखे। वे भी घर में चले गए। करीब एक घण्टे बाद पंडित जी महाराज कुछ बड़बड़ाते हुए बाहर निकले। जब मेरे पास से होते हुए आगे बढ़े तो उनके बोल सुनाई दिए।

वे कहते जा रहे थे—"शुभस्य शीघ्रम्, शुभस्य शीघ्रम्।"

(रचनाकाल : 1977)